최명희 「혼불」의 로컬 공동체의식과 탈식민의식

최명희 『혼불』의
로컬 공동체의식과
탈식민의식

김정혜 지음

이 책은 박사 논문을 수정·보완하여 다시 펴낸 것이다. 최명희 『혼불』은 식민지 조선 로컬의 한 양반 가문을 중심으로 기층민과 공동체를 이루고 식민지를 극복하면서 살아가는 서사이다. 식민시기에 수탈과 폭력으로 우리의 삶은 피폐하였다. 특히 우리 문화를 고수하기란 쉬운 일이 아니었다. 그러나 『혼불』은 로컬의 한 양반 가문을 중심으로 기층민과 함께 마을 공동체를 형성하여 식민문화에 대처하고 우리 정체성을 잃지 않으려고 노력한다. 로컬 공동체의 결속력은 민족의식을 고취시키는 계기로 작용하며 탈식민 민족의식으로 나아갈 수 있다.

국권과 부권이 부재한 식민시기에 매안의 양반 여성인 종부들은 현실대처 능력이 남다르다. 여성들은 남편이 부재한 공간에서 가문의 규율을 지키며 평생을 산다. 매안 이씨 종부는 가문을 돌보는 일과 더불어 마을의 안위를 위하고 일제의 문화말살정책이라는 국가적 위기에 대처하여 '대모신'과 같은 역할을 한다. 특히 종부 1대 '청암부인'은 개인의 욕망을 우선하지 않으며 일제의 폭력에 굴하지 않고 남성적 대응방식으로 대처하고 마을을 돌보는 신화적 인물로 표상된다.

식민지 시기는 타율적 근대 이행기가 시작되는 시기지만, 로컬의 매안은 신분제의 잔재가 존재하고 있다. 물론 변화의 물결은 하층민 내부까지 조금씩 파고들었지만 매안 양반가에서는 점철되지 않는다. 특히 양반문화를 지키고자 제국의 문화적 폭력에 대응하는 피식민자의 저항은 민족문화를 지키려는 탈식민의식으로 볼 수 있다. 하층민에게 있어서도 공동체적 삶을 살아가면서도 탈신분적 욕망이 강하게 드러나고 있다. 소수 집단의 탈신분 욕망도 탈식민의식의 일부분으로 논의할 수 있다.

　『혼불』에는 로컬의 양반 가문을 주축으로 다층위의 인물들이 등장한다. 이 인물들이 식민지인으로서 혼돈의 시기에 어떻게 삶을 개척하고 유지·전승해 가는지 살펴보았다. 제국의 공간과 만주를 유랑하는 디아스포라들은 근대적 문물에 노출되어 있지만, 그들의 삶의 방식에서는 우리 문화를 고수하는 것으로 정체성을 잃지 않으려고 노력한다. 물론 디아스포라 제3의 공간에서도 식민자의 감시와 폭력이 난무하지만, 식민자의 폭력과 근대로의 이행에 대처하고 극복하며 살아가는 주인공들에게서 로컬의 공동체의식과 탈식민의식을 찾을 수 있다.

차 례

I

들머리

1. 연구사 검토 및 연구 목적

최명희의『혼불』은 1940년을 전후 한 일제식민지를 배경으로 민족사와 가족사가 맞물려있는 대하장편소설이다.1) 작가는『혼불』이전에 단편소설「쓰러지는 빛」(1980)으로 당선되면서 작품 활동을 하였다. 장편소설『혼불』은 동아일보 창간 60주년(1981) 기념공모전에 '地脈'으로 응모하였던 작품이 당선하여『혼불』로 개명되어 발표되었다.『혼불』은 최명희가 17년간의 집필과정을 거친 작품으로서 '생애의 작품'이라 한다.2)

『혼불』의 서사는 국권부재기에 전라도 남원의 매안 이씨 한 양반 가문의 여성종부를 중심 전개되는 작품으로 여성가족사 소설이라 칭하기도 한다. 매안 이씨 양반 가문은 부권이 부재해 있으며, 종부들이 가문을 이끌어가며 평·하층민과 함께 마을공동체를 이루며 살아가고 있다.

일제는 식민지 동화정책의 일환으로 우리에게 끊임없이 문화말살 정책을 자행하고 있으나, 상·하층민의 삶은 전통적 풍습과 의식에 근거하고 있다. 소설 곳곳에서 주인공들이 행하는 전통풍습이나 의례는 공동체의 결속력을 가져다주는 계기가 될 수 있을 것으로 생각한다. 즉 세시풍속이나, 관혼상제, 전통음식, 전통복식 등이 생생하게 그

---

1) 최명희『혼불』은 1981년 동아일보 창간 60주년을 기념한 공모에 '地脈'이 당선된 것을 『魂불』로 개명하여 발표되었다. 1988년 9월부터 월간 신동아를 통해 4부까지 연재하고 1년 동안 새로 집필하여 10권을 발간하였다.『혼불』의 원래 응모 제목은 '地脈'이었으나 당선이 내부 결정된 뒤 동아일보사와의 협의 하에『魂불』로 개명하고 월간 신동아를 통해 4부까지 연재한 뒤 1년 동안 새로 집필하여 10권으로 추가 발간하였다. 김병용,『최명희 소설의 근원과 유역:『혼불』의 서사의식』, 태학사, 2009. pp17-19.

2) 이 책에서는 최명희『혼불』, 한길사 본을 대상으로 하고 인용 참고 시 쪽수만 표시한다. 김희진,「최명희『혼불』의 민속 모티프 연구」, 고려대학교 대학원 박사학위논문, 2012, p.2.

려져 있다. 그러므로 『혼불』을 통해서 다양한 문화를 이해할 수 있기에 우리 문화의 보고라고 한다. 『혼불』 연구를 통해서 지금까지 도외시해왔던 지역문화에 관심을 가지며, 또 그들이 식민시기에 어떻게 대처하며 살아갔던가를 살피는 것도 의미가 있을 것이라 생각한다.

식민시기 로컬 농촌 매안은 수탈과 폭력이 심각하여 삶의 터전을 빼앗기는 형국이었으며, 식민지 조선은 제국의 한 지방으로 규정되는 현실이다.[3] 그러므로 농촌 마을은 심각한 경제적 피폐현상이 일어나 양반 세도가까지 힘을 잃는 형국이다. 그러나 공동체의 주체로 뿌리를 두고 있는 한 양반 가문의 유서 깊은 문화는 민족정체성의 근간이 될 수 있을 것으로 생각한다. 다층위의 농촌공동체는 민족이라는 단위로 유지될 수 있다. 하나의 작은 씨앗이 자라서 많은 알곡이 되듯이, 소단위의 공동체가 근간이 되어 발휘하는 힘은 민족정체성을 회복 하는 큰 힘으로 발전될 것이다.

20세기 제3세계는 민족주의를 '기본 단위'로 하는 성격을 가진다. 민족주의자들은 식민지배를 받는 사람들이 열등하다고 말한 것을 부인 한다. 다시 말해서, 민족주의자들은 제3세계 후진 민족이 문화적 정체성을 유지하면서 스스로 근대화할 수 있다는 사실을 주창하였다.[4] 우리 역시 식민지배하에 열등한 조선으로 인식되었지만, 『혼불』의 매안 이씨 양반 가문의 여성들은 남다른 모습을 보이고 있다. 그들이 열등한 민족으로 인식하지 않고 민족적 자부심을 가지고 식민자의 폭력에 어떻게 대응하며 살아가는지 조명하고자 한다.

---

3) 문재원, 「향토(성), 발견과 전유의 논리」, 『탈근대 탈중심의 로컬리티』, 부산대학교 한국민속문화연구소 편, 해안, 2010, p.299.
4) 빠르타 짯떼르지/ 이광수 옮김, 『민족주의 사상과 식민지 세계』, 그린비, 2013, p.82.

이러한 근거에 입각하여 본 연구는 『혼불』에서 작중인물의 행위 양상을 살펴 공동체의식과 탈식의식을 해명하는 데 목적을 둔다. 좀 더 구체적인 연구내용을 제시하자면, 식민시기 양반 가문을 비롯한 기층민들이 식민자의 폭력에 어떻게 대응하며 살아가는지 살펴보고자 한다. 식민지 근대화는 하층민에 있어서는 반봉건의식을 불러일으키게 했다. 그들의 신분에 대한 미래의식도 함께 논의하고자 한다. 또한 매안의 기층민들은 살길을 찾아 만주로 이주해갔다. 그들이 이주해간 디아스포라 공간에서 제국의 질서에 동화되지 않고 식민자의 감시와 고난을 어떻게 극복하는지 살펴보고자 한다. 그들이 낯선 타향살이에서 드러나는 애환과 고향 인식이 어떠한지 살필 수도 있을 것이다.

우리에게 "식민지가 어떤 의미에서 '근대의 실험실'이었다고 한다면, 식민지와 동떨어진 근대의 담론 따위란 있을 수 없다." 그러므로 우리는 식민시기에 근대를 처음으로 경험하여 '식민지적 근대'라고 한다. 그리고 세계사적으로 볼 때, 서구의 근대화 프로젝트 속에는 비서구 사회에 대한 식민화를 내재하고 있다는 것이다. 그 극복의 방향은 주인공들의 개인의식을 강조하기보다 공동체의식을 통한 탈식민 민족의식에서 찾을 수 있다고[5] 한다.

지금까지 최명희의 『혼불』연구는 다양한 방식으로 풍부하게 진행되어 왔다. 먼저 『혼불』의 서술방식에 대한 연구에서 언어와 문체 등의 서술상 특징을 들 수 있다. 황국명[6]의 경우는 구술적 객관성과

5) 고현철, 『탈식민주의와 생태주의 시학』, 새미, 2005, pp.31-32.
6) 황국명, 「『혼불』의 구술문화적 특성」, 『혼불과 전통문화』, 신아출판사, 2003, pp 97-122.
　　　　, 「『혼불』의 서술방식」, 『혼불의 문학세계』, 소명출판사, 2001, pp.145-174.

집단적 서사를 살펴 서술방식을 검토하였는데, 양반 종부의 위상과 다채로운 풍속의 복원, 언어와 서술 목소리 등을 통한 구성의 파편화는 최명희류의 서사전략으로 보고 있다. 장일구는[7] 판소리 양식에 극을 다하는 형식이며, 전통적 서사에다 역사를 만나 이룩한 최절정의 작품이라고 고평한다. 즉 이야기를 사건중심으로 서술하지 않고 일상적으로 담론하거나 이야기하는 방식을 취한다고 하였으며, 모든 일을 세심한 눈길로 응시한 기술방식에서 사실성을 높였다고 한다. 언어와 문체적 연구에서, 강은해는[8] 단어의 반복으로 장황하고 독특한 문체를 형성하는 것으로 섬세한 문체의 마력을 지니고 있다고 보았다. 이명재는[9] 서정시적인 언어로 감정이 담긴 의식의 흐름을 리얼리즘보다 더 세밀하게 담아냈다고 평가한다. 서정섭은[10] 『혼불』의 언어를 통해 계층적 생활사를 살필 수 있으며, 풍부한 색채어나 의성의태어의 쓰임이나 남원의 방언을 고찰할 수 있다고 하였다. 장세진은[11] 너무 재미가 없는 '대하소설'로 보며, 지배계급의 몰락사와 피지배계층의 의식변화를 좇는 작가의 역사인식이 치명적인 약점이지만 유니크한 변종대하소설이라 보았다.

둘째로 여러 논문에서 『혼불』에 대해 민속지로서의 성격을 살피고 청암을 대모신의 형상이라고 연구하였다. 임재해는[12] 민속지적

---

7) 장일구, 「『혼불』의 서사구성의 역학」, 『혼불의 문학세계』, 소명출판사, 2001, pp.175-212.
8) 강은해, 「『혼불』의 서사원리」, 『혼불의 문학세계』, 소명출판사, 2001. pp.87-144.
9) 이명재, 「『혼불』의 소설미학적 특질」, 『한국문학이론연구』 제12집, 현대문학이론학회, 1999, 12.
10) 서정섭, 「혼불의 언어 현상과 특성」, 『혼불의 문학세계』, 소명출판사, 2001
11) 장세진, 「역사공간과 여성성」, 『한국대하역사소설연구』, 훈민, 1998.
12) 임재해, 「『혼불』의 민속지로서의 서사적 형상성」, 『혼불과 전통문화』, 신아출판사, 2003, pp.42-74.

서술의 가치를 통해『혼불』을 연구하였다. 그는 현장상황을 생생하게 재구성해놓고 현장자료를 잘 살려 놓은 훌륭한 민속지로 규정하였다. 장일구[13]는 의례의 원리와 전승담론을 재해석 하고 있다 하였다. 김복순[14]은 양반 안채문화를 살피고 청암을 여성영웅이라 칭하였으며, 대모신의 형상이라고 하였다. 그러나 대모신상은 봉건적 가부장제 이데올로기가 요구하는 모습에 지나지 않는다고 하였다.

셋째로는 장르적 측면에서『혼불』을 가족사소설로 보고 있다.[15]『토지』,『미망』,『혼불』을 함께 연구한 이혜경[16]은 가족공동체를 구현해낸 남성중심이 아닌 여성을 중심으로 한 가족사소설로 보았다. 오세은[17]도『토지』,『미망』,『혼불』을 모계적 가족 계승의 서사라고 보았다.

넷째로 가부장제와 여성의 몸의 상관성을 검토하였다. 고은미[18]는 여성의 육체는 억압을 당하는 대상인 동시에 저항의 장이라고 보았다. 김정자[19]는 양반상층의 규방문화를 검토하며 양반상층의 규

---

13) 장일구, 「전승의 담론, 교감의 미학」, 『혼불과 전통문화』, 신아출판사, 2003, pp.75-74.
14) 김복순, 「여성영웅서사와 안채문화」, 『혼불과 전통문화』, 신아출판사, 2003, pp.15-41.
    _____, 「대모신(大母神)의 정체성 찾기와 여성적 글쓰기」, 『혼불의 문학세계』, 소명출판사, 2001. pp.359-390.
15) 가족사소설은 가문의 창달을 목적으로 한 소설이 아니라 가족의 역사를 역사주의의 관점에서 형상화한 소설로 하나의 공간 속에서 사회의 축도를 제시하면서 자본주의사회의 동력학을 형상화할 수 있는 역사주의와 관련된다. 가족사에서 가족의 역사를 의식하는 것은 가계 속에 이어지는 동일성보다는 세대 간 차이를 의식 하는 것이며 그것은 변화에 대한 인식에 해당한다. 최유찬, 「가족사의 흐름 속에 숨쉬는 개체적 삶」, 문학사상, 1997, 3월호, p.90.
16) 이혜경, 「현대 가족사 소설 연구:『토지』,『미망』,『혼불』을 중심으로」, 충남대학교 박사학위논문, 1999.
17) 오세은, 「여성가족사 소설 연구:『토지』,『미망』,『혼불』을 중심으로」, 서강대학교 박사학위논문, 2001.
18) 고은미, 「『혼불』에 나타난 가부장제와 여성의 몸」, 『현대문학이론연구』 제22집, 현대문학이론학회, 2000, pp.87-116.

방문화가 여성의 행동과 의식을 이루고 있지만 남성중심사회의 제도 속에 억압된 결과라고 이해하였다. 김복순은[20] 『혼불』이 남성문학에 가려 무시되었던 여성문학의 전통을 재발견한 작품이라고 평가한다. 작품 내에서 여성 정체성 찾기의 핵심적인 점을 보여주는 청암부인은 양반 가문의 종부로서 가능성의 최대치를 실현했고, 자웅동체의 여성성을 구현한 대모신의 형상을 지닌다고 보았다. 이덕화[21]는 『혼불』의 여성들에게 사회의 구성원으로서 체험이라기보다 가정에서의 혈연관계가 우선적이며, 이 때문에 소설이 추상적이고 낭만성이 강하다고 비판하였다. 즉 한 인물의 개성을 드러내는 행동양식이나 사건의 필연성을 부여하는 현실성이 극히 미약하다는 것이 그의 논지이다.

다섯째는 여성의 삶의 방식에서 드러나는 한(限)을 주목한 연구가 있다. 이정숙[22]은 여인네들의 삶이 원(怨)과 한(限)으로 얼룩져 있으며, 이들의 해원(解怨)을 위한 간절한 몸짓들은 인간의 차원을 넘어서 달과 같은 자연에 의탁하거나 민간신앙의 차원으로 승화된다고 보았다. 천이두[23]는 며느리 삼대를 중심으로 '복합가족사소설'로 보고 있으며, 종부들의 전개되는 삶이 한스러운 것이라고 할 수 있다.

---

19) 김정자, 「규방문화로 본 최명희의 『혼불』」, 『혼불과 전통문화』, 신아출판사, 2003. pp.125-160.

20) 김복순, 「대모신의 정체성 찾기와 여성적 글쓰기」, 『혼불의 문학세계』, 소명출판사, 2001, pp.359-390.

21) 이덕화, 「가부장적 의식과 여성 『혼불』에서의 여성의 운명」, 『혼불의 문학세계』, 소명출판사, 2001, pp.261-295.

22) 이정숙, 「『혼불』의 해원(解怨)의 신탁행위」, 『혼불의 문학세계』, 소명출판사, 2001, pp.297-327.

23) 천이두, 「최명희의 『혼불』과 한의 여러 모습들」, 『혼불의 문학세계』, 소명출판사, 2001, pp.125-142.

그러므로 한의 형상화라는 맥락에서 설명하고 가치를 부여하며, 한의 밑바닥에 질긴 삶의 모습이 있다고 보았다.

여섯째 한국적 정체성과 역사의식에 대한 연구가 있다. 박영순[24]은『혼불』의 한국적 정체성을 논의하면서 한국적 정체성이 어떻게 문학적으로 표현되어 있는지 논의하고 있다. 이동재는[25]『혼불』에 나타나는 역사의식을 살피면서 풍속으로서의 역사를 통해서 백제인의 의식을 드러내고 있다고 하였다.

이상에서 살펴 본 바와 같이『혼불』에 대한 다양한 연구가 있었지만, 작품의 시대적 상황을 주목하지 못한 점들을 살펴보고자 한다. 기존연구에서는 그들의 삶을 여성억압과 소외로만 보고 충분히 해명하지 못하고 있다. 특히 청암부인에 대해서는 신화적 상징으로 해석하는데 머물고 있다. 식민지 농촌 마을의 실질적인 리더로서 여성적 카리스마의 역량을 해명하는 데 미흡한 점이 있다. 또한 기층민의 삶은 양반에 예속된 삶으로 여기며, 농촌 공동체 구성원으로서의 결집된 힘의 가치를 소홀히 하고 있다. 그러므로 다층위의 구성원들이 제국의 문화 폭력에 어떻게 대응하며 미래지향의식을 가지고 살아가는지 규명하는 데 의의를 두고자 한다.

『혼불』에서 하층민은 식민지 근대기를 틈타 양반으로의 편입과 신분해체 욕망을 갈망하고 있다. 그러나 그 갈망이 쉽게 이루어지지는 않지만, 식민지 근대를 극복하는 데는 힘을 같이한다. 제국의 수탈과 강제이주 폭력에 삶의 터전을 내주고는 만주로 살길을 찾는다.

---

24) 박영순, 「『혼불』의 담론 특성과 한국적 정체성」, 『현대소설연구』 11권, 한국현대소설학회, 1999. pp311-328.

25) 이동재, 「『혼불』에 나타난 역사와 역사의식 論」, 『혼불과 전통문화』, 신아출판사, 2003. pp.190-209.

제3의 공간 만주에 이주당한 우리 디아스포라들은 추위와 척박한 돌밭에 놓여있다. 그들은 이국땅에서 제국의 폭력과 추위에 어떻게 극복하며 살아가는지 살펴보고자 한다. 피해자는 대부분 중·하층민들이었으며, 디아스포라 삶과 의식에서도 민족의 정체성을 규명하고 탈식민 민족의식의 단서를 찾을 수 있을 것으로 생각한다.

즉, 『혼불』에서 국가는 해체된 형국이지만, 지역의 한 양반 가문 여성리더십을 통해 결속된 농촌공동체의 힘은 민족의 힘으로 발전될 수 있을 것으로 생각한다. 이러한 점을 근거로 이 책에서는 최명희 『혼불』의 로컬 공동체의식과 탈식민의식을 규명하고자 한다.

2. 연구 방법과 연구 범위

『혼불』은 다양한 세시풍속이나 관혼상제 같은 민속적 내용을 매우 풍부하게 담고 있어 민속지적 서사문학으로 평가된다.[26] 민속학은 민간에 전해지고 있는 전대의 생활문화로 전통신앙, 풍속, 생활양식, 습관, 종교의례, 설화, 속담 등을 연구하는 학문으로서 민족문화의 본질과 의미를 밝히는 초석이 된다. 특히 우리민족은 각종 의례나 전통 종교를 통해서 가족과 마을 단위 공동체의 유대와 질서를 유지시켜왔다. 공동체의 구심점은 중앙의 왕권이라기보다 향촌의 지배계급을 중심으로 이루어졌다.

식민시기이지만 주인공들은 양반문화를 주축으로 서사를 이끌어

---

26) 김열규, 「민속지적 서사문학의 전형을 위하여」, 『한길문학』 봄호, 1991, p.217.

감에 있어 다양한 풍속을 복원하고 전통적 삶을 살아간다. 그런 의식과 행동은 민족정신을 고취시키는 계기가 될 것으로 생각된다.

본 연구는『혼불』의 서사에서 매안 양반 가문을 주축으로 다층위의 삶을 살펴 로컬의 공동체의식과 탈식민의식을 논의해보고자 한다. 소설의 배경 시기는 식민시기로서 국가가 부재하기에 우리 개개인의 삶도 혼란하였으며, 튼튼했던 향촌의 양반사회에까지 위기에 봉착해있다. 그러나 소설의 공간인 매안에서는 한 양반가를 주축으로 정신적 지주를 이루며 전통적 방식에 의한 삶을 이어가고자 노력하고 있다.

『혼불』의 시대적 배경은 근대로의 이행기지만, 로컬인 농촌의 매안이라는 공간은 전통적 사회질서가 유지되고 반상의 엄격한 구분이 남아 있었다. 전통적 질서는 근대적 질서와는 많은 차이를 보이지만, 나라를 잃은 시대라는 조건에서 전통적 질서를 지키기란 쉬운 일이 아니며 하층민에서부터 해체적 태동을 드러내고 있다고 볼 수 있다. 그러나 전통을 지켜가자는 한 양반 가문의 고집스런 의지가 있었고 전통적 규율과 질서는 식민문화 말살정책에 대항하는 구심점 역할을 하는 긍정적 측면이 있기 때문이다. 향촌공동체는 신분적 갈등에도 불구하고 매안 이씨 양반가를 주축으로 지역민 전체가 결속하여 위기를 극복할 수 있게 한다.

『혼불』에서는 특히 한 양반 가문의 생활방식과 의례가 잘 그려져 있어 일제의 문화말살정책에 우리의 문화가 건재함이 서사를 통해 드러내기도 한다. 양반가 3대 종부들은 부권(父權)을 잃어버린 상황에서 의례를 준수하며 살아가고 있다. 또한 마을공동체의 결속을 주도했던 인물은 양반가 여성종부이다. 매안 이씨 양반여성들은 하층신분의 여성들과는 달리 유교적 질서를 고수하고자 노력한다. 이들 여성들이 전통적 질서를 고수하고 제국의 폭력에 쉽게 굴하지 않는 현실대응 태도를 살피고 논의함으로써 탈식민 민족문화의식의 단서를 찾을 수 있을 것이다.

『혼불』에서 보여주는 양반문화와 농촌의 마을공동체 결속력은 식민자의 폭력을 극복하는 힘으로 작용될 수 있으며, 이들이 고수하고자하는 문화는 민족문화로 보존하고 거듭날 수 있다는 판단 하에 그가치를 규명하고자 한다.

국가가 식민 상황에 봉착해있는 현실은 정치, 경제, 사회, 문화, 교육 등이 지배당한다고 할 수 있다. 이때에 개인이나 가문공동체도 그 정체성을 유지하기란 쉽지 않다. 그러나 『혼불』의 양반 가문 여성들은 가문교육이나 경제적 독립, 전통적 가치의 보전 등 일련의 행동을 통해서 공동체의 결속된 힘을 형성할 수 있다. 매안 이씨 가문의 종부는 지도자적 역할을 하며 식민지 상황에 우리들의 정체성을 보전하기위해 노력하는 부분이 드러난다.

민족주의 담론에서는 대체로 남성만이 해방의 주역으로 추켜세워지고 민족주의 투쟁을 통해 얻은 정치적, 경제적 혜택의 수혜자가 되며, 여성적 역량은 무시되고 있다.[27]

탈식민 페미니즘의 입장에서는 제3세계 여성은 이중으로 타자화

---

27) 안티아스와 유발-데이비스에 의하면, 역사적으로 여성이 민족주의 담론에 위치하는 방식은 주로 다섯 가지의 주요 방식으로 나뉜다. 1) 인종집단 구성원들의 생물학적 재생산자로서 2) 인종적·민족적 그룹의 경계를 재생산하는 자로서 3) 문화의 전수자이자 집단성의 이념적인 재생산에 주도적으로 참여하는 자로서 4) 인종적·민족적 차별성을 나타내는 표시로서- 인종적 범주를 구축하고 재생산하며 전수할 때 활용되는 이념담론의 구심점과 상징으로서, 5) 국가적·경제적·정치적·군사적 투쟁의 동반자로서의 방식이다. 존 맥클라우드 지음, 박종성 외 편역, 『탈식민주의 길잡이』, 한울아카데미, 2003, pp.127-128.

되고 젠더화된다.28)는 것이다. 이는 여성이 전통적 사회규범을 따르면서 식민현실에서 남성의 역할을 수행해야 했기 때문이다. 식민 상황에서는 여성의 고난은 증폭될 수밖에 없으며, 바로『혼불』의 여성들의 삶에서 드러난다. 그러나 매안의 여성들은 타자성을 어떻게 극복하고자 노력하는지 살펴보고자 한다.

식민시기지만, 『혼불』의 여성들에게서는 그들의 문화를 잘 지키려는 노력을 볼 수 있다. 문화는 그 시대를 살아가는 사람들의 삶의 방식이라 한다면, 『혼불』에서 공동체 구성원들의 의식과 삶에서 탈식민 문화의식을 찾을 수 있을 것이다. 매안 이씨 양반가 종부들은 전통적 의례와 법도를 지키며, 그들 개인의 삶보다 가문과 마을 공동체를 돌보는 것이 올바른 삶이라 생각하였다. 특히 그들이 속한 가문에서 생활에서 그들의 문화를 어떻게 소중하게 지키며 살아가는지 살피는 것도 탈식민의식의 한 방법이라 하겠다.

식민주의는 "타문화 출신 종족에 의한 지배"이며 '지배'와 '문화적 타자성'을 포함하고 있다.29) 즉 피식민자보다 식민지배자의 문화가 우월하고 문명화되어 있으므로, 지배자의 문화나 의식을 받아들이도록 강요한다. 그러므로 탈식민이론에서 문화적인 부분을 논의하지 않을 수 없다.30) 탈식민주의는 경제, 문화, 정치 등의 여러 방면에 걸쳐 다른 민족, 인종, 문화 사이에 형성된 지배와 종속 관계를 분석 대상으로 삼고 있다. 『혼불』도 이들이 소중하게 지켜나갔던 가족공

---

28) 태혜숙,『탈식민주의 페미니즘』, 여이연, 2004, pp.68-69.

29) 위르겐 오스트함멜/ 박은영·이유재 옮김,『식민주의』, 역사비평사, 2006 p.31.

30) 탈식민주의 문화이론은 파농(F. Fanon), 사이드(E. Said), 바바(H. Bhabha), 스피박(G. Spivak) 등에 의해 다양하게 주장하고 있다. 탈식민주의는 식민주의 담론과 실천을 해체하고 제국주의적 지배를 극복하려는 데 있다. 김종현,「탈식민주의의 해체적 문화이론」, 현상과 인식, 2004, p.74.

동체와 마을공동체라는 작은 단위에서부터 정체성을 찾고자하였으며, 양반문화를 주축으로 식민지 현실을 극복하려는 민족주체성 극복의 탈식민의식을 살필 수 있을 것이다.

또한 근대이행기에 놓인 기층민의 의식에서는 근대 자본의 중요성에 대한 인식과 반봉건의식이 강하게 드러난다. 그들은 자본을 통해서나 폭력적 방법으로 기존의 신분질서를 해체하거나 양반으로 편입을 시도하기도 한다. 그들에게 주어진 전통적 질서를 부정하고 있지만, 그렇다고 제국의 식민논리에 그대로 동화되고 있는 것은 아니다. 그들 역시 식민자에 유린 당하여 만주를 떠도는 디아스포라인으로 생활하기도 하지만 민족문화를 지키려는 노력에는 변함이 없는 생활을 하였으며, 식민주의에 대응하여 근대를 극복하자는 의식을 엿볼 수 있다.

그러나 근대적 변화의 물결은 자본에 의해 지배될 수밖에 없으며, 계층적 질서를 유지해오던 우리 사회는 변화의 물결에 해체되는 일로에 서있다. 식민지 근대 이행기라는 혼돈의 시기에 로컬에서 양반계층의 위기는 계층적 구심점마저 상실하는 시기로서 혼란은 중첩되어 있었다. 소설의 주인공인 매안 이씨 양반가의 남성부재 현실에서 한 종부의 지도자적 자세는 여성으로서 가문을 지키는 것은 물론이고 마을을 지키는 것에도 노력하는 모습을 그리고 있다. 물론 전통을 고수하는 것이 우리의 정체성을 잃지 않는 것으로 여기는 것은 당연한 사실이다. 우리가 처한 현실인 식민주의에서 해방되는 것이 투쟁적 독립운동으로 태극기를 올리는 것이기도 하지만, 문화를 지키고 정체성을 잃지 않는 것으로 지배에 대응하는 것도 탈식민의식의 방법이라 하겠다.

탈식민주의 선구자들은 사이드, 바바, 스피박이며, 제3세계 인물로서 탈식민 문화연구의 선구자는 파농이다.

파농은『검은 피부 하얀 가면』[31]에서 백인들이 자신의 우월성을 나타내기 위해 식민지사회에서 정치적·경제적 뿐만 아니라, 언어와 문화·신화·가치 등 주체성 형성의 모든 면에서 배타적 준거가 된다는 것이다. 특히 파농은 지배자의 언어, 주인의 언어에 대해서 식민자는 종속된다고 보았다.

식민지인은 자신의 문화적 기원을 박탈당한다는 것이 식민자에 동화되는 것으로 생각한다. 그러므로 그들은 문화의 고유한 존재가치를 상실한 타자로 주체에 의존하는 피해자라는 것이다. 그러나 그 문화의 고유한 가치를 지키려는 노력은 탈식민에서 찾을 수 있다. 탈식민주의는 정체성 문제를 중심에 놓고 있으며 바바, 스피박에 이르기까지 쟁점으로 제시하고 있다. 그러므로 식민이전의 상실된 정체성을 회복하는 것으로 정의할 수 있다.[32]

본 연구는 최명희『혼불』에서 매안의 한 양반 가문을 주축으로 한 다층위의 삶에서 식민지 상황에 로컬의 공동체의식을 통해 어떻게 대처하는지 살펴보면서 탈식민의식의 단서를 찾을 수 있을 것이다. 주도적 인물인 매안 이씨 여성종부와 그 외의 인물이나 기층민들이 제국의 폭력에 어떻게 대처하고 극복하는지 논의 될 내용은 다음과 같다.

---

31) "어떤 언어를 말하는 것은 하나의 세계와 그 문화를 수용하는 것이다. 백인이 되고 싶어 하는 앙틸레스 사람은 언어라는 문화적 도구를 자기 것으로 만듦으로써 더욱 쉽게 스스로를 백인으로 생각하게 된다." 프란츠 파농/ 이석호 역,『검은 피부 하얀 가면』, 인간사랑, 1998, pp.48-49.

32) 피터 차일즈·패트릭 윌리엄즈/ 김문화 옮김,『탈식민주의 이론』, 문예출판사, 2004, p.41.

Ⅱ장에서는 식민지 몰락과 로컬에 타자성에 대해 논의하고자 한다. 식민지 폭력이 심화되면서 로컬 농촌의 현실은 더 열악한 현실이었다 그러나 계층적 갈등은 보이지만 경제적 상황에는 공동체의 결속으로 양반가를 주축으로 지역의 질서를 유지하고 있다.

Ⅲ장에서는 양반 여성종부가 식민지 부권부재의 상황에서 가문과 마을의 공동체를 어떻게 돌보고 결속력을 유지시키는지 살펴보고자 한다. 특히 1대 종부 청암은 카리스마적 권위로 공동체를 이끌어가며 존속시키고 있다. 기층민은 이들 양반 가문을 구심점으로 어떻게 결속하고 정신의 공동체로 작용하는지 논의 하고자 한다.

Ⅲ장에서는 매안 양반가의 가문의식과 미래의식을 살펴보고자 한다. 매안 양반가는 유교적 전통성을 중시하지만 미래를 지향하는 부분이 드러난다. 그들이 종가의 경제를 튼튼하게 하는 일이나, 양자를 들여 종손을 세우거나 출산하여 종가의 맥을 잇는 것으로 가문을 존속시킨다. 또한 식민지 근대의 변화에 기층민은 신분변화를 열망하고 있다. 그들이 미래를 향한 행위가 어떻게 전개되고 있으며, 그에 대한 사회적 반응은 어떠한지 살펴보고자 한다. 하층민은 양반계층과 달리 그들의 신분에 대한 탈피가 시급한 문제였다. 그들은 신분향상이 이상주의라고 인식하고 스스로 신분탈피를 위해 노력한다.

Ⅴ장에서는 문화 실천과 저항에 대해서 살펴보고자 한다. 매안 양반인물들과 함께 다층위 인물들은 제국의 문화폭력에 어떻게 대처하며 살아가는지 살펴보는 것이다. 양반문화의 품격은 누구도 넘볼 수 없는 기품을 보여주며, 기층민의 공동체 참여를 통한 문화는 결속력을 가져올 수 있다고 본다. 공동체구성원들이 민족문화를 통해 정체성을 잃지 않는 모습은 탈식민의식을 규명할 수 있는 단서가 될

수 있다.

즉 민족주의33)에서 민족을 분류하는 기준은 문화를 기준으로 한다. 민족주의는 더 발전된 주민들과 덜 발전된 주민들이 문화적 관점에서 쉽게 구별될 때 생겨난다는 것이다. 민족이 자아의식으로 깨닫게 하는 것이 아니라, 민족이 존재하지 않는 곳에서 그것을 창조해 낸다.34)

Ⅵ장에서는 근본주의 전략과 디아스포라 문화적 투쟁에 대해 살펴보고자 한다. 매안의 디아스포라들은 일제의 거짓된 종용으로 만주 봉천을 유토피아로 생각하며 환상의 공간으로 이주하였다. 그러나 그들에게는 기근과 죽음의 공간이 펼쳐졌다. 그들의 삶이 우리민족을 대표하는 것이기도 하기에, 디아스포라의 애환을 들여다봄으로써 민족애를 찾을 수 있을 것이다.

만주 봉천은 다국적 문화가 공존하는 곳이지만, 매안의 사람들은 그곳에서도 고향과 관향을 그리워하며 선대가 살아왔던 방식대로 살아감이 드러난다. 식민자는 디아스포라 공간에서도 감시와 문화폭력을 감행하고 있다. 통제된 공간인 '조선인의 둥지'는 그들 고향에서의 삶보다 더 나을 것도 없기에 서로 결속하고 극복하는 삶을 보여주고 있다. 즉 제국의 공간에서 매안 이주민들은 민족의 끈질긴 정신을 바탕으로 투쟁하며, 어떻게 정체성을 지켜가며 살아가는지

---

33) 주시경은 그의 민족주의사관에 명시되어 있는 구성요소로서 영토·인종·언어이며 그 중에서도 언어가 영토와 인종을 유지하는 기본이라고 하였다. 그러므로 언문일치를 통한 민족어를 완성시키고자 하였다. 1920년 한글운동의 중추적 역할을 했던 최현배는 민족의 기초는 민족문화이며 민족문화의 밑바탕은 말글이라 주장하였다. 따라서 한글운동은 일제의 동화정책에 항거하는 운동이자 궁극적으로는 자주·독립은 탈식민운동이라 할 수 있다. 윤해동, 『식민지의 회색지대』, 역사비평사, 2003, pp.126-128.

34) 빠르타 짯떼르지 지음/ 이광수 옮김, 『민족주의 사상과 식민지 세계』, 그린비, 2013, pp24-25.

규명하고자 한다.

　지금까지 우리는 지역민의 삶과 문화를 소홀히 생각해왔다. 시기적으로 우리나라는 열강 제국의 각축장으로 인해 식민지인으로서 삶과 문화는 존폐위기에 봉착해 있었다. 그러나 『혼불』에서는 지역 양반 가문의 지도자를 주축으로 한 로컬 공동체 결속력을 통해 지역의 경제를 살리고 문화를 이어가기위한 노력들을 살 필 수 있을 것이다. 지역의 문화도 우리 문화의 일부이기에 지역공동체를 통한 정체성 회복은 민족정체성 회복으로 여길 수 있으며, 탈식민에 이르는 길이라 할 수 있다. 그러므로 본 연구에서는 지역의 한 양반 가문 구성원들과 기층민의 삶을 살펴 로컬 공동체의식과 탈식민의식을 규명하는 것에 의미를 두고 있다.

II

식민지 몰락과
로컬의 타자성

1. 식민지 몰락

매안이라는 로컬공간은 한정된 특수한 공간으로 그 지역적인 성질이 소설에 배어 있으며 식민지 몰락과 아울러 가문의 위기에 처한 로컬 공간이다. 특히 매안 이씨 가문의 시조가 전주에 있고, 그 곳을 바탕으로 매안은 씨족들이 번창하며 살아가는 곳으로 힘을 결집시킬 수 있는 곳이기도 하지만 식민지에 처한 현실에서 한 가문도 몰락의 위기이다.

레비나스는 "로컬리티는 재현과 추상의 산물이기보다 그 기반이고 출발점이다."[1] 그러므로 기반과 출발점은 인간에게는 고향의 의미가 될 수 있으며 전통성과 고유성으로 말할 수 있는 정체성이 살아있어 식민지 폭력성을 극복하는 로컬의 잠재력인 것이다. 이 소설에서 보여주는 것에는 로컬의 힘과 식민지 극복상을 살필 수 있다.

제국주의는 식민지인에게 두 가지 무기인 지식과 권력이 작동한다. 타자들에 대한 정치적, 경제적인 통제는 그들에 대한 지식 없이는 성공하기 어렵다. 지식은 한편 직접적으로 제국주의 지배의 수단으로 작용하지만, 다른 한편으로는 식민지인들이 스스로 자신이 지배자에게 종속되어 있다는 것을 확인하는 약식으로 기능함으로써 지배를 돕는다. 그것은 일제의 식민정책의 기본적 개념인 동화정책에 힘을 보낼 수 있는 부분이기도 하다.[2]

식민지 지배 전체에 대해서는 동화 원칙에 이어 차이화의 원칙이

---

1) 문성원, 「로컬리티와 타자」, 『시대와 철학』 21권 2호, 한국철학사상연구회, 2010. p.180.
2) 한국학의 세계화 사업단·연세대학교 국학연구원 편, 『일제 식민지 시기 새로 읽기』, 혜안, 2007, p.69.

존재한다는 것을 부정할 수 없을 것이다. 차이화는 문화적·사회적 측면에서 나타나는 현상으로 민족적인 아이덴티티를 부정할 수 없다는 것이다.[3]

그리고 파농은 극심한 자기분열과 자기 소외를 겪는 흑인들의 정신세계를 어떻게 치료할 수 있는가에 집중하여, 이를 규명하기 위해 그가 프랑스 유학 시절에 접한 유럽의 정신의학을 적극적으로 활용했다.[4] 또한 그는 현상학과 실존주의 이론으로부터 소외와 심리적 주변부라는 개념을 도입하고, 이러한 소외를 부각시키는데 도구적으로 사용되는 이데올로기, 그것이 생산되는 역사적, 정치적 힘에 관해서는 마르크스주의 인식론을 도입하였다. 이로써 파농은 식민주의적 이항대립(식민주의자/피식민주의자)을 '이분법적 착란'의 부산물로 특징화하여 그 결과 선/악, 진/위, 백/흑이라는 근본적으로 이분화 된 대립이 등장했다고 주장하였다.

또한 파농에 있어 폭력성은 피지배자가 취할 수 있는 대응책이며 필요악으로 보았다. 탈식민화를 위한 폭력은 피식민 주체를 옭아매는 억압의 족쇄를 파괴할 뿐 아니라, 마이너리티적 의식구조를 파괴함으로써 새로운 인간으로 거듭나게 해주기 때문에 파괴인 동시에 해방이라는 것이다. 현대사회에서 식민화된 주체로 기능하는 대중이 억압주체에게 영향을 미치기 위해서 일관성 있게 단결해야 하며, 그 단결력이 보이는 위압적인 폭력이야말로 힘을 노골적으로 행사하지 않으면서도 절대적인 영향력을 지니는 바람직한 효과를 낼 수 있다. 이런 것이 한 단계 진화한 폭력이다.

---

3) 한국학의 세계화 사업단·연세대학교 국학연구원 편, 위의 책, pp.69-70.
4) 프란츠 파농, 이석호 옮김, 『검은피부, 하얀가면』, 인간사랑, 1998, p.150.

파농은 '투쟁하는 알제리의 소리'가 프랑스어 방송도 내보냄으로써 오히려 프랑스어의 보편성과 객관성을 부정하는 효과를 가져온 것에도 주목한다. 파농은 토착 언어인 아랍어와 베르베르어보다는 식민지배자의 언어로 배격 당했던 프랑스어의 사용에 큰 의미를 부여했다.[5]

언어의 문제에 있어서 『검은 피부, 하얀 가면』에서는 식민지배자의 언어를 구사하는 능력에 따라 백인화의 정도를 평가받고 싶어 하는 앙틸레스인들의 모습이 분석되었고, 『몰락하는 식민주의』에서는 지배자의 언어를 무조건 거부하는 알제리인들의 모습이 분석되었다. 파농이 보기엔 지배언어에 종속당하는 것과 거부하는 것, 전부가 정신의학적 측면에서 볼 때는 피해의식에서 비롯된 것으로 보았다.

『혼불』에서 가문의 몰락뿐만 아니라 외세의 침략으로 쇠락해가는 민족의 삶을 담아내고 있고, 민족전체에 해당하는 일본어 사용, 창씨개명, 동양척식회사를 통한 착취인 수탈과 공출 등으로 이루어진다. 조상의 대대로 내려온 뿌리인 성씨를 내놓거나, 학교에서 우리글 말살이나 황국신민을 위한 조약 이행을 강조한다거나, 초근목피로 연명하는 사람들이 생겨나 피폐한 상황이 극에 달하고 있다. 로컬 매안에서도 피해갈 수 없는 현실이지만, 청암부인이 존재하는 원뜸의 솟을대문에는 침략자들도 감히 어찌하지 못하는 기품과 정신이 서려 있다.[6] 그것을 극복해 나가는 청사진도 제시하고 있다.

---

5) 1954년 이전까지는 문화적 억압의 수단인 프랑스어를 거부하고 아랍어를 사용하는 것이 자신을 식민지배자와 구분하고 민족의 존재를 드러내는 형식이었다. 그러나 우리는 프랑스어가 통신 면에서 새로운 가치를 지니게 되었음을 간과해서는 안 된다. 지배의 언어, 압제의 언어였던 프랑스어가 방송용어로 사용됨에 따라 프랑스어는 알제리인들을 위한 전달능력을 보여준 것이다. 어이러니 하게도 프랑스어를 알제리에 보급하는 기능을 담당한 것은 (프랑스 정부의 노력이 아니라) 알제리 혁명, 알제리 민중의 투쟁인 것이다.

『혼불』에는 일제강점기의 시대상이 요약적으로 제시되어 있다. "일제의 착취와 억압이 심화되고 있었다.", "동양척식회사의 농사를 맡아 짓고 있는 사람들은 하루살이 농사 품팔이 같다는 생각에 참혹하였다."(3권, p. 307), "수탈로 인해 빈껍데기만 남게 된 소작인들이 많았다.", "놋그릇까지 공출해 가버려 명절에 차례를 변변히 올리지 못하는 상황이었으며"(5권, p.120), "금융조합의 부채를 갚지 못해 토지를 빼앗기고 마는 자작농의 상황"(5권, p.263) 등이 그것이다. 작가는 이와 같이 우리 민족이 당한 경제적 수탈과 민족 정체성의 위기를 작품 내에 사실적으로 담아내고 있을 뿐만 아니라 그와 같은 민족의 위기 상황에 대처하는 청암부인의 삶과 그를 이어갈 인물과 기층민이 대처하는 삶도 다채롭게 그려내고 있다.

그렇다면 『혼불』에서 매안 이씨 양반가 여성들의 삶을 통해 작가가 보여주려고 한 것은 단순히 가문을 일으켜 세우는 종부의 이야기가 뿐만 아니라, 민족정체성의 뿌리가 흔들리던 급격한 혼란기에 로컬의 가족공동체 구성원과 다채로운 인물들이 청암부인을 중심으로 어떻게 대응했는가를 이야기하고 있다.

　　"답답한 일이야."
　　"가문, 가문 하지만 그도 다 선대적 말입니다. 팔한림(八翰林)에 열두 진사(進士)가 나고 정승, 판서 즐비하게 했다는 족보가 자랑이 아닌 것은 아니올시다마는 이 당장에 그 후손인 우리는 무엇으로 가문을 빛 냅니까? 벼슬을 하려니 조정이 있기를 합니까아, 충신이 되자니 임금이 계시기를 합니까. 거기다가 선비로서 갈고 닦은 학문으로 후학(後學)을 기르자니 학동이 있기를 합니까. 죽림칠현(竹林七賢)이 되자 해도 대밭이 없

---

6) 이현하, 앞의 논문, p.30.

는 세상 아닌가요? 도대체 무얼 가지고 이 가문을 번창하게 할 수 있겠습니까? 체면, 체면, 지금 이 세상 돌아가는 난국이 어디 체면 있는 세상인가요? 상놈이 상전 되는 세상 아닙니까야, 왜놈들이 상감노릇 허는 것을 눈 뜨고 보고 있을 수밖에 없는 무력한 백성이라면, 솔직히 무력헌 것을 인정하고 쓸데없는 양반 체면 따위에 매이지말 일입니다.

　… 중략 …

기표의 음성은 꼬챙이처럼 이기채의 심정을 아프게 쑤신다. 그럴수록 이기채는 정신이 헛갈릴 만큼 어지러워 저절로 탄식이 터져 나왔다.

그리고 움켜지고 있는 것들을 송두리째 누구에겐가 떠맡겨 버리고 싶어진다.

(2권, pp.75-76)

그가 말하는 나라 없는 표현을 보면, '왜놈이 상감노릇'하는 것으로 우리의 왕실이 무너져버린 형국이며 제국의 폭력에 저항하지 못함을 알 수 있다. 기채의 입장으로 보면, 그는 로컬 향리의 한 양반 가문에서 빈 종가만 지키고 있는 형국이다. 어머니 청암부인의 유지를 잇는 기채의 의식에는 빈종가라도 뿌리까지 뽑힐 수 없다는 것이 소설의 전반적 바탕에 깔려있다. 종가의 책임자인 기채는 무력하나마 대종가의 명맥을 이을 의지만을 가지고 있다. 그러나 동생 기표는 일제에 동화되어 살아가야 가문도 살길이라는 것이다. 가문에서도 가문의 살길에 대해 순응하는 부류가 보이기도 한다.

나라 잃은 식민지 조선에서 일제 폭력에 순응하는 사람들은 일본으로 유학을 하거나 강제 징병당하거나 새로운 살길이라 유린당하여 만주 봉천을 유랑하게 된다. 순응하며 살았던 사람들도 결국 설 곳이 없고 피폐한 삶의 연속이었으며, 잃어버린 나라를 찾는 일은 쉬운 일이 아니다.

파농은 식민폭력에 폭력을 통해 쟁취하고자 하는 궁극적인 목표는 민족해방이며, 그가 의미하는 민족은 인종과 계급이 맞물린 복합적인 개념이다. 진정한 탈식민화의 과업은 물리적인 민족해방이 이루어지고 난 후부터 시작된다는 것이다. 식민시기는 36년이나 이어졌는데 작품의 배경 시기는 1940년대 식민지 폭력이 만연하고 민족은 궁핍한 상황이었다.

　　그러나 소설의 여성 종부 청암은 식민폭력에 폭력적 대응방법을 택하기보다 전통문화를 고수하며 기품 있는 공동체의 어머니로서 여성적 방법과 아울러 남성적 대응방법으로 극복하려 한다. 특히 창씨개명[7]에 대해서는 일제는 강제적으로 창씨를 하도록 종용하였지만 청암부인은 끝까지 순응하지 않는다. 여성의 힘으로는 창씨개명을 거부하기란 쉽지 않은 일이다. 이 가문의 남성인물들에서는 창씨를 해야 한다는 주장이 있지만 청암은 '성과 이름'을 잃는다는 것은 우리의 뿌리를 잃는 것이라 생각하고 창씨개명을 결사적으로 반대하는 입장이었다.[8] 이 시대를 같이하는 로컬 향리인 고성 이씨 종부들의 항일운동 방법들이 드러난 예들도 많이 있다.[9]

---

7) 미나미 총독은 창씨개명을 무단철권통치적인 정책수단으로 밀어붙인다. 특히 양반인사들에게는 '치안 유지법' 위반혐의를 씌어 협박하거나 특혜를 주어 회유했다. 전국 유림과 문중 간부의 자택을 순사가 직접 방문하여 강제로 바꾸도록 하였고, 조선어학회 회원들은 유치장에 잡아놓고 자진해서 창씨개명하였다고 허위로 발표하고 예술인들을 동원해서 창씨개명을 홍보하기도 하였다. 구광모, 「창씨개명정책과 조선인의 대응」, 『국제정치논총』 45, 한국국제정치학회, 2005, p.45.

8) 창씨는 종족집단의 해체를 목표로 하고 있기에 문중회의에서 같은 '씨'를 설정하는 것은 창씨정책에 위반하는 것으로 간주하였음. 미즈노 나오키, 「동화와 차이화-일본의 식민지 지배와 '창씨개명'」, 『일제 식민지 시기 새로 읽기』, 한국학의 세계화 사업단·연세대학교 국학연구원 편, 혜안, 2007, p.73.

9) 이 종가 '고 허은 종부'는 석주선생의 손부며느리로 16살에 만주에서 독립 운동하는 종가의 며느리가 되었다. 이 종부가 만주에서 행한 일들은 남성들과 그 역할이 좀 달랐다. 직접 총을 들고 싸움터로 나가는 대신, 독립군의 살림을 살며 의식주를 주로 담당했다. 강혜경, 「양반여성 종부(宗婦)의 유교 도덕 실천의 의의」, 『한국사회사학회 논문집』 제78집, 2008, p.203.

우리가 36년간을 식민지인으로 살아왔던 오랜 시간동안에는 끊임없이 제국으로부터 다양한 폭력의 방법이 수반되었던 것이다. 그들이 자행한 언어말살정책이 문화폭력의 한 예이다.

제 한 몸의 굴레가 버거운 강모는, 만주의 차가운 밤바람이 유리창문 두드리며 할퀴는 발톱에, 가슴이 긁히는 것만 같다.
"동국사략 필경본을 은밀히 등사해서 손에 손에 건네 읽은 학생들은 지금까지 학교에서 배우지 못했거나 잘못 배운 역사에 대해 새삼스럽게 놀라고, 이 터무니없는 일본의 강압적인 지배와 흉악한 횡포, 그리고 압제를 벗어나, 우리 민족, 우리 역사, 우리 문화를 기어이 찾아야 한다는 자각에 뜨거운 심장이 불타 올랐지. "그때 교장 장전부작(長田富作)은 평소에 일인 학생과 조선인 학생을 노골적으로 차별해서 공개적으로 "죠센징은 불결한 족속들이고 미개 야만적인 저질 민족이다." 하고 모욕하기 일쑤였다.
또한 학교에서 조선말을 쓰는 학생이 발각되면 설령 그것이 비명이거나 농담이었다 할지라도, 가차없이 적발해서 며칠씩 변소 청소를 시키는 것이었다.
그리고 목에다가
"나는 조선말을 사용했습니다. 나는 개입니다."
라고 쓴 팻말을 철사줄로 꿰어 걸고 하루 종일 복도에 서 있도록 하였다. 그것은 몹시 굴욕적인 처사이기도 했지만, 한편으로 형벌이었다.
(10권, pp.40-41)

이렇게 일제 강점기의 폭력성이 여실히 드러난다. 조선말을 쓰지 못함은 물론이고 조선은 미개하고 야만적인 저질민족으로 폄하하고 있다. 식민 지배자로서 일본은 피식민자의 정체성을 자기중심적 시선과 담론으로 고착된 정형화인 것이다.[10]

---

10) 예컨대 "흑인은 방탕하며 아시아인은 표리부동하다"로 식민주의 담론을 통해 피식민자를 정형화하는 것이다. 식민지에서 예속화된 주체는 그 같은 정형화를 통해 생산되며,

교육정책을 통한 문화말살은 황국신민화를 하기위해 피식민자로서는 당연한 정책이다. 그러나 폭력은 폭력으로 강하게 대처해야 하지만 그녀 역시 굴하고 않았다. 청암부인은 창씨개명에는 강하게 대처하는 모습을 보인다. 그녀는 가문을 중시하는 인물로 성과 이름을 바꾼다는 것은 나아가 나라를 뿌리째 뽑는 것으로 여기며 폭력에 강하게 대처하기도 한다. 또한 우리글을 잃어버리지 않기 위해 만주 봉천을 유학하는 젊은이들이 주축인 '비밀 독서회'라는 숨은 조직을 통해 우리글을 읽고 배우며 생명력을 잃지 않으려고 했다.

우리 독서회라는 모임도 마찬가지였겠지.
……중략……
현황들을 뜨겁게 이야기했으나, 그것은 한낱 힘없는 달걀들의 무모한 몽상이요, 벙어리 시늉일는지도 몰라.
눈멀고 귀먹어 민둥하니 낯바닥 봉창이 된 달걀, 껍데기 한 겹, 그까짓 것 어느 귀퉁이 모서리에 톡 때리면 그만 좌르르, 속이 쏟아져 버리는, 알 하나.
그것이 바위를 부수겠다. 온몸을 던져 치면, 세상이 웃을 것이다.
하지만 바위는 아무리 강해도 죽은 것이요, 달걀은 아무리 약해도 산 것이니, 바위는 부서져 모래가 되지만, 달걀은 깨어나 바위를 넘는다.
저 건강해 보이는 일본 제국주의 철옹성, 살인적인 압박과 폭력도 달걀 한 개를 이길 수 없는 날이 반드시 올 것이라, 우리는 믿었지.
달걀에는 생명이 있기 때문이었어.

(10권, p.30)

식민지배자는 그런 예속화 과정을 통해 식민주의의 지배권력을 행사한다. 여기까지가 정형화에 대한 일반적인 해석이다. 바바는 그러한 해석은 식민적 정서의 양가적, 분열적 속성을 제대로 파악하지 못한다고 주장한다. 정형화는 식민지배자의 정체성과 권위를 강화시켜주는 것이 아니라, 오히려 피식민 '타자'에 대한 모순된 심리적 반응으로 인해 식민지배자의 정체성과 권위가 분열되고 불안정해지는 증거로 해석한다. 최종천, 「탈식민주의 문화이론의 해체론적 접근」, 『범한철학』 제61집, 2011, P.399.

일본의 경우 식민폭력은 현실화되고, 외면화되며, 구체적인 행동으로 나타났다. 즉, 일제 식민폭력이 물질화된 것이라면 조선에서의 저항은 사상화되고, 내면화되며, 정신화된 저항이라고 할 수 있다. 그러므로 일본의 식민지하 폭력정책에 우리는 완전히 굴복한 것처럼 보였지만, 그것은 표면적일 뿐 실제로는 이 같은 저항의 내면화가 이루어지고 있었던 것이다.

위의 예문에서 보듯이 나약한 조선인이 계란으로 바위를 칠 수 있는 것은 아니다. 그러나 계란에는 생명력이 있다는 의지와 민족혼을 느낄 수 있다.

일본제국의 폭력성은 조선 땅의 교육 현장에서도 마찬가지이다. 조선어를 배우지 못함은 물론이고, 창씨개명을 통해 새로운 일본이름을 갖는 것으로 우리말과 우리의 역사교육은 물론 '나' 라는 정체성까지 박탈당하는 현실이었다. 그러나 우리민족의 끈질긴 민족혼은 잃지 않았던 것이다. 일제식민지 상황은 길을 막고, 말을 막고, 지식이 거세당한 현실이었지만, 우리민족은 결코 굴하지 않는다.

『혼불』에서 매안은 민족의 정체성과 남성성이 거세당한 식민지 폭력의 로컬이다. 로컬 향리의 수장으로 등장하는 청암부인은 식민지 폭력성에 잘 대처하는 인물이다. 그녀는 가문의 어른으로 마을의 지도자로서의 고집스러움과 나눔을 실천하는 인물이다. 매안의 저수지를 재정비함으로써 넘쳐나는 물은 생명의 원천이며 다시 생성할 수 있는 젖줄로 여기며 농촌에서 농사를 잘 짓기위한 기본적인 조건부터 갖추고자 한다. 그러기에 그녀는 매안의 모든 사람들에게서 모성성의 원형으로 작용하고 있다.

"우리 조선이 망했다 하지만, 결코 망할 수 없는 기운을 갚아서 여기 우리 매안이 저수지에다 숨겨둔 것이라고. 남 모르게 그득 채워 재워 놓고 우리를 살려줄 것이라고. 예사로운 일이 세상에 어디 있는가. 모두가 다 뜻이 있지. 밖으로 난 숨통을 왜놈이 막았다면, 한 가닥 소중한 정기는 땅 밑으로 흘러서 예 와 고인 것이다, 나는 확신했었네. 아무한테도 발설한 일은 없었지만, 나는 누구인가 내게 맡긴 이 물을 잘 간수하리라 다짐했어."

(3권, p.33)

　　위의 인용문은 청암부인이 율촌댁에게 해주는 이야기의 일부이다. 청암부인은 저수지에 고인 물이 "결코 망할 수 없는 민족의 정기라고 믿으며, 누군가가 자신에게 맡긴 그 정기를 잘 간수하리라" 다짐하고 있다. 청암부인의 이야기는 민족의 정체성이 흔들리는 위기 상황에서도 한 여성의 지도적 노력과 의지에 따라 얼마든지 민족의 정기가 계승될 수 있다는 것을 강조함이 드러나 있다.

　　다양한 계층에서 일제 식민지 폭력성으로 인한 피해는 사회 내부 깊숙이 영속화 되어있다. 광복 후 반세기가 넘는 오늘날에도 일제 강점기의 망령이나 잔재들은 심심찮게 되살아나오고 있는 것이다. 식민지배자의 폭력성에 대한 것은 우리에게 큰 트라우마로 남는다고 할 수 있다.

　　파농은 주체와 타자의 대결적 차이에 기초하여 민족 해방을 획득하려는 방식은 너무 단순 논리라는 것이다. 그러한 방식은 과거 식민지였던 지역의 차원은 물론 현재의 전지구적 문화 환경에서 이질적인 문화들이 접촉할 때 발생하는 갈등과 차별을 협상할 수 있는 정치적 대안이 될 수 없다. 만약 주체와 타자 사이의 차이가 명백하고 식민지배자와 피지배자의 권력 관계가 억압적이라면, 피지배자의 저항은 당연히 무례할 수 없다는 것이다. 식민 지배자가 억압적 관계를 유지하려고 하는 한, 피지배자는 식민 지배자에 대한 투쟁과 대립의 자세는 버릴 수 없다. 그러나 지배 권력의 방식으로 지배 권력에 저항하는 자는 반드시 그 지배 권력의 논리에 얽매여 지배 권력을 고착화할 뿐이다.[11]

2. 식민지배자의 수탈과 로컬의 혼돈

식민지 지배자는 피식민자들에 대해 모든 수단의 횡포를 감행한다. 어느 나라든지 식민지에 대해서는 특정한 식민통치정책을 실시하며 그 유형은 분류기준에 따라 다양하게 나타날 수 있다. 수탈된 식민지 조선은 경제적 피폐로 인한 굶주림이 가속화되고 살길을 찾아 고향을 떠나는 인물들이 생기기도 한다. 특히 젊은 남성들은 로컬 농촌의 힘든 경제적 현상으로 좀 더 나은 제국의 공간으로 부유하면서 살아간다. 젊은이들은 만주 봉천이나 동경을 유학하곤 하였지만, 그들에게는 딱히 좋은 직업과 안주할 공간이 없다. 그들은 식민 지배자가 더없이 좋은 이상향이라는 거짓 종용으로 떠나갔지만, 그곳은 농사를 제대로 지을 수 없는 척박한 곳으로 농사를 짓기 위해서는 새롭게 개간해야할 처지인 것이다. 그들은 척박한 돌밭을 개간하여 곡식을 심고 수확하여 생계를 이어가는 강인함을 보여주고 있다. 그러나 그들은 항상 종부들이 지켜가는 고향 매안만이 마음의 안식처로 존재할 뿐이다.

---

11) 최종천, 「탈식민주의 문화 이론의 해체론적 접근」, 『범한철학』 제61집, 범한철학회, 2011, p.409.

초국적 자본의 중심은 전지구적으로 전개되고 서구중심의 근대적 균질화가 공격적으로 이루어냄과 동시에 종속적이고 문화적인 파편화가 동시에 진행되면서 세계를 해석하는 부분에 변화가 일어나고 있다. 로컬의 젊은이들이 근대 초극의 날조된 세계를 향해 꿈을 가졌던 부분도 이 때문이라 할 수 있다. 그러나 그들은 집단이든 개인이든 근대 자본의 논리에 객관화·무력화시킨다. 로컬인의 불투명한 미래와 피폐한 현실에 대한 극복이 시급한 문제이다.

로컬리티를 거론하는 이유는 두 가지인데, 첫째는 중앙화에 대비되는 현상으로써 로컬의 빈곤화 문제가 발생하기 때문이다. 둘째는 로컬리티의 왜곡현상이 발생하는 것으로 정체성의 왜곡과 관련 있다는 것이다.[12] 로컬은 중앙과 대비될 때 내부 식민지문제가 야기되기도 한다. 특히 경제, 정치, 교육 부분에서는 중앙을 뛰어넘을 수 없다. 로컬 매안의 불투명한 현실은 식민지 농촌 수탈현상이 일어나고, 근대자본을 활용할 수 없었으며, 교육에서도 낙후되는 중첩된 현상이 나타난다. 그러므로 피식민자의 희망적인 살길은 디아스포라 공간으로 향하는 것이라 할 수 있겠다.

그러나 죽지 못하는 것도 한도가 있는지라, 드디어 팔도 각처에서 부황이 나고, 굶주림에 지쳐 흙을 파 먹다가 하룻밤을 자고 나면 송장으로 변하는 사람들이 아우성처럼 생겨났다. 그런 중에 할 수가 없어 깨진 바가지 하나 겨우 들고 온 식구가 정처 없이 길을 떠나는 무리들이 동네 어귀마다 즐비하였다.

"만주로 가거라."

"그곳에 가면 임자 없는 땅이 지천이다. 누구든지 먼저 가서 말뚝 박

---

12) 홍성민, 「문화, 로컬리티, 주제형성」, 『로컬리티 인문학』, 부산대학교 한국민족문화연구소, 2011, p.276.

고 개간하면, 그것이 바로 자기 땅 되느니. 만주로 가거라."

일본에서는 그렇게 충동질하였다.

그래서 얼마나 많은 사람들이 남부여대(男負女戴)로, 사내는 이불 보
통이를 뚤뚤 뭉쳐 등에 지고 아낙은 다 떨어진 옷 보따리 하나를 머리에
인 채, 바가지 덜렁거리며 만주로 만주로 흘러갔던가.

(5권, pp.261-262)

일제는 로컬의 농촌까지 수탈의 대상으로 곡식과 같은 많은 생산
물들을 수탈해가고 농촌 살림은 피폐할 수밖에 없어 매안의 소작인
들에게 만주로 갈 것을 종용하고 있다. 만주로 간 사람들은 척박한
땅을 일구는 것이 쉽지 않았으며 농사를 지어도 수확을 보장할 수
없는 곳이었지만, 그들의 달콤한 속임수로 매안의 하층민들은 고난
의 세월을 보내고 있으며 고향에서 삶보다 혹독한 세월인 것이다.
그들은 고도의 전략으로 새로운 세계를 제시한다. 디아스포라 제3의
공간에서 "말뚝 박고 개간하면" 우리민족의 땅이 될 수 있다는 것이
다. 식민자는 피식민자의 공간과 민족을 해체시키려는 만행으로 비
옥한 땅과 민족의 혼을 빼앗으려는 고도의 전략이다. 또한 그들은
'농업보국청년대'를 조직하여 노동착취를 감행함으로써 우리농촌 노
동력을 착취하여 그들의 경제발전을 이룩할 계획이다.

"진보된 영농법을 견학 실습시켜 준다."는 구실을 내세워 매년 봄·가
을로 두 차례 인력을 강제 동원하여 일본으로 파견하였다. 일손이 가장
바쁜 농번기 모내기철과 추수철에 나라·사가·미에와 그 외의 다른 영
농지로 끌려간 조선인들은, 일본인 출정 유가족의 농가에서 무려 사십여
일씩이나 등뼈가 휘어지게 모 심어 주고, 벼 베어 주고, 온갖 자질구레한
일을 다 해준 뒤에야 조선으로 돌아올 수가 있었다.

그야말로 노동력의 착취였다.

농사일이란 단 하루 한나절만 비워도 눈에 띄고 표가 나는 것인데, 제 논밭 돌보느라고 잠시 옆눈 돌릴 틈도 없어야 할 농번기에, 조리장수 체 곗돈이라도 움켜다가 놉을 사 대야 할 제 농사를 버려 두고, 생전에 코 빼기도 본 일 없는 남의 나라 남의 땅에 남의 집 농사 지어 주고 지쳐서 털래털래 돌아오는, 농부들의 어처구니없는 정경이라니.

아, 이래서 종이로구나. 종.

(5권, p.262)

점진적으로 조선 전체를 해체시키려는 식민자의 만행에 우리는 속수무책 당해야만 했다. 매안 사람들은 고향 농촌을 버려두고 강제 노동을 해야 하는 지경에 이르렀다. 조선에서 생산되는 모든 것들을 착취해가고도 모자라서 농사를 지어야 할 시기에 농촌의 젊은 일손 을 '진보 영농법'이라는 명목을 붙여서 노동력착취를 감행한다. 따져 본다면, 우리는 일본의 종노릇을 해야 했던 것이다. 우리 고유의 풍 습에서 농촌의 농번기에는 향약인 두레를 하면서 농사일에 상부상 조하며 살아왔다. 그러나 농촌일손이 가장 필요한 시기에 농촌 일손 을 착취하여 농가수입에 피해를 끼치는 행위를 감행하였다.

3. 로컬 공동체의 결속력과 힘

로컬 매안 양반 가문은 민족정체성을 잃지 않기 위해 전통문화를 지켜야 한다는 의식을 바탕으로 결속력을 높이고 있다.

파농은 피지배자들은 탈식민 투쟁을 통해 식민주의를 전복시키지 않고서는 자신들의 전통문화를 찾을 수 없다는 생각을 전한다. 파농 은 식민지 국가들에 있어 전통이란 근본적으로 불안정하며 과거로의 원심적 경향을 갖는다고 생각했기 때문이다. 식민지배자가 소멸시키고자 하는 문화를 추구하는 것은 민족적 의지를 표현하는 것이며, 그것이 관성의 법칙에 의한 반작용으로 끝나서는 안 된다는 것이다.

식민지 경제적인 난국이지만 로컬도 나름대로 특징적인 문화를 바탕으로 하여 중앙의 힘보다 더 강한 결속력으로 시대를 헤쳐 나간다. 우리의 경우 궁성이 무너지고 왕가는 해체되어 국법은 힘을 잃었지만, 향촌은 식민지 난국에서 공동체의 규범인 향약을 지켜가며 살고 있다. 그들에게는 경제적인 어려움이 있지만, 공동체의 정신력이라는 더 강한 결속력으로 시대를 극복해간다. 그 구심점은 매안 이씨 양반 가문이었다.

매안 양반 가문을 주체로 하여 마을 공동체를 잘 존속시키기 위해서 향약이 큰 역할을 한다. 그것은 양반 가문의 보호는 물론 여성 섹슈얼리티의 억압이라는 유교의식이 뿌리깊이 내재되어 있다. 향약은 공동체 보호를 위해 법과 같은 규율이 있다. 그 규율을 어길 때에는 엄격한 벌이 가해진다.

> 또한 매안의 향약이 서슬 시퍼렇게 살아서, 그 4조에 행실이 바르지 못하여 예의를 모르고 풍속을 문란하게 하는 자
> . 유부녀를 겁간, 간통하는 자.
> . 수절하는 과부를 유혹, 위협하여 절개를 지키지 못하게 하는 자.
> . 상민으로서 양반을 업신여기고 욕되게 하는 자.
> . 젊은 사람으로서 마을의 어른을 욕되게 하는 자.
> . 일가 친척과 화목하지 못한 자.
> . 간음한 자.
> . 행실이 부정하여 마을의 기풍을 더럽히는 자.
> 들을 '극벌(極罰)'에 처한다고 명시하고 있지 않은가.
>
> (7권, p.233)

청암부인을 비롯한 종부들은 엄격한 매안의 향약과 가문의 법도를 지키는 있는 인물들이다. 특히 청암부인은 가문의 수장으로서 식솔들을 관리하였고, 그녀가 베풀어야 할 노복이 있으면[13] 종손의 위엄으로 아랫사람들을 보호하고 온정과 덕을 베푸는 인물이다.

한 가문의 정신을 이어감은 생물학적 세대의 연속을 의미하지 않는다. 종가의 정신을 받드는 일은 가문의 의미와 가치를 전승하는 것으로서 사자와 산자의 만남이며, 부재하는 과거의 발신자와 부재하는 미래의 수신자를 회통하는 일이다.[14]

식민지 상황은 내부적 권력체계의 상실을 의미한다. 일제의 근대적 법체계의 일방적인 작용은 조선에서 잘 작동되고 있지만, 매안과 같은 향촌에서는 국법을 대신하는 향약이 있으며 양반이 주축이 되어 질서를 유지시키고 있다. 향약은 작은 뿌리 조직이지만 그 규약은 엄정하였다. 이 마을에도 공동체를 잘 유지시키기 위해 법과 같은 향약이 존재한다.

특히 식민지 국가 권력체계가 부재하는 상황에서 전통적 지배로서의 향약은 일상적인 삶에 직접적으로 작용하여 강력한 규범이 되고 있다. 그러므로 매안향약은 중앙정치의 영향이 미치지 않는 공동체나 가문의 질서를 바로잡는 규범이 되기도 하였다.

---

13) 양반여성들의 리더십은 자신들이 부리는 노비관리에도 보인다. 양반가의 여성들에게 노비부리는 일은 매우 중요하였다. 행장을 보면 양반 여성들은 노비나 아랫사람을 부리는 일에 엄격함도 있었지만 보살핌과 관용을 베풀고 있었다. 노비는 주인의 재산으로서 독립적인 인격의 주체가 되지 못하였다. 그러나 주인이라 하여 함부로 노비들을 부릴 수는 없었다. 노비 또한 인간이며 귀중한 재산이었기 때문이다. 노비주로서 양반여성들은 노비를 부릴 때 잘 다스리도록 교육을 받았다. 여성들은 노비나 아랫사람을 거느릴 때 엄하게 부렸으나 자애로움도 잃지 않아야했다. 송시열, 『戒女書』, 「노비부리는 도리」. 한희숙, 「조선후기 兩班女性의 생활과 여성리더십」, 『여성과 역사』제9집, 한국여성학회, 2008, P.31 재인용.

14) 황국명, 「『혼불』의 구술문화적 특징」, 『혼불과 전통문화』, 신아출판사, 2003, p.114.

국법은 만일 태산이나 준령 같은 산악이라면, 향약은 거기서 뻗어 나온 산맥에 뿌리를 박고 있으면서도 나름대로 높고 낮은 능선과 골짜기를 이루면서 마을을 싸고 있는 작은 산이라고나 할까. 그래서 향약은 멀리 있는 국법보다 훨씬 더 구체적이고, 직접적이고, 세밀한 규범으로 마을 사람들 속에 작용하였다. 그것은 마치 자고 새면 대하는 산천같이 사람들의 삶과 한 동아리로 어우러진 규범이면서, 또 그 만큼 피할 수 없는 규범이기도 하였다.

그래서 국법은 팔도의 백성 누구에게나 똑같은 것이었지만, 향약은 나라의 고유한 풍습과 각 지방의 실정에 알맞은 규약으로, 한 마을의 질서를 바로잡고, 나아가 아름답고 의젓한 풍속을 고을이 똑같을 수가 없었다.

달라야 했다.

이 점에 착안한 사람이 퇴계(退溪) 이황(李滉)과 율곡(栗谷) 이이(李珥), 두 분이었다.

퇴계는 명종 11년에 여씨향약을 참작하여 그것을 바탕으로 '예안향약'(禮安鄕約)을 만들었으며, 율곡은 선조 4년에 청주 목사로 있으면서 전직 목사들이 만든 향약을 수정하여 '서원향약(西原鄕約)'을 만들었다.

... 중략...

매안 마을에도 일찍이 오래 전부터 '매안향약(梅岸鄕約)'이 있어, 향규(鄕規) 동령(洞令)의 엄격한 서슬을 푸르게 세우고 있었으니.

이 규약은 비단 매안뿐만 아니라 인근 동네, 그리고 고리빼미나 거멍굴 같은 민촌에까지도 두루 적용되었다.

(5권, pp.141-142)

로컬의 향촌 여러 곳에는 향약들이 존재한다. 예로부터 우리는 농경사회가 주축이어서 두레나 향약이 마을 공동체의 일손을 도우며 결속을 도모하였다. 여씨향약을 비롯하여 예안향약, 서원향약, 해주향약 등 로컬을 중심으로 향약들이 있었다. 로컬 매안에도 매안향약이 있고 이를 통해 마을의 질서를 유지시켰으며 식민지 로컬의 혼란 시기를 극복할 수 있는 힘으로 작용한다. 비록 중앙 궁궐은 해체되었지만 로컬 매안은 공동체의 결속으로 식민지 난국에 이를 통해 뿌리까지는 뽑히지 않았음을 보여주는 것이다.

향약은 국법에 비유할 수 없는 작은 뿌리의 조직이다. 그러나 로 컬을 지탱하게 했던 규범으로 국법이 미치지 못하는 가정 내의 질서 까지 관장하기도 하였다. 그러므로 매안향약에서도 고리빼미, 거멍 굴 같은 민촌 하층민에게 향약의 규범이 적용되어 질서를 유지시키 게 하는 규범이 되고 있다. 매안향약의 조직 관리와 규범을 잘 다지 기 위해서는 일 년에 두 번(삼월 삼짇날과 구월 구일)은 마을 사람 들을 모아놓고 강회를 한다.

> 이날은 매안에서는 강회를 열었던 것이다.
> 그리고 오뉴월 놋뙤약볕 칠팔월 무더위가 다 가신 다음에, 달 밝은 한
> 가위 지나고 맞이하는 구월 구일, 처마밑의 제비가 둥지를 비워 놓고 강남
> 의 고향으로 아득히 돌아가고, 북방의 먼 곳에서 기러기 찾아오는 날이니
> ...중략...
> 봄·가을 강회 때는 관청의 유사에게도 알리어 참석토록 하고, 온 고
> 을의 유생들이 모두 한자리에 정연하게 모여서, 맑은 소리로 향약을 읽
> 고, 마을의 선악을 밝히었다.
> 그리고 예절을 갖추어 어른과 젊은 사람의 도리를 지키는 가운데, 봄
> 에는 두견주, 가을에는 국화꽃술을 마시면서 도도하게 담론하였다.
> ...중략...
> 그렇게 이날 모임을 위하여 쓴 비용을 제한 나머지는 마을 공동의 길·
> 흉사에 쓸 것으로, 계의 재산인 보(寶)에 넣어 저축해 두었다.
>
> (5권, pp.153-154)

농촌에서 향약은 농사일을 효율적으로 행하기 위한 마을 조직이 기도 하였고, 중앙정치의 영향이 미치지 않는 공동체나 가정의 질서 를 바로잡는 역할을 하기도 한다. 매안의 향약은 체계적으로 이루어

지고 있다. 매안의 강회를 통해서 마을 사람들이 향약의 규범을 잘 이행하였는지 함께 점검하기도 하고, 마을 사람들과 음식을 마련하여 친교의 장을 펼치기도 하여 봄과 가을로 일 년에 두 번 강회를 갖는다. 강회 때에는 마을 사람들의 일 년 행동에 선악을 가려 상벌을 주어 공동체의 질서를 바로잡는 역할을 한다.

향약에는 마을 대소사의 어려움을 같이 나누는 두레가 포함되어 있으며, 두레계의 돈으로 마을의 어려운 가정을 돕는 일을 의논하기도 한다. 또한 강회날은 잔치 분위기이기도 하여 마을 사람들은 맛있는 음식이나 두견주, 국화주같은 전통주를 마시며 예를 갖추어 마을의 결속을 재다짐 한다. 향약의 규범을 읽으면서 재차 규범대로 살아갈 것을 다짐하며 술과 음식으로 잔치의 분위기를 통해 연례행사를 행하며 마을의 강한 결속을 이루는 날이 된다.

향약은 지역마다 다르고 또 달라야 한다고 지적되는 것처럼, 향약은 지리적 다양성이 있었다. 특히 향약의 회원이 양반 선비라는 특정 신분으로 구성된다는 점에서, 향약의 전통적 권위가 기층민중에게 불리하게 적용되거나 자의적으로 남용될 위험도 적지 않았다. 예를 들면, 돈으로 벼슬을 산 임장업이 정자관을 쓰고 거드름을 피웠다는 이유 "거드름을 있는 대로 부리고 위세를 허면서 머리에 정자관(程子冠)을 쓰고 집안에서 배 내밀고 어흠 어흠, 왔다갔다 허다가, 장업이란 놈이 맹랑허게 그런 짓을 헌다는 말이 매안에 들어와, 문장 어른 노여움을 산 것이다."(5권, p.158)로 멍석말이 몰매를 당하기도 한다.

향약은 국법처럼 지켜야 할 강력한 로컬의 공동체 규약이었다. 매안은 향약으로 공동체를 지탱하고 로컬정체성을 잃지 않았으며, 매안 가정 내의 질서까지 관장하였다.

『혼불』의 남성들도 소설에 등장하지만 대체적으로 식민지 현실을 도피하거나 순응하며 살아가거나 제국의 공간에 유학하거나 이주하여 편입하면서 디아스포라인으로 살아간다. 제국의 공간으로 노동착취를 당하거나, 척박한 제3의 공간으로 살길을 찾아가는 곳에는 죽음과 고난의 연속이었다. 그러나 일본에서 유학 하는 것은 생활에 여유가 있는 남성이거나 양반의 자제로서 순응하는 남성들이지만 자신들의 입지를 굳히지 못하고 있다.

> "지금은 세상이 달라졌습니다." "달라진 세상을 어제 오늘 겪은 것이 아니다." "내일은 더욱 달라질 것입니다." "아무리 세상이 달라져도 옛법 또한 무시할 수 없는 법이다. 하기는 많이 달라졌지. 요새 종이 그게 어디 종이냐? 종이 상전 노릇 한다. 너는 나가 있어 모르지. 상투 깎아 단발하듯, 옛법을 싹 깎아 버려도 되는 줄 알지만, 그 어떤 법이 남아 내려올 때는 다 까닭이 있는 것이다."
>
> "필요하면 새법을 만들기도 하지요."
>
> "너는 일찍이 개명해서 바다 건너 동경까지 유학을 갔지마는, 나는 이곳에 남아 옛모양을 지키고 있다. 자고 이래로, 궁성이 있는 곳은 임금이 계시니 가장 옛법이 성할 것 같지만, 사실은 그 어느 곳보다 제일 먼저 외국의 문물과 새로운 법식을 받아들이는 곳이 곧 왕실이다. 늘 외국으로 드나드는 대신들이 있고, 외국에서 들어오는 사신들이 있는 까닭이지, 안경이니, 자명종이니, 전깃불이니, 모두 궁전으로 먼저 들어가고, 그 연후에 궁궐 가까이 인접한 동네로 그것이 퍼진다. 그곳은 권문 세도가의 집들이 있는 곳인 탓이다."
>
> … 중략…
>
> 서울과 멀리 떨어진 곳 궁벽진 비산비야, 진부하고 고루하고 낡아빠진 유습이나 지키면서, 시대에도 뒤떨어져, 아무 쓸모 없는 구법에 얽매인 듯 보이는 이 향리의 선비나 아낙네들한테, 진실로 변치않는 이 나라의 전통은 남아 있는 것이야.

네가 서울도 아닌 동경까지 가서 새법 많이 공부하였겠으나, 내가 여기서 지키고 있는 것들이 모두 하찮은 것은 아니다.

"양반과 천첩 사이의 소생도 일정한 수속을 거쳐야만 양인이 되었고, 노비가 속량이 되는 경우 또한 공노비는 대구(代口)하여 제 나이와 비슷한데다가 질병이 없는 자를 대신 박아 넣고 풀려났으며, 사노비는 납전속량으로 노주(奴主)한테 속량가 백 냥은 내야 풀려났으니, 당시 백냥이라면 면포가 오십 필에 쌀이 열석 섬, 적지않은 비용인데 지금이라고 그 절차 거치지 않고 속량이 될 수 있겠느냐?" "만일 이들이 달아난다면 어찌하시렵니까? 지금은 장례원(掌隷院)도 없고 노비 추쇄도감도 없습니다. 또 옛날처럼 속량문기(贖良文記)를 작성하는 시대도 아닙니다."

...... 중략......

"나라는 망하지 않았다. 내가 있고 네가 있고, 종중(宗中)이 있고, 이 마을 저 마을이 모두 그대로 있으며, 자식들과 손자들이 자라고 있는데 왜 나라가 망했단 말이냐. 망했다 망했다 하지 말아라. 다만 잠시 나라의 이름이 덮여 있을 뿐인즉." 나는 아무것도 변하지 않았다. 아조(我祖)와 더불어 모든 것은 그대로이다. 이기채는 단호히 말하였다.

(8권, pp.263-266)

일제는 조선인에 대해 창씨개명을 강요한다. 매안의 가족들 중에는 내선일체[15]라는 달콤한 전략에 빠져 개명을 하고, 제국의 공간에서 유학을 하는 것으로 가족의 결속력을 떨어뜨리게 하는 인물도 있다.

기채는 이씨 가문의 인물로서 개명을 하고 유학하는 인물이다. 그러나 기채는 종손으로서의 직접적인 역할을 하지 못하지만 가문을 걱정하고 나아가 나라를 걱정하고 지키겠다는 강한 의지는 엿보인다. 그는 양자로 대를 이은 종손이지만 가문에서 힘이 없는 존재로 그려지면서 전통성을 주장하며 가문을 지켜야한다는 의식은 뚜렷하다. 시

---

15) 1930년대 중반부터 일본은 '급진적 동화정책'을 서두르게 되었으며, 동화이념은 내선일체로 표출되었다. 일본인과 조선인의 조상이 동일함을 강조하며, 두 민족은 천황을 정점으로 완전한 일본인을 만들고자 '황국신민화'를 정책 목표로 하였다. 구광모, 「창씨개명 정책과 조선인의 대응」, 『국제정치논총』 45, 한국국제정치학회, 2005, p.37.

대가 바뀌어 '속량'해야 한다는 강호의 주장에도 강력한 반대 의사를 표하기 때문에 이기채는 전근대적 사고방식을 가진 인물이다.

궁궐이 있는 서울은 근대적 문물을 받아들이는 동시에 왕실이 무너졌다. 민족의 구심점이 되는 궁성이 해체되어 황국신민화 됨은 민족의 해체이며 국치이다. 그러나 매안의 이씨 종가에서는 신문물과 신분해체라는 근대 제도를 받아들이지 못한다.

특히 일제는 조선의 양반제도에 대한 불편한 시각을 드러내며 창씨개명을 강행한다. 그것은 곧 묵시적인 신분해체이기도 하다. 그들은 조선인에 대해 창씨개명을 강요하여 내선일체[16]라는 달콤한 전략을 세우는데, 어리석은 우리민족은 그 계략에 빠져 창씨개명을 하고 제국의 공간으로 유학을 하는 것으로 가족내의 결속력을 떨어뜨리게 하는 부분도 있다.

소설에서도 매안 가문의 인물로서 개명을 하고 유학하는 인물을 곱지 않은 시각으로 바라보고 있다. 더 큰 걱정과 불만의 시선은 궁성이 있는 곳이 해체되었으니 민족의 구심점이 되는 왕권의 부재와 왕실의 해체는 조선이 점진적으로 황국신민화에 동화됨을 의미한다.

로컬의 한 양반종가에서 보여주는 여성 종부의 의식은 가문과 지역을 일으키는 튼튼한 뿌리가 된다. 청암부인은 우선 가정경제를 일으키고 지역사회에서 지도적 역할을 함으로써 일제의 식민지 폭력에 굴하지 않고 가문과 지역을 회생시키는 데 혼신의 힘을 다한다.

---

16) 1930년대 중반부터 일본은 '급진적 동화정책'을 서두르게 되었으며, 동화이념은 내선일체로 표출되었다. 일본인과 조선인의 조상이 동일함을 강조하며, 두 민족은 천황을 정점으로 완전한 일본인을 만들고자 '황국신민화'를 정책 목표로 하였다. 구광모, 「창씨개명정책과 조선인의 대응」, 『국제정치논총』 45, 한국국제정치학회, 2005, p.37.

III

카리스마적 권위와
정신의 공동체

근대 열강제국의 식민지현상으로 인한 폭력은 전지구적 차원에서 벌어지고 있다. 우리의 식민지 현실도 예외는 아니었으며, 소단위의 결속된 공동체의 힘은 식민자의 폭력에 대처할 수 있다는 것이다.[1]

일제 식민시기는 신분제의 전통적 지배로부터 법에 근거한 합리적 지배로 이동이 일어나는 시기이다. 일제의 각종 법령은 조선의 사람의 인력을 착취하고 물자를 수탈하는 것으로, 조선은 심각한 피폐현상에 빠져들었다. 특히 단발령을 비롯한 창씨개명은 세계사적으로 유례를 찾기 어려운 잔인한 폭력이었으며, 민족문화를 말살하는 정책이었다. 이러한 일제의 폭력 행위에 대해서 『혼불』은 두 가지 방식으로 대응하는데, 하나는 청암의 카리스마적 권위이고 다른 하나는 감정 혹은 정신의 공동체이다.

최명희는 『혼불』에서 가문을 유지 존속시키는 것이 민족공동체의 존속과 무관하지 않다는 점을 강조한다. 작가는 청암부인을 한 종가를 일으킨 여장부의 차원이 아니라, 민족의 정기를 이어가는 존재[2]로 형상화하고 있는 것은 탈식민 사회의식이 드러나 있는 작가의 의식이라고도 할 수 있다.

작가는 『혼불』에서 매안 이씨 며느리들을 시험하듯 철저히 부권부재의 서사를 전개해 놓았다. 소설이 사회를 반영한다면, 그 사회를 살아가는 인물과 그들의 의식도 반영한다고 할 수 있다. 부권부재는 곧 국권부재를 의미하는 것이다. 이런 사회현실을 어떻게 대처하고 극복해 가는가에 대한 해답도 찾을 수 있다. 우리 민족이 겪었

---

1) 버틀러에 의하면 타자의 취약성을 인정하고 출발하는 주체의 이해가 기존의 주체와 타자를 아우르는 공통성 확보로 이어질 수 있으며, 그런 과정을 거쳐 만들어진 공동체는 오늘날 폭력에 맞설 수 있다는 것이다. 허정, 『공동체의 감각』, 산지니, 2010, p.18.

2) 이정숙, 「『혼불』, 해원(解怨)의 신탁행위」, 『혼불의 문학세계』, 소명출판사, 2001, p.304.

던 고난과 위기상황을 매안 이씨 종부 삼대의 삶을 통해 형상화 하고 있으며, 민족 정체성을 표현하기 위한 소설적 방법이 시대를 이해하고 지역인의 삶을 이해하는데 도움이 되기도 한다.

평·하층민의 경우도 근대의 일원으로서 근대성을 극복하려는 의지가 강하다. 물론 양반과 기층민이라는 두 계층의 충돌은 있지만, 식민지 근대를 극복하자는 목적은 같다고 할 수 있다. 특히 춘복이의 경우는 미래지향적 인물이라 하겠다.

『혼불』에서는 계층적 차이는 있지만, 양반 가문을 중심으로 정신적 구심점을 통한 공동체의 결속된 힘은 식민지 난국을 어떻게 극복하는지 논의하고자 한다.

1. 청암부인의 권위와 성품

1.1. 청암의 카리스마적 권위와 대물림

『혼불』의 매안 이씨는 지방의 한 양반 가문으로서 시대의 조류에 변화하지 않고 전통을 고수하며 그들의 문화를 소중하게 여긴다. 특히 이 종가의 종부는 문중 내의 규율에 의해 행동하며, 종가를 유지하는 관리자로서 종손과 함께 가문의 대소사를 주관하는 리드의 역할을 한다. 청상의 종부 청암부인은 식민지 폭력적인 억압에도 굴하지 않고 가문을 지키고 문화를 지키기 위해 강한 카리스마를 보여준다.

청암부인은 남편과 사별한 운명으로 몰락하는 가문에서 정절을 지키며 평생을 살았다. 즉 재가 금지라는 조선시대 관습에 순응하는 삶을 살았던 것이다.

『혼불』의 양반여성 인물들은 사회가 요구하는 정과 열의 이념에 누구보다 충실한다. 그것은 당대에 가치로 규정되지 않았던 일상적인 삶으로부터 여성 자신의 삶을 가치와 의미로 전환시킬 수 있는 유일한 대안이기도 했던 것이다. 또한 사회를 지배하는 남성들과 동등한 문화적 존재로서 자아를 확인하는 방안이기도 했다.3) 작품에서 청암부인이 지녔던 가문의식은 하층민의 의식과는 차이를 보인다. 그녀는 여성의 몸으로 가문의 정체성을 추구하기 위해서 전대(前代)와 함께 연속적인 질서를 보존하고 그 가치를 전수·확장한다.

청암부인은 결혼과 동시에 혼자서 가문을 이끌어야하는 상황에 처한다. 그녀가 종부로서의 책임을 다하는 것에는 과히 남성을 넘어서는 성품이며, 가문을 다시 세우겠다는 의지는 여러 곳에서도 보인다. 그녀는 결혼 예물로 받은 비단과 패물을 팔아 논과 밭을 사서 가문 경제의 안정을 위해 노력한다. 외에도 가문을 지키고 정신을 이어가기 위해 노려하는 인물들이 있다. 베틀에서 평생을 보내는 인월댁과 손부며느리 효원는 청암의 정신을 닮으려고 노력한다. 특히 손부 효원은 청암이 보여주는 리더십을 이어가고자 한다.

반상의 구분이 엄격히 존재했던 사회에서 하층민이 양반의 권위에 도전한다는 것은 용납 될 수 없는 일이다. 소설의 양반여성종부들은 반상의 위계질서를 내면화하고 양반 가문 여성으로서의 위엄을 지키려는 태도를 보여준다. 청암은 자신을 비웃는 기층민에게 위엄 있는 위상으로 질타한다.

---

3) 김정자, 앞의 논문, p.184.

"아이고매, 신부가 과분가아? 벨 일이여, 무신 노무 신부가 이렇게 생겠당가, 흐윽허니 참말로 요상허그만, 무섭게도 생겠네, 호랭이맹로, 한나도 이쁘도 안허고, 구신도 같고,"

아낙은 질겁을 하며 가마 문짝을 꽈당, 닫고 말았다.

... 중략...

아낙은 그만큼 야단스럽게 놀라며 낄낄거렸다.

일순 가마 주변에는 정적이 들었다.

그것은 고즈넉한 것이 아니라 터질 듯이 팽창해 오르는 정적이었다.

그런 것도 모르고 민촌 아낙은 치맛자락을 거머쥐고 배를 내밀어 뒤뚱걸음을 걸으며, 금방 구경거리를 본 것에 대하여 호기롭게 자랑하려는 듯 궁둥이를 내둘렀다.

그때였다.

"네 이녀언."

벽력 같은 고함 소리가 쩌엉, 울리며 공기의 폭을 갈랐다.

뒤꼭지를 할퀸 사람처럼 자지러지며 돌아선 민촌 아낙은, 가마 문을 열고 나와 우뚝 서 있는 청상(靑孀)을 보았다.

(1권, pp.276-277)

인용한 부분에서 청암부인은 어린나이에 청상으로 시집오는 자신을 희롱하는 민촌 아낙을 호통치는 부분이다. 민촌 아낙들은 스무살도 되지 않고 갓 결혼한 매안종부 청암에 대해 "흐윽허니 참말로 요상허그만, 무섭게도 생겠네, 호랭이맹로, 한나도 이쁘도 안허고, 구신도 같고" 빈정거리는 말을 한다. 청암은 갓 결혼한 나이 어린 신부였지만 자신에게 무례함을 범하는 민촌 아낙에게 불호령을 내린다. 그녀는 반상의 구별이 엄연히 존재한다는 사실을 확인시켜준다. 그녀가 자신의 현실적 위치를 인식시키지 않으면 어린 과부로서 조롱꺼리가 될 수 있다고 생각했던 것이다. 청암이 버릇없는 민촌 아낙을 향해 '불같은 호령으로 나무란 일'은 후대에까지 전승되었다.

청암부인의 이 일로 인해 공동체 내의 입방아와 뒷공론에 올랐지만, 기층민중들에게 자신의 현실적 위치를 깨닫게 하며 양반 가문에 대한 두려움을 환기시킨다.[4] 청암부인을 대하는 민촌아낙들은 그녀의 외양과 기세에 겁을 먹고는 하늘같이 대한다.

청암은 외양에서 남성적인 풍모와 강한 기질을 가진 카리스마로 인해 기층민뿐만 아니라 문중사람들도 경외의 대상이다.

> 아녀자로서 그네는 결코 고운 외양이 아니었다. 장대하다 할 만큼 큰 키에 우뚝 솟은 어깨, 그리고 오악(五嶽)이 분명하여 넓은 이마와 두드러진 양 광대뼈에 두툼하고 긴 코, 풍요로운 턱을 두루 갖춘 얼굴은, 나이 아직 꽃답을다 하되 아리따운 모습이라기보다 제세(濟世) 호걸(豪傑)의 풍모를 띠고 있었으니.
>
> (6권, p.30)

위의 인용문은 청암부인의 외모를 묘사하고 있는 부분이다. 그녀는 '장대한 키'에 '오악'을 두루 갖춘 인물로 호걸의 풍모를 지녔다고 묘사 한다. "제세 호걸의 풍모"를 띠고 있는 청암부인은 외모로부터 남성적 외향으로 그려져 있으며, 매안의 남성들도 청암의 외양처럼 묘사한 남성들이 소설에서 드러나지는 않는다. 그러므로 그녀의 남성적 외양은 가문의 남성들을 압도하는 모습이며 기층민들의 구심점이 되는 외양으로 드러난다. 그녀는 외양에서 평가되듯이 현실 대응에서도 사회적 인물이 되는데 부족함이 없음을 암시한다.

대체로 여성이라면 외모가 왜소하고 안채 살림을 잘하는 인물을 생각하지만, 청암은 외양과 같이 가문의 식솔과 노복들을 돌보고 마

---

4) 황국명, 「『혼불』의 구술문화적 특성」, 『혼불과 전통문화』, 신아출판사, 2003 pp.107-108.

을 공동체의 안위를 책임지는 카리스마가 풍긴다. 그러므로 청암을 청암대신, 여중군자, 여중호걸이라고 칭하고 있다.

여중군자라는 말은 조선시대 양반 가문의 지도자적 여성을 칭송하는 말로, 남성을 '군자'라고 부르는 것과 대등한 개념으로 사용한 것이다. 이런 의미에서 청암부인을 유교적 이념의 화신, 남편의 분신이자 남성 질서에 동화된 인물이라 한다.[5]

소설에서 남성들도 감행하지 못한 저수지 공사를 청암부인이 계획하고 일사천리로 진행하는 모습에서 지도자적 역할을 보여주는 사건이다. 그녀는 선대 어른들이 겨우 해놓은 방죽이 도량에 차지 않았으며 마을의 가뭄을 해결하기 위해서는 저수지 공사를 해야겠다고 결심하였다. 남성들도 쉽게 계획하지 않았던 저수지 축조 일을 그녀는 실행에 옮긴다. 시대적 상황으로 볼 때, 가문의 남성들이나 기층민들은 저수지 공사와 같은 힘든 일을 청암부인이 해낸다는 것에 상상을 초월하는 큰 일로 간주하였다.

> "어머니 저수지를 넓히다니요?" 하고 놀라 물었다.
> "지금껏 아무 일 없이 몇 백 년을 살아왔는데, 대대로 조상께서도 안
> 하신 일을 어머니께서 왜 시작하려 하십니까?"
> 청암부인은 웃었다.
> "그보다 더 몇 백 년 전에는 저 방죽마저도 없었느니라. 그냥 민틋헌
> 산기슭이었지."
> "그것이 무슨 말씀이신가요?"
> "누군가 거기 처음으로 지맥(地脈)을 끊고 삽을 댄 사람이 있었겠지.
> 그 사람도 몇 백 년 세월 동안 아무도 안한 일을, 조상께서도 안한 일을
> 했을 것이니라."

---

5) 김복순, 「여성영웅서사와 안채문화」, 『혼불과 전통문화』, 신아출판사, 2003, p.31.

"그렇지만 어머니, 선대 어르신네분께서 이 마을에 저수지 필요한 것을 왜 모르셨겠습니까? 뜻이 있어도 일의 절차가 그만큼 어려우니, 손을 못 대신 게 아닐까요."

"쉬운 일은 아니다."

"살던 집터의 울타리만 고칠려고 하여도 계획이 서야 시작을 하는 것이온데, 하물며 그런 큰 일을 어떻게 어머니 혼자서 하실 수 있겠습니까? 더욱이 어머니께서는……."

"아녀자란 말이냐?"

청암부인은 이기채를 지그시 바라보았다.

이기채는 민망하여 고개를 돌린다.

누가 감히 청암부인을 '아녀자'라고 할 수 있단 말인가.

"아니올시다."

"그럼 무엇이냐?"

"그 많은 품을 어디서 다 불러오며 얼마나한 시간이 들어야 하겠습니까? 또 그 비용은 다 어떻게 감당하고?"

(1권, pp.154-155)

저수지 공사를 하기 전에 청암부인은 아들 기채와 논의를 하였다. 열 네 살의 어린 기채는 "지금껏 아무 일 없이 몇 백 년 살아왔는데 대대로 조상께서 안 하신 일을 어머니께서는 왜 시작하려 하십니까?"라고 말하며 여성이 실행하기엔 실로 무모한 일로 여기며 반대의 입장을 편다. 그러나 청암부인은 강한 자신감을 내세우며 "아녀자란 말이냐?"로 기채의 반대 입장에 감행할 수 있다고 주장한다. 그녀는 저수지 공사에 들어갈 비용을 철저히 계산하고 저수지가 축조되면 실보다 득이 많다는 사실을 꿰뚫고 있었다. 가문의 남성들과 마을 사람들이 불가능하다고 했던 저수지 공사를 그녀는 실행에 옮긴다. 청암부인의 이와 같은 대범한 행동은 남성 못지않은 판단력과 추진력이며 궁핍한 마을을 이끌어갔던 실제 예로 보여주었다. 그것은 그녀의 강한 카리스마로 실행될 수 있었으며, 공동체의 풍요를 가져다주는 계기였다.

카리스마는 '신이 내린 은총'을 뜻하며 신분제 사회나 권위주의 사회에서 지도자로서 집단정신을 일체화 해내는 능력이다. 카리스마가 꼭 명령적이고 위압적이고 통제적인 것만 아니며, 비전과 사명을 달성하도록 구성원들의 동기와 정서를 불러일으키게 한다.[6]

청암부인의 카리스마는 일제의 문화말살 정책에 강력하게 거부하는 태도에서도 드러난다. 일제는 민족말살 정책의 일환으로 창씨개명[7]을 강요하였는데, 그것을 강력하게 반대하는 카리스마가 드러난다.

> 그때 순사와 면서기는, 거명굴·아랫몰·중뜸 할 것 없이 집집마다 돌아가서 이름을 하나씩 지어 주고, 우격다짐으로 도장을 받아 갔다. 사람이 없는 집은 논밭에까지 일일이 찾아가 그렇게 하였다. 그런데 엉겁결에, 순사의 허리춤에서 철렁거리는 칼 소리에 놀라 도장을 눌렀던 사람들은, 바로 그 순사가 청암부인에게 큰 꾸중을 듣고 선걸음에 쫓겨났다는 소문을 들었다.
> ...중략...
> 그네는 대청마루에 서서, 서기가 들고 있는 검은 뚜껑의 창씨개명장

---

6) 윤혜린·김영옥·양민석·조형·정지연 지음, 『여성주의 리더십 새로운 길 찾기』, 이화여자대학교출판부, 2007, pp.32-33.

7) "일본의 황기 2600년 기원절을 봉축하는 1940년 2월 11일을 기하여 조선에서는 제령 19호와 20호가 시행되었다. 제령 19호는 1940년 이후 모든 조선인의 '호적부'에 관습적인 '성명(본관 포함)' 이외에 법령에 의거한 일본식의 '씨명'을 함께 등재하고 '씨명'을 일상적인 개인표지로서 사용하도록 강제했다. 일본식의 씨명제도는 동일 호적에 등재되어 있는 가족은 모두 동일한 '씨'를 붙이는 것이므로, 조선총독부가 그간에 조선인의 호적에서 호주의 아내나 어머니가 호주와 다른 '성'을 등재하도록 허용했던 것과 달리, 1940년 이후에는 동일항 가족으로 등재되는 자는 모두 호주와 동일항 '씨'를 지닌 '씨명'으로 등재시켰다." 구광모, 「창씨개명정책과 조선인의 대응」, 『국제정치논총』제45집, 한국국제정치학회, 2005, pp.40-41.

부를 가소롭다는 듯이 내려다보며 서릿발 같은 호령을 했던 것이다.

...중략...

그렇잖아도 조선학생이라면 요시찰인 대상에 오르는데 굳이 위험을 사서 부를 건 없지 않습니까. 그리고 집안의 재산을 지키기 위해서도 창씨개명은 불가피한 것입니다. 기표는 마지막 말에 힘을 주었다.

(1권, pp.265-267)

일제는 조선인들에게 내선일체를 위해 창씨개명을 강요한다. 기표는 칼을 찬 일본순사의 강압과 시대의 흐름에 순응하는 인물로 그려진다. 그는 자신의 생명과 집안의 재산을 지키기 위해서라도 창씨개명을 해야 한다고 주장한다.[8] 이와 같은 기표의 자세는 식민지를 살았던 우리 민족 대다수의 행동이며, 나라 잃은 힘없는 민족의 삶을 여실히 보여준다. 그러나 강한 기개의 청암부인과 교육자로서 심진학 선생은 민족정신을 잃지 않으려는 남다른 태도를 보여준다.

1930년대 중반부터 일본은 '급진적 동화정책'을 서두르게 되었으며, 동화이념은 내선일체로 표출되었다. 일본인과 조선인의 조상이

---

8) 미나미 총독은 창씨개명을 무단철권통치적인 정책수단으로 밀어붙인다. 특히 양반인사들에게는 '치안 유지법' 위반혐의를 씌워 협박하거나 특혜를 주어 회유했다. 전국 유림과 문중 간부의 자택을 순사가 직접 방문하여 강제로 바꾸도록 하였고, 조선어학회 회원들은 유치장에 잡아놓고 자진해서 창씨개명 하였다고 허위로 발표하고 예술인들을 동원해서 창씨개명을 홍보하기도 하였다

조선총독부는 지역연맹이나 직능연맹등 40만개가 넘는 '애국반'을 총동원하여 창씨개명을 하도록 강요하였으며, 창씨개명을 하지 않을 경우 불이익을 당한다고 주지시킨다. 1, 창씨하지 않은 사람의 자녀에 대해서는 각급학교에의 입학과 전학을 거부한다. 2, 창씨하지 않은 아동에 대해서는 교사가 이유 없이 질책, 구타할 수 있다. 3, 창씨하지 않은 사람은 공사 기관을 불문하고 일체 채용하지 않는다. 또한 현직자도 점차 면직조치를 취한다. 4, 창씨하지 않은 사람에 대해서는 행정 기관과 관련된 모든 사무를 취급하지 않는다. 5, 창씨하지 않은 사람은 비국민 또는 불령 선인으로 단정하여, 경찰수첩에 등록, 사찰과 미행을 철저히 함과 동시에 우선적으로 노무징용의 대상자로 한다. 또한 식료 및 기타 물자보급 대상에서 제외한다. 6, 창씨하지 않은 이름이 붙어 있는 화물은 철도국 및 운송기관에서 취급하지 않는다. 7, 창씨하지 않은 조선인은 일본 내지에 도항을 허가하지 않는다는 등 창씨 신고율을 높이기 위하여 잔혹한 조치를 취하였다. 학교에서는 창씨를 하지 않은 학생들을 쫓아내는 일도 다반사 있었다. 구광모, 앞의 논문, pp.45-46.

동일함을 강조하며, 두 민족은 천황을 정점으로 완전한 일본인을 만들고자 '황국신민화'를 정책 목표로 하였다.[9]

조선총독부는 친일지식인과 언론매체를 동원하여 창씨개명을 하도록 설득하였다. 문인 이광수는 매일신보(1940년, 2월, 20일)에 「씨와 나」라는 제목으로 창씨를 해야 하는 이유를 발표하였다. 즉 첫째는 내선일체를 구현하는 일본정부의 통치에 차별을 없애는 것이며, 둘째로 조선인의 성명을 국어(일본어)로 읽기가 많아지는데 일본식으로 고치는 것이 편리하다는 것이다. 셋째로 조선인의 성명은 중국을 숭배하는 선조들의 유물이며 이제 조선인은 일본제국의 신민이라는 것이다. 넷째는 창씨를 기한 내에 하는가는 행불행에 영향을 주며, 일본식의 개명은 식민자에 대한 충성을 표시하고 민족차별로부터 탈출할 수 있다는 것이다. 그러나 조선인들은 분노했고 창씨제도에 원칙적으로 반대하는 분위기였다.[10]

청암부인은 창씨개명을 강요하는 일본순사의 칼에도 굴복하지 않는다. 대부분의 마을 사람들과 매안 가문의 남자들은 일본순사의 강압에 놀라 창씨개명을 하였다. 그러나 청암부인은 "서릿발 같은 기세"로 일본순사를 오히려 호통치며 쫓아낸다. 청암부인의 기개에 놀란 일본 순사는 그녀에게 창씨개명을 강요하지 못한다. 그녀는 창씨개명이야말로 피의 근원을 망각하는 것으로 여기며, 민족의 근원을 뿌리째 뽑는 것이라 생각한다.

청암부인이 보여주는 카리스마는 양반가 종부라는 전통적인 권위보다 그녀가 개인적으로 지닌 특별한 기질과 능력 때문에 주변사람

---

9) 구광모, 앞의 논문, p.37.
10) 구광모, 앞의 논문, pp.43-44.

들의 존경을 받는다. 청암부인이 주위사람들에 대해 갖는 권위는 베버가 지적한 카리스마적 권위[11]라 할 수 있다. 현대 대중 담론에서도 카리스마라는 말에는 일정한 역할을 고수하고 있다. 카리스마는 매력이나 명성, 위신, 아우라, 유명인과 같은 단어들로 대치할 수 없다. 카리스마가 갖는 미지의 요소는 일반적인 말들과 구분된다고 한다.[12]

청암부인이 강력한 호통으로 일본 순사를 도망가게 했던 카리스마적 권위는 일제의 근대적 지배, 합리적 권위에 대해 맞대응하는 행동으로 볼 수 있다.

청암부인은 손부 효원이 자신과 같이 카리스마적 성향이 닮아있음을 감지한다. 그로 인해 매안 이씨 종가의 모든 책임과 권한은 효원에게 전수된다.

청암부인은 몇 년 전, 친정 대실에서 이제 갓 신행을 온 손부 효원을 맞이하여 마주앉아 그렇게 말했었다.

"너도 이제 이 집안의 종부가 되었으니 내 말을 잘 들어라. 대저 종가(宗家)란 무엇이냐, 그것이 단지 큰집이라는 말만은 아닐 것이다. 우리 조상저 윗대 아득하신 현조 이래로 그 어른의 장자에 장자로만 이어온, 한 가문의 맏이 집안이 곧 종가이니라. 그것이 어찌 한 갓 태어난 순서나 혈통만을 이르는 것이겠느냐. 거기에 깃든 정신의 골격도 참으로 중요한 것이니라.

종가 한 가문의 맏이로서 그 부형의 책임을 다하고, 선조의 정신을 바르게 받들어 다음 대에 온전하게 물려 주는 책임을 또 다해야 하느니, 한 가문의 바른 피와 정신의 봉화불이 종가에서 이어지는 것이다.

---

11) 베버는 카리스마를 한 개인에게 내재한 비범한 능력과 자질로 정의한다. 카리스마적 지배는 추종자들이 특정 개인의 카리스마를 초인간적이라 인식하고 해당 인물에게 자발적으로 복종함을 뜻한다. 우혜란, 「젠더화된 카리스마」, 『종교연구』제6집, 한국종교학회, 2011, p.76.

12) 존 포츠 지음/ 이현주 옮김, 『카리스마의 역사』, 더숲, 2010, pp.23-24.

일찍이 이곳 매안에 자리를 잡으신 입향조(入鄕祖) 이래로 매안은 사백여 년 동안 우리 이씨 문중 세거지(世居地)가 되었는데, 자손이 번창하매 자연 가까운 잔등이 하나 넘는 동네로 분가해 가서 작은집 동네가 생겨나고, 또 그 다음 자손들이 다른 곳으로 자리를 잡아 분가해 가서 작은집 동네가 생겨나고 하여, 멀리 그 자손이 번창했던바, 우리는 낙남파(落南派)의 대종가이라.

(3권, pp.164-165)

　청암부인은 매안에서 자리 잡은 종가의 역사에 대해 효원에게 교육한다. 사백년이 된 한 가문의 순혈적인 피와 정신을 자랑으로 여기며 종가의 정체성을 효원에게 대물림한다. 효원이 곧 종부로서의 사명을 다할 것을 약속하며, 가문의식은 유지존속 될 것이라 믿는다. 종가의 미래에 대한 책임과 의무가 효원에게 요구되어 또 다른 청암을 탄생시킨 것이다. 효원은 결혼 전에도 양반여성 자태보다 남성적 기질을 갖추고 있었다. 그녀의 기질은 결혼과 동시에 더욱 빛을 발하여 종손의 빈자리를 채운다. 청암부인의 정신을 이어가는 매안 이씨 종가는 잘 지탱하여 식민현실에서도 해체되지 않음을 시사한다.

　　빛깔을 곱게 써서 정교하게 수를 놓는 것은 효원의 성품에 맞지 않았다. 그런 일들이 자잘하게 느껴지는 것이다. 그렇게 수를 놓으니, 차라리 홀로 서책을 대하거나, 부친 허담과 마주앉아 담론을 하는 쪽이 보다 좋았다.
　　허담도 그러한 효원을 상대로 고기(古記)를 들려주고, 조상의 학문과 내력, 그분들의 업적에 대하여 이야기하는 것을 즐겼다.
　　그리고 혼행에 상객으로 온 이기채에게
　　"내가 운수가 비색하여 저 아이를 여아로 두었소이다."하고 솔직하게 털어놓을 정도로 효원을 애중히 여기었다.

(1권, pp.180-181)

위의 인용한 부분에서 나타난 것처럼 효원의 부모는 효원이 '남자로 태어났더라면' 하는 아쉬움을 가지고 있었을 만큼 어릴 때부터 남성적 기질을 지닌 인물이다. 그녀는 서책을 읽거나 담론하기를 좋아하며, 세세한 가정살림을 잘하기보다 외양과 기질에서 청암과 닮은 카리스마가 드러난다. 허담은 여식을 걱정하고 있지만, 매안의 종손부가 될 인물은 가문의 안과 밖을 돌볼 수 있는 효원이가 적합한 인물이다.

일제는 창씨개명을 통해 내선일체의 기만적 구호에 그녀가 카리스마적 저항으로 맞대응하는 것은 탈식민 민족주의를 향한 강력한 힘으로 작용할 수 있다.

1.2. 돌봄과 베풂의 윤리적 모성

『혼불』의 배경에서는 식민화로 인한 남성의 부재와 젠더화된 여성의 모성적 역할과 공간을 강조한다. 작품의 주된 인물은 청암부인이며 그녀는 철저하게 젠더화되어 있다. 그녀는 가모장의 역할을 잘하는 것으로 종가의 사랑채와 안채를 아우르고 있다. 매안 이씨 종가는 모성적 공간을 중심으로 서사가 진행되고 있다. 특히 청암부인이 그 대들보 역할을 대신해야 했다.

그녀는 남편부재의 상황에서 이기채를 양자 들이고, 손자 철재를 탄생시키는 것으로 종가의 대를 잇는다. 그녀가 종가의 명맥을 잇기 위해 양자 들이는 일이나 종손자를 봄으로써 가문의 대들보가 생기는 것에 힘을 얻고 기뻐한다. 그녀가 그토록 소망했던 것이며, 가문의식이 투철함을 드러낸다. 그러나 종가의 장자는 그 역할에서 큰 힘을 발휘하지 못하고 있으며, 종가의 장자가 생겼어도 청암부인이 그 역할을 진행한다. 그녀는 지도자적 힘과 강한 기개로서 종가를 잘 지탱해 나간다. 또한 청암부인은 마을 공동체의 수장 역할을 한다. 그녀는 매안 사람들이 염원하던 저수지를 완성시킨다. 이 같은 사건에서 청암이 남성 못지않은 추진력으로 공사를 완성시키 마을의 풍요를 가져다주었던 것으로, 다분히 자웅동체[13]의 면모가 드러난다.

남성들도 감행하지 못하였던 저수지 공사를 청암부인이 계획하고 일사천리로 진행하는 모습에서 남성을 뛰어넘는 지도자적 면모를 보여주는 사건이다. 청암부인은 선대 어른들이 해놓은 방죽이 도량에 차지 않았다. 마을의 가뭄을 해결하기 위해 저수지 공사를 감행하는 일은 쉬운 일이 아니었지만, 그녀는 그 일을 과감하게 실행에 옮긴다.

시대적 상황에서 볼 때, 저수지 공사와 같은 힘든 일을 여성의 힘으로 해낸다는 것은 가히 상상을 초월할 수 없는 일이다.

> "그 많은 품을 어디서 다 불러오며 얼마나한 시간이 들어야 하겠습니까? 또 그 비용은 다 어떻게 감당하고?"
> "연고 없이 다만 품을 팔러 온 사람에게는 삯을 쳐 줄 것이오. 소작을 하는 사람은 그 삯으로 소작료를 탕감하여 줄 것이니라."
> "예에?"
> 그때 이미 청암부인은 천 석 추수에 달하고 있었던 것이다.
> "탕감하여 주신다면?"

---

13) 융은 인간의 무의식 속에 독자적인 인격이라 할 만한 것이 존재한다고 보았다. 그는 이를 내적 인격이라 불러 집단사회에 적응하는 가운데 형성된 외적 인격인 페르소나에 대응하는 무의식적 인격이라고 보았다. 그런데 외적 인격이 타고난 성에 따라 남성성과 여성성의 특성을 나타내듯이 내적 인격도 남성과 여성에 따라 각기 다른 특성을 나타낸다는 사실을 발견했다. 남성의 무의식의 내적 인격은 여성적(아니마) 속성을, 여성의 무의식의 내적 인격은 남성적(아니무스) 속성을 띠게 된다는 것이다. 이부영, 『분석심리학 탐구-그림자』, 한길사, 2003, p.43.

"내가 한 해 실농을 한 셈칠 것이다."

"실농을요?"

"실농을 하면 내 집 곳간은 말할 것도 없거니와 소작인의 밥솥도 비어버리지 않겠느냐? 허나 이런 일을 하면서 탕감해 준다면, 나는 실한 저수지를 얻게 되어 그곳에 물이 넘치고, 일한 사람들은 양식과 품삯이 생기니 일거양득이라. 모두 얻기만 하지 않느냐?"

(1권, p.155)

저수지 공사를 하기 전에 청암부인은 아들 기채와 논의를 하였다. 열 네 살의 어린 기채는 "지금껏 아무 일 없이 몇 백 년 살아왔는데 대대로 조상께서 안 하신 일을 어머니께서는 왜 시작하려 하십니까?" (1권, p.153)라고 말하며 여성이 실행하기엔 실로 무모한 일이라 여기며 반대의 입장을 편다. 그러나 청암부인은 저수지 공사에 들어갈 비용을 미리 철저히 계산하고 저수지 축조의 품삯으로 한해 실농할 것을 알고 있었지만, 저수지가 축조되면 실보다 득이 많다는 사실을 꿰뚫고 있었다. 그녀는 저수지가 축조되기 전에 천석 추수를 하고 있었다면, 축조된 후에는 마을의 기근을 해결할 수 있어 삼사 천석의 추수를 할 수 있다는 사실을 예측했다. 그녀는 모두가 불가능하다고 반대했던 저수지 공사를 실행에 옮긴다. 청암부인의 이와 같은 대범한 행동은 그녀가 남성 못지않은 판단력과 추진력을 지니고 있음을 입증한다.

청암부인이 완성한 저수지는 마을 사람들이 염원하는 것으로 농사에 영원한 젖줄을 제공할 수 있는 환경이 된다. 그러므로 그녀의 남성적 추진력과 지도력은 가난했던 공동체의 삶을 풍요롭게 만든다. 물은 생명의 근원이라고 할 수 있으며, 신화적 사고에 의하면 물은 여신의 힘을 나타내는 수단이다.[14] 특히 농경사회에서는 물은 중요한 생산수단의 원천으로서 청암부인이 이루어낸 저수지 공사는 자궁과 같은 역할을 한다. 그러므로 새 생명을 잉태하고 생산하는 의미를 담고 있다.

『혼불』에서 물의 이미지는 매안 사람들의 염원이며, 생산과 풍요의 상징으로 형상화되어 있다. 저수지 축조로 인한 생명의 근원인 물은 청암부인이 이룩한 노력의 결실로서 매안이라는 공간이 영원히 마르지 않는 풍요로운 공간으로 탈바꿈함을 의미한다.

저수지 축조 이후 청암부인은 '큰일을 두 가지나 한꺼번에 한' 마을의 어머니로서 사람들의 입에 오르내릴 뿐 아니라, 주위 사람들에게 넓은 궁량을 과시해 그 이름은 남원군내까지 울려 퍼진다.

> "이제 두고 보게. 가운(家運)이 창성할 것이네." "말로 청암아짐 빌 적에마다 예사 어른이 아니다싶더니마는 이런 제세 인물도 다 타고나는 것이지요이?"
> "그렇고 말고. 참말이지 이번에 큰일을 두 가지나 한꺼번에 허신 것 아니요? 저수지 쌓아서 치수하고, 신령님 구해 드리고." "엄청난 조개바우지. 그 큰 조개가 흙에 묻혀 물을 못 먹었으니......" "이제는 양껏 잡수시고 맑은 물에 부디 편히 지내소서." 문중의 부인들은 그 조개바위에 대하여 마음속으로 심정을 빌었다.
> 어느덧 거멍굴이나, 건넛마을 둔터, 구름다리, 배암골, 그리고 고리배미 쪽에서는 그 바위의 영검에 대해서까지도 소문이 나고 있었다.
> (1권, p.164)

조개는 물에서 살아야 제 구실을 하는 것으로 우리들은 보편적으로 알고 있다. 그러나 이 마을에는 '조개바위'라는 이름으로 흙에 묻

---

14) 물은 여신의 힘의 수단이며, 탄생과 소멸이라는 물의 신비를 인격화한 것도 여신이다. 조지프 캠벨, 『원시신화- 신의 가면1』, 이진구 옮김, 까치글방, 2003, p.83.

혀 있었다. 그러나 청암부인은 조개바위를 저수지에 잠기게 하여 물에 살게 하는 것으로 본래의 자리로 돌려놓는다. 그녀가 구해낸 조개바위는 문중의 부인들이 소원을 비는 대상이 되기도 하였다. 바위의 영험함은 거멍굴이나, 건넛마을 둔터, 구름다리, 배암골 그리고 고리배미 쪽에까지 소문이 났다. 그리고 저수지를 쌓아 치수하고 신령님으로 여겨진 조개바위를 물에 잠기게 한 청암부인은 청호저수지를 둘러싼 봉우리 중의 하나인 노적봉과 같은 존재로 그려진다. 청암부인의 이와 같은 면모는 대모신15)과 흡사하다.

모신은 생산력·아름다움·자애(慈愛)를 상징하며, 모신 신앙은 세계적으로 널리 퍼져 존재하고 있다. 특히 모신신앙 가운데는 농경(農耕)과 관련하여 생산력에 중점을 둔 것이 많다.

대모신은 인간 생명만이 아니라 자연의 생명력까지 관장하는 우주 그 자체를 포함하는 모든 것의 어머니로서, 선과 악의 속성을 공유한 통일적 형태로 존재한다. 한 가문의 생명력을 관장하고 의식을 지배하는 가족공동체를 넘어선 마을 공동체의 어머니로서 풍요의 원천이다. 그 지도력은 대모신에 합당하다고 할 수 있다.16)

청암부인은 소작인들에게 후하게 대하였고, 반상을 가리지 않고 타성바지 아낙들의 제삿날까지 기억해서 제수를 보낼 줄 알았던 따뜻함도 지니고 있었다. 이와 같이 아랫사람들에게 베푸는 도량을 보

---

15) 대모란 노이만에 의해 규정된 개념이다. 노이만은 인간의 무의식에 내재한 원형적 이미지란 세 층위로 구성되어 있다고 하며 이 세 원형은 서로 응집력 있는 원형을 형성한다고 한다. 이들은 각기 무서운 어머니 양쪽 극단의 선/악의 속성을 공유한 통일적 형태라 할 수 있다. 노이만, 「원형적 여성의 대모」, 『페미니즘과 문학』, 서승욱 역, 문예출판사, 1988. 여기서는 김복순, 「여성영웅서사와 안채문화」, 『혼불과 전통문화』, p.18에서 재인용.

16) 김복순, 「대모신의 정체성 찾기와 여성적 글쓰기」, 『혼불의 문학세계』, 소명출판사, 2001, p.367.

여주는 예문이 있다.

> 이 마당에는 이따금씩 기다란 대빗자루를 손에 쥔 손님이 아무도 모르게 찾아들곤 하였다. 그는 아직 날이 밝으려면 한참이나 있어야 하는 신새벽 검푸른 꼭두에, 이 집의 마당쇠보다도 먼저, 가지고 온 빗자루로 조심스럽게 소리 없이 한쪽부터 마당을 쓰는 것이었다. 그 손님은 때로 문중의 무세한 일가이기도 하였고, 또 아랫몰 가난한 타성이기도 하였다.
> ...중략...
> 마당쇠는 제가 해야 할 일을 이미 다 해 놓은 손님이 빗자루를 세워 들고 마당 한쪽에 쑥스러운 기색으로 오두마니 서 있는 것을 그때 발견하는 것이었다. 그러면 마당쇠는 그에게 아무것도 묻지 않고 곧바로 청암부인에게로 가서
> "마님, 아무 아무가 오늘 아침에 마당을 깨끗이 쓸어 놓았습니다." 하고 고하였다.
> "알았느니라."
> 청암부인의 대답은 그뿐이었다.
> 손님은 그 대답에 송구스러운 듯 얼굴을 붉히며 고개를 숙이었다.
> 그리고는 잠시 후에 부인은 광으로 가서, 자루에 쌀이나 보리 혹은 다른 곡식을 들고 갈 수 있을 만큼 담아 내, 그가 타성 같으면 직접 가지고 가게 주었고, 문중의 일가라면 마당쇠한테 가져다 드리라 시켰다.
>
> (5권, p.248-249)

청암부인은 가문의 번영과 질서를 유지하기 위해 혹독할 때도 있지만, 종부로서 집안을 돌보는 섬세함과 따뜻함을 지니고 있었다. 노복과 집안의 어려운 사람들을 돌보는 데에도 궁량이 남다른 점이 많았다.

위의 예문은 청암부인이 지닌 여성 지도자로서 따뜻함을 보여준다. 양식이 없는 어려운 일가나 마을 사람들이 날이 밝기도 전에 빗자루 하나를 들고 매안 이씨 종가를 찾아 마당을 쓸면, 청암부인은 그 정경만으로 모든 것을 이해하고 두 말 없이 곡식을 내주었다. 청

암부인은 기층민들에게 위엄 있는 자세를 보이지만, 베풂과 돌봄의 성품을 지닌 여성이다. 특히 그녀는 식민지 여성으로서 매안 사람들의 풍요로운 삶을 위해 노력한 것은 그녀가 양반안채문화의 품격을 유지존속 시키고자 가문공동체를 위해 노력하고 마을 공동체를 의식하여 지도자적 자질을 드러낸다. 이와 같은 사건들을 통해서 보여주듯, 공동체의 가모장 역할을 훌륭히 수행한 청암부인은 대모신의 재림[17]이라고 평가될 수 있다.

그녀가 노쇠할 때까지 가문의 사람들을 따뜻하고 섬세하게 품어 안은 어머니의 역할에서도 드러난다. 이기채를 따뜻하게 맞이하여 키웠던 것이며, 강모에 대한 따뜻한 사랑, 증손자 철재에 대한 희망과 사랑에서 보여주는 것처럼 온정이 넘친다. 그녀는 죽음 앞에서 혼수상태에 있을 때도 강모를 바라보는 눈빛을 통해 따뜻한 모성적 공간을 제공한다.

> 청암부인은 혼수에 빠진 듯 혼곤하게 눈을 감고만 있다가 다시 겨우 실눈을 힘들여 뜬다. 그리고 물끄러미 강모를 바라본다. 그 눈귀에 진득한 물기가 번진다. 강모는 그 눈빛을 피하여 고개를 왼쪽으로 돌리고 만다.
> "……아가…… ."
> 청암부인은 강모를 바라보던 눈길을 옆으로 기울여 베개 쪽을 바라보았다.
> 그러나 다시 강모를 바라본다. "왜요? 할머니, 베개가 불편하세요?" 강모는 얼른 베개를 고쳐 주며 물었다. 청암부인은 아니라는 듯 고개를 젓는 시늉을 하더니, 다시 눈짓으로 베개 밑을 가리켰다. "베개 밑에 뭐가 있어요?"
> 그네는 보일 듯 말 듯 고개를 끄덕였다. 그 눈길을 따라 강모는 베개 밑에 손을 넣었다. 베개 밑은 눅눅하였다. 땀 기운이 서린 탓이리라. 강

---

17) 이윤영, 「『혼불』론」, 『한국언어문학』 제44집, 2000, p.453.

모는 할머니의 겨드랑이에 손을 넣는 기분이 들었다. 겨울날 찬 바람 속에서 방으로 들어오면 청암부인은

"이리 온, 할미가 따뜻하게 해 주지,"

하면서 언 손을 두 손으로 감싸다가 할머니의 겨드랑이에 넣어 주었다.

"따습지?"

정말로 그곳은 아늑한 골짜기였다. 명주 저고리에 솜을 두었기 때문이었을까, 아니면 할머니의 몸이 따뜻했던 때문이었을까,

(2권, pp.257-258)

청암부인이 제공한 모성적 공간은 생(生)을 다하는 순간까지 유지된다. 강모의 보호를 받아야 할 상황에서도 끝까지 할머니로서 따뜻한 공간을 제공한다. 위의 인용에서 보면 베개 밑은 식은땀이 배여 눅눅하였지만, 할머니의 따뜻한 온기는 어릴 적 온기와 다르지 않음을 강모는 기억하고 있다. 강모가 철재를 두고 있는 어른으로서 할머니를 보호해야 하는 나이지만 할머니의 따뜻한 보호는 계속적으로 유지되고 있다.

효원이 역시 양반가의 법도대로 혼례 의식을 치렀지만, 결혼생활이 평탄하지 않음을 알 수 있다. 남편 강모는 강실과의 근친상간, 오유끼와의 만남 등으로 부운처럼 떠다니는 존재이기 때문에 효원은 청암부인처럼 청상의 몸과 다름없다. 강모의 방황은 시대적인 환경과 긴밀하게 연결되어 있기도 하지만, 일본 유학을 하였던 근대적 인물로서 개인적인 욕망에 우선하는 행동을 보인다.

앞의 것은 나 자신이 당할 일이요, 뒤의 것은 저 사람 당하는 일이 될 터인데, 아니, 저 사람만 당허고 말 것인가. 가문이 온통 씻지 못할 오욕을 무릅쓸 것인데. 그것은 곧 철재한테 멍에를 씌울 것인데.

(6권, p.277)

금기를 위반한 강모와 강실이의 행동은 종부의 삶에 충실하고자 했던 효원의 태도와는 대조를 이룬다. 양반가의 딸로서 매안 이씨 가문에 시집온 효원은 핏줄의 폐쇄성과 순혈성을 중요시하며 근친상간의 일탈행위에 대한 부정적 시각을 가진다. 그러나 가문 속의 존재로서 자아를 재정립한 효원은 종시매 강실이의 비도덕적인 행위를 처리해 내는 과정에서 청암부인이 보여주었던 도량으로 베풂의 자세를 취한다. 그녀는 나이 어린 종손부지만 가문을 위하고 "철재에게 멍에"를 씌우지 않기 위해 자신을 희생하려는 것이다.

2. 민족 단위와 정신의 공동체

2.1. 기층민과 정신적 지주

청암의 권위가 문중사람들뿐만 아니라 고리빼미와 거멍굴에 사는 기층 민중들의 자발적 복종에 근거한다는 것은 청암과 그들이 감정이나 정신을 공유함을 의미한다. 청암부인은 단순히 종갓집 맏며느리에 머물지 않는다. 그녀는 부서방과 같은 거멍굴의 천민에게도 어머니와 같은 따뜻함을 베풀 줄 아는 인물이다.[18] 정신 혹은 감정의 공동체라 할 이들의 관계가 드러난다. 청암은 부서방이 끼니가 없어서 곡식을 훔치러 온 현장을 목격하지만, 그녀의 큰 도량으로 곡식을 내주고 온정을 베푸는 행동에서 정신적 기둥이 된다.

---

18) 김복순, 앞의 논문, p.365.

"지고 갈 수 있겠는가?" 막 몸을 돌려 바깥으로 튀려는 부서방의 귀에 청암부인의 음성이 무겁게 얹혔다. 덜컥 놀란 부서방은 그 음성에 덜미를 잡혀 도로 오금이 붙어 버렸다. "예?" 놀란 끝에 터져 나오는 그의 목소리가 질려 있었다. "네 기운에 이것을 지고 갈 수 있겠느냐고 물었느니라." 안쪽에서 청암부인은, 곡식 가마 중에 하나를 손으로 가리켰다. 영문을 몰라 두 손을 맞부비며 부서방은 부인의 얼굴을 바라보았다. "지고 가거라."

(5권, p.270)

청암부인은 아랫사람들의 어려움을 방관하지 않는다. 즉 부서방의 산모 아내가 계속 굶어서 부황이 나자 밤에 몰래 곳간을 털러 왔던 그에게 청암은 쌀 한가마니를 가지고 가게 한다. 청암부인은 부서방에게 "일생동안 아무한테도 오늘 일을 말허지 말아라."고 당부한다. 청암부인의 도량을 알 수 있는 부분이기도 하다. 만일 그녀의 큰 도량이 아니었다면 부서방은 매안 규약에 의해 덕석말이 몰매와 조리를 돌리는 처벌을 당했을 것이다. 청암의 도량은 남성적이며 아랫사람을 대하는 태도에서 어머니와 같은 자상함을 함께 보여주는 것에서 마을의 대모신적인 존재[19]라고도 할 수 있다. 역사에서 사라진 '대모신(大母神)'은 혼돈에 빠진 시대에 그 재생을 채근할 위대한 '어머니 여신'[20]이다.

이와 같은 일련의 큰 일들을 해결해 나가는 청암부인은 공동체의 어머니라 할 수 있으며, 대모신의 재림이라고 평가된다.

---

19) 이윤영, 「『혼불』론」, 『한국언어문학』 제44집, 2000, p.453.
20) 김열규, 「『혼불』의 생태비평」, 『혼불의 문학세계』, 소명출판사, 2001, p.38.

"그런디 지일 큰 것은, 지가 맘속에 굳게 먹은 약조였지요잉. 청암마님한테 했던 약조요. 한번 살어 볼란다고 맹세헌. 용서로 주신 그 쌀 가마니를 꼭 한번 지대로 살려 볼라고…… 그 곡식을 종자로 삼어서…… 내가, 죽어도, 여그 이 만주 땅으서 한번 몸뎅이를 일으켜볼라고…… 안 갔지요. 쎄를 물고. 마님이 저한테 그 큰 맘을 주셨는디. 그 맘을 허쳐 볼 수가 없어서요." 부서방이 찻잔을 만지작거린다. (마음…… 이라.) 강모의 가슴턱에 이 말이 바람 소리로 걸린다.

(10권, pp.138-139)

만주 봉천에서 살아가고 있는 부서방은 고향을 그리워하고 청암마님의 은덕을 잊지 않는다. 그는 청암마님이 주신 벼를 종자로 농사를 지어서 잘살아 보겠다는 의지가 강력하다. 부서방의 강인한 의지와 정신력은 마을 지도자인 청암에게 이어받았다고 볼 수 있다.

인용한 부분에서 알 수 있는 것처럼 부서방은 청암부인이 자신에게 베풀어준 은혜를 마음 깊이 새겨 만주에 와서 '한번 몸뎅이를 일으켜볼라고'라고 결심한다. 부서방의 만주행이 청암부인처럼 자기의 '혼불'을 밝혀보려고 한 것이라면, 청암부인의 '혼불'은 부서방에게도 전이되었다고 할 수 있겠다.[21]

우리의 전통이념과 삶의 본질은 유교사상을 바탕으로 하였다. 공자는 '사람과 사람이 더불어 살아가는 공동체적 삶의 본질을 인(仁)의 개념'으로 설명하였다. 그는 사람과 사람이 살아가는 데 있어서 도덕적이어야 한다고 강조하였으며, 인(仁)은 유교윤리의 이상적인 도덕이라고 하였다. 즉 '인(仁)을 한 몸에 구현하고 있는 최고의 인격자를 군자(君子)'로 부른다.[22]

---

21) 우혜영, 앞의 논문, pp.26-27.
22) 이동희, 『한민족공동체론』, 법문사, 1988, pp77-78.

청암부인에게는 여중군자로 부르기도 한다. 그녀가 공동체를 위해 노력했던 모든 일들은 그녀가 죽은 후 민촌 아낙들을 통해 회자되기도 한다. 마을 공동체 구성원에게 보여주었던 그녀의 따뜻한 모성애는 타성받이와 하층민들이 초상마당에서 애통해하는 행동에서 드러난다.

> 부서방, 그는 지난번 청암부인 초상 마당에 허청걸음으로 반 넋이 나간 듯 들이달아 고꾸라지며 몹시 서럽에 울던 사람이었다.
> 남루하게 기워 입은 저고라 동정에 기름때가 거멓게 절어든 그는, 제 가슴팍을 갈퀴 같은 두 손으로 움키어 쥐어뜯으며, 머리를 땅에 박고 울었다.
> 메마른 목이 쉬어 갈라진 그 곡성에는 애통으로 다하지 못하는 절분(切忿)이 뒤엉켜 있어, 집안사람들과 빈소에 선 문상객들을 놀라게 했던 것이다.
>
> (5권, pp251-252)

청암부인의 초상마당에서 "애통으로 다하지 못하는 절분(切忿)의 곡성"으로 그녀의 죽음을 슬퍼하는 부서방의 행동은 청암부인이 마을 사람들을 가족같이 생각했을 뿐만 아니라, 그들의 행복을 위해 노력했던 인물이었다는 사실을 보여준다. 매안 사람들은 청암부인이 자기들에게 남이 아니라 자신의 가족과 같이 대하였다는 점을 느끼며, 청암부인의 죽음을 예조하며 잠을 이루지 못하고 청암부인의 '혼불' 앞에 숙연해 하였다.

매안 사람들은 청암을 노적봉과 같은 존재이며 정신적 기둥으로 여긴다. 그녀가 죽은 이후에도 그녀의 '혼불'이 노적봉 산마루에 우뚝서있기를 소망한다. 청암부인의 삶과 정신은 매안 사람들의 마음속에 각인되어 있으며, 그녀의 '혼불'을 빨아들인 것은 효원만이 아니라, 공동체의 구성원 대부분이라고 말할 수 있다.

2.2. 매안의 풍요와 공동체의식의 고취

청암부인은 가문의 부(富)를 공동체의 부로 연결시킨다. 그것이 곧 민족의 미래를 향한 힘으로 작용할 수 있다고 감지한다. 그녀의 일련의 행동에서 '나'를 지키는 것이 가문과 공동체를 지키는 것이며, 가문과 공동체를 지키는 것이 '나'를 지키는 것이라는 논리를 피력한다. 그녀는 '공동체와 개인'이 유기적인 관계에 있다는 것으로서, 개인의 의식이나 행동의 소중함을 일깨워준다,

즉 우리의 역사는 민족 수난의 역사라 할 수 있는데, 작가는『혼불』을 통해 그려 놓은 우리 민족 수난을 통해 개인과 집합체가 유기적으로 작용하면서 민족혼을 일깨우고 식민현실을 극복할 수 있다는 점을 피력하고 있다.

아래 예문에는 저수지 축조를 끝내고 잔치 분위기인 마을 안에서 마을 사람들 모두가 기뻐하는 모습이 그려져 있다. 이는 국가에 앞서 개개인의 중요성을 강조하는 백성론을 뜻한다.

> 오랜 공사 끝에 숙원하던 저수지를 얻은 매안은, 통곡소리 진동하는 대신 거꾸로, 짙푸른 하늘 아래 부시도록 하이얀 열두 발 상모를 태극무늬 물결무늬 휘돌리며, 북 치고 장구 치고, 꽹매기, 징소리 한바탕 흐드러지게 어울어, 하늘에 정성껏 고사 지내고, 넘치는 기쁨을 부둥켜 안았다. 그리고 울었다.
> "사람들은 나라가 망했다, 망했다 하지만, 내가 망하지 않는 한 결코 나라는 망하지 않는 것이다. 가령 비유하자면 나라와 백성의 관계는 콩 꼬투리와 콩알 같은 것이라고 나는 생각한다. 비록 콩껍질이 말라서 비

틀어져 시든다 해도, 그 속에 든 콩알이 죽지 않고 살아 있다면, 콩은 잠시 어둠 속에 든 콩알이 죽지 않고 살아 있다면, 콩은 잠시 어둠 속에 떨어져 새 숨을 기르다가, 다시 싹터 무수한 열매를 조롱조롱 콩밭 가득 맺게 하나니."

백성이 시퍼렇게 눈 뜨고 살아 있는데, 누가 감히 남의 나라를, 망하였다, 할 수 있단 말이냐.

(1권, p.165)

마을은 청호 저수지가 축조되는 큰 공사를 이루어냈다. 국권상실과 저수지 완공이 비슷한 시기에 이루어짐으로 잔치의 분위기가 형성되었다. 국권상실의 비애 속에서 생명과 생산의 근원이라는 저수지의 완공은 탈식민의 메타포로 작용한다.

콩알과 콩꼬투리 비유에서도 백성과 국가라는 관계로 대치되어 '콩알론'으로 논의 할 수 있다. 콩알은 씨앗이 되어 언제든지 많은 알곡을 생산할 수 있을 것이며 미래가 건재할 것으로 믿는다. 콩알은 씨앗, 생명, 정신, 혼불을 상징하는 것이다. 콩꼬투리가 마른 것은 조선의 현실이라고 비유되지만 콩알은 땅에 심기만 하면 싹이 나고 열매를 맺어 몇 십 배, 몇 백 배 수확을 낼 수 있다는 것이다. 백성으로 대치되는 콩알이 있고 저수지 축조로 인하여 물이 있으므로 언제든지 많은 열매를 맺을 수 있다 것이다. 그러므로 '혼불' 모티프와 '콩알' 모티프는 민족이라는 생명체가 영원히 이어지고 있음을 의미한다. 콩꼬투리 없는 '콩알'은 나라 잃은 '백성'이며, '콩알론'은 '백성론'으로 대치된다. 청암부인의 정체성 찾기는 '콩꼬투리와 콩알'론으로 대변된다.[23]고 할 수 있다.

---

23) 이현하, 앞의 논문, p.30.

위의 인용문에서 우리가 일제의 침략으로 비록 나라를 잃었다 해도 백성 한사람이라도 정신을 잃지 않는다면, 콩에서 싹이 돋듯이 다시 살아서 빛을 보게 된다는 청암부인의 의식이 드러난다.[24]

청암부인은 백성이 콩이고 나라는 콩껍질과 같다고 이야기한다. 튼튼한 씨앗인 콩이 있으면, 언젠가 콩에서 싹이 틀 것으로 믿는다. 이와 같은 논리에 따르면 청암부인이 가문의 정체성을 지켜내기 위해서 했던 노력에는 탈식민의식이 드러난다. 청암부인은 나라가 아무리 망했다 할지라도 '콩꼬투리 속의 콩알'처럼, 개개인이 어려움을 참고 견디다보면 밝은 날이 올 것이라고 생각했고, 그날을 맞이하기 위해 개개인은 희망을 버려서는 안 된다고 피력하고 있다. 그것은 '혼불'로 대치되기도 한다.

이주홍은 한국 역사를 외적의 침입에 맞서는 투쟁의 역사로 간주하며, 사회계급으로서 민중이라기보다 민족을 더 의식한다. 그러나 국가의 위기에 동원된 '나라의 백성'이기는 하지만 '백성의 나라'는 아니라는 것이다.[25] 그러므로 나라가 처한 현실에 의해 좌우되는 민족의 운명이지만, 백성 개개인은 죽지 않고 건재해 있다는 것이다. 그러므로 국난을 극복하려는 개개인의 노력은 미력하나마 언제든지 싹을 틔울 수 있는 준비를 하고 있다.

특히 청암부인은 농촌 매안의 기근을 극복하기 위해 저수지를 축조한다. 그녀는 저수지에 물을 항상 풍부하게 저장하는 것이 소원이다. 저수지의 물은 마을을 풍요롭게 하는 모성성을 의미한다. 즉 물

---

24) 이덕화, 「『혼불』의 작가의식을 통해서 본 '서술형식'과 '인물구도'」, 『한국문예비평연구』 제1호, 한국현대문학비평학회, 1997, pp.169-170.

25) 황국명, 「이주홍의 역사소설 연구」, 『한국문학논총』제48집, 한국문학회, 2008, pp304-305.

은 생산의 근원이고 콩알은 생명의 씨앗이라 할 수 있다. 이는 민족
에 대한 신뢰를 드러내는 것으로 국가단위의 삶과 역사가 아니라,
민족 단위의 삶과 역사를 강조한 것이라 할 수 있다. 식민지 우리 민
족은 수탈과 폭력을 당하며 살아가고 있지만, 백성이 건재하고 다시
일어나는 끈질기고 강인한 민족정신이 있다.

IV

가문의식과
미래의식

근·현대 우리 문화를 주도적으로 이끌어갔던 문화는 양반문화이다.『혼불』에서도 매안 이씨 양반 가문을 주축으로 서사를 진행하고 있다. 식민지 폭력은 가문의 미래를 불확실하게 하였고, 마을 공동체의 질서를 해체시키고 있다. 양반 가문에서도 구심점이 되는 종가는[1] 양반 집성촌의 으뜸으로 자리매김한다. 종가에는 특별한 지위가 부여되었고, 종가가 어려울 경우 친족들이 종가를 공동으로 돕는 것을 이념으로 하였다.[2]

『혼불』에서는 매안의 양반 가문을 구심점으로 문화를 형성하고 마을 공동체를 이끌어갔다. 특히 조선시대 유교문화의 전통관습인 관혼상제를 중심으로 문화를 공유하였다. 그들은 공동체를 유지하기 위해 규율을 지키고 전통의례와 같은 문화를 통해서 결속을 다짐한다. 식민지 근대화의 바람을 타고 다가온 우리 사회는 근대의 실험실이었다고 말하고 있다. 그러나 소설의 주인물들은 근대성을 지향하기보다 전근대적 방식을 고수하며 살아간다. 특히 가문을 중시하는 양반가의 종부들은 개인의 욕망보다 가문의 욕망에 우선한다. 또한 간과할 수 없는 다층위의 인물들을 통해서 탈신분 욕망을 향한 미래의식이 드러나고 있다. 그러므로 다층위 인물들의 미래의식도 함께 살펴보고자 한다.

---

1) 종가는 조선중기 이후에 형성되어 4백년이나 유지되어온 가족제도이다. 종가는 조상의 제사와 가계 및 사회적 지위를 상속받는다. 또한 종가는 친족집단을 통합하는 중심이 되며, 시조(始祖)로부터 대대로 종자(宗子)로만 이어져 오는 집을 뜻한다. 이순형,『한국의 명문 종가』, 서울대 출판부, 2000, p.462.

2) 이현하, 앞의 논문, p.14.

1. 양반 종부의 가문의식과 미래

1.1. 종부의 가문의식

국권 박탈기에 매안 이씨 종손들은 단명하거나 병약하여 종손으로서의 역할을 충실히 수행하지 못한다. 따라서 『혼불』에서 종부 3대는 남성을 보조하는 역할이 아니라, 남성을 대신하여 주도적으로 가문을 이끌어갔다. 특히 매안 이씨 가문은 선대에는 벼슬을 한 인물들이 있어 명망 있는 가문이었다고 하지만, 식민지 현실에서 이 가문은 해체 일로에 있었다고 볼 수 있다. 식민 현실에서는 누구나 위기감을 느끼고 있었지만, 지방의 한 양반 가문으로서 그 마을을 대표하는 가문이지만 큰 위기에 봉착해 있었다. 특히 종부 청암은 부재한 남성을 대신하여 한 평생을 가문의 유지·전승을 위한 강박관념과 인고의 세월을 살아간다. 종부는 유가의 종법적 구조 하에서 젠더화된 역할을 책임의식과 헌신적 노력으로 극복해내며 사회가 요구하는 인간의 도덕적 완성에 도달하는 데 노력한다.[3] 또한, 가문의 여성들은 가정의 례를 중시하며, 가문의 골격을 유지 하는 데 힘쓰며 살아간다.

계급적 양반문화는 근대사회에서도 양반 가문의 전통 안에서 유지되고 있었다. 특히 종가의 종부는 종법이 부여한 구조적 지위와 함께 유가적 여성의 위치에 부합하는 봉제사 접빈객의 역할을 철저히 수행하는 유교여성의 상징이라 할 수 있다.

매안 이씨 가문의 종부[4]들은 자신의 이름을 가문의 이름 속에 성장

---

3) 강혜영, 「양반여성 종부(宗婦)의 유교 도덕 실천의 의의」, 『한국사회사학회 논 문집』 제 78집, 2008, p.169.
4) "종부는 반가의 일반 여성과는 다르게 종법적 지위에서 획득되는 지위이다. 종부에게는

지속시켜야한다는 책임과 의무를 인식하고 있다. 종부들은 문중 내의 모든 부녀자들로부터 존중받는 지위에 있으며, 그들의 행동과 의식은 정제되어 있어 규율을 지키기 위한 노력은 남달랐다. 그들은 종부의 명예뿐만 아니라, 친정 가문의 명예를 위해서도 양반의 엄격한 규율대로 행동하여 가문에 누를 끼치지 않으려고 노력하는 인물들이다.

청암부인은 종부로서 가문의식이 투철한 인물이다. 그녀는 비록 청상의 몸이 되었지만 책임과 희생의 길을 거부하지 않는다. 그녀에게는 "무너져가는 고가의 지붕과 묵은 흙냄새가 풍기며 푸슬푸슬 먼지를 날리던 행랑채, 덩그러니 집채만 남았을 뿐, 거기에는 사람의 훈김 없던" 쓰러져가던 종가를 바로 세워야하는 종부로서의 막중한 책임과 고난의 세월이 기다리고 있었다.

19세의 청상과부인 종부 청암은 남편뿐만 아니라, 시아버지의 상복까지 쌍복(雙服)을 입고 있는 상황이었다. 그녀는 가문의 구심점을 잃어버린 나이 어린 종부의 몸이지만 "인력이 지극하면 천재를 면하나니 이 뼈가 우뚝 서서 뿌리를 뻗으면 지붕인들 되지 못하랴"(2권, p.245) 라는 의지를 지니고, 쇄락한 가문을 일으키기 위해 혼신의 힘을 다한다.

> 종부(宗婦), 나는 그저 그 한사람의 아낙이 아니고 청상과부 한 사람이 아니라, 흘러내려오는 핏줄과 흘러가야 할 핏줄의 중허리를 받치고 있는 사람이 아닙니까. 목숨하나 던지는 일이 살아남은 일보다 쉬운 일

문중의 제사를 책임지고 수행하며, 문중과 종택에 찾아오는 손님을 맞아 접대하는 역할이 주어진다. 종법적 관례를 내면화하여 실천하는 종가에서 특히 종부들의 역할은 대외적이지 않지만, 각 문중간의 '출입'(出入)이라는 장치를 통해 가문의 위상과 격을 드러내게 된다는 점에서 종부의 역할은 의미 있고, 또 때에 따라서는 큰 역할 중의 하나라 할 수 있다." 강혜경, 「양반여성 종부(宗婦)의 유교 도덕 실천의 의의」, 『한국사회사학회 논문집』 제78집, 2008, pp.181-182.

은 결코 아니겠으나, 남아서 할 일이 있어, 나는 할머니 당신처럼 그리 죽지 못하였습니다. 그러다가 오늘에 이르렀습니다.

(1권, p.241)

"내가 만일 종부가 아니었더라면, 나는 진즉에 칼을 물고 자진(自盡)을 했을 것이다. 열녀가 어찌 아름답지 않으리. 허나, 내가 그 참담한 형상 중에도 목숨을 버리지 않고 살아남은 것은 오로지 종부였기 때문이었느니라. 내게는 남의 가문의 뼈대를 맡은, 무거운 책임이 있었던 것이다. 종부는, 그냥 아낙이 아니니라."

(3권, p.163)

위의 예문에서 알 수 있듯이, 청암은 혼례식을 제대로 치르지 못하고 남편의 죽음을 맞이하였다. 즉, 매안 이씨 가문의 몰락 징조는 개화기 『토지』의 최참판댁의 몰락 상황과 닮아 있다.5) 그러나 청암은 청상의 몸으로 평생을 수절하며 가문을 이끌어나가는 힘든 삶을 시작한다. 가문의 종부로서 그녀는 개인의 정체성보다 가문의 정체성을 더 중요하게 생각한다. 가문과 핏줄의 중허리를 떠받치는 막중한 임무의 수행자인 종부는 죽을 수도 없다고 생각한 것이다. 그녀가 종가의 전통을 유지하고 핏줄을 잇는 것은 조상에 대한 당연한 도리로 생각했기 때문에 가능한 일이다. 가문 공동체는 한 성씨가 마을에서 집성촌을 형성하며 살아가는 것으로 가문 내에서도 체면을 중시한다. 한 개인은 독자적인 정체성을 가지는 것이 아니라 가문의 일원으로 예속되어 있다. 특히 양반 가문은 유교적 법도에 의해 살아가야하며 가문의 체면을 중요하게 생각하였다.

---

5) 『토지』에서 윤씨부인과 김개주, 별당아씨와 구천, 서희와 길상이라는 서로 화합할 수 없는 신분경계를 무너뜨리는 행동에서 상징적으로 보여준다. 원도연, 「『혼불』의 근대성과 민중성의 사회사적 이해」, 『혼불』과 전통문화 2003, p. 221.

그때 그네가 들어선 종가의 형상은 참담한 것이었다.

대문은 비그러지고, 댓돌은 잡초에 묻힌 채 흙먼지 자욱한데, 기와는 군데군데 떨어져 나가 마치 험하게 두드려 잡은 고기 비늘 같았다. 거기다가 거북의 등짝처럼 이리저리 갈라져 금이 간 벽이라니.

그 삭막 황량한 집안에 의지할 곳이 없이 혼자 앉은 청암부인은 허리를 곧추세우고 말했다.

"내 홀로 내 뼈를 일으키리라."

(3권, p.129)

청암이 종부로서 들어선 종가는 쓰러져가는 폐가나 다를 바 없는 형상이었다. 그녀는 종손이 부재한 종가를 일으켜 세울 것이라 홀로 굳게 약속한다.

예로부터 우리는 농경사회가 주축이었으며, 향촌 매안의 이씨 종가에도 농업을 생업으로 하였다. 그러나 가족의 힘을 모아야 하였지만, 청암은 신혼 초부터 종가에서 종손의 역할까지 수행한다. 그녀는 "내 홀로 내 뼈를 일으키리라."하며 강한 의지로 가문을 이끌어 나간다. 그녀가 종부로서 강한 책임 의식을 피력한 부분이 드러난다.

"내가 일찍이 식처곡부의 이야기를 왜 모르겠는가. 아녀자 오륜 행실의 본이 되는 그 사람은 열녀로서 장한 사람이었으니, 내가 그를 따라 목숨을 버리는 것은 자랑이면 자랑이었지 아무 흉될 것은 없었지만, 그때 내가 기량식의 아내 못지않은 기구한 형상 중에도 목숨을 버리지 않고 살아 남은 것은, 오로지 종부였기 때문이었느니라. 내게는 나 홀로 져야 할 책임이 있고 도리가 있었던 게야."

청암부인은 효원의 숙인 이마를 지그시 바라보았다.

(1권, p.273)

청암부인은 가문의 종부로서 젊은 나이에 청상의 몸으로 살아간다. 그녀는 스스로 기구한 운명을 인식하지만, 종부라는 책임감 때문에 개인의 욕망을 버리고 가문의 욕망에 우선한다. 그녀는 누구보다 종부의 역할과 책임을 잘해나가는 인물이다. 종부에게는 여러 가지 역할과 권한이 따르기도 한다.

종부의 책임은 첫째, 장차 장손이 될 적장자를 출산하고 양육하여 가계를 잇는 것이다. 종가의 가계는 끊겨서는 안 되는 것이기에 자손이 없을 경우 종부는 양자를 들여서라도 종가의 명맥을 이어야 했다. 종부의 임무 가운데 가장 막중한 일은 자손을 번창시키는 것이기 때문이다. 둘째, 종부는 종가의 제사 준비를 책임져야 한다. 제사는 유교적 전통사회에서 매우 중요한 일이기에, 종부는 제사 준비에 요구되는 여러 가지 금기들을 지킨다. 셋째, 종부는 손님 접대를 정성껏 하며 종가의 지위, 위세, 품위를 유지해야 한다.[6]

종부의 권한[7]는 재산권을 행사할 수 있다. 종손이 있다고 해도 재산관리자로서 종부의 위치는 독립적이다. 가문의 중요한 행사인 제사에는 남성들은 직접적으로 주도하지만, 여성들은 제사의식에 참여하지 않는다. 그러나 종부는 제수 음식을 전체적으로 살피고 제사의식에도 참여한다. 종손이 초헌을 하고 나면 종부는 아헌을 올린다.

---

6) 이현하, 앞의 논문, pp.17-19 참조.

7) "17세기에 이르러 여성의 종법적 지위가 주목되는 것은 이 시기 우리나라에서 종법이 정착된 시기라는 점과 관련이 있다. 물론 종법은 원래 남계중심(男系中心)으로 형성된 친족 조직의 원리였으므로 여성의 종법적 지위가 대등하게 독자적 위상을 보장받기는 어려운 것이었다. 그러나 종법의 운영상 그 핵심은 제사상속(祭祀相續)과 가계상속(家系相續)이고, 기왕에 존재하던 총부(冢婦)의 주제권이나 입후권 및 딸 봉사나 외손봉사의 관행 등은 여성의 종법적 지위를 가늠케 하는 주요한 단서들로서, 여전히 권리가 행사되고 있었다. 총부는 오늘날 종부라 불리는 종가의 맏며느리를 상징하고 유교 여성의 모체라 할 수 있으며, 오늘날 종손의 부인인 종부를 말한다." 강혜경, 앞의 논문, p.174.

또한 종부는 양자 결정권도 지닌다. 자손이 없어 양자를 들일 경우 문중회의에서 조언을 하고 종부가 결정을 내린다.

1.2. 가문의 미래

매안의 젊은이들은 교육을 받기 위해 전주나 여타 다른 곳으로 유학을 간다. 특히 매안 이씨가 전주를 관향으로 하는 많은 부분들에서 매안8)과 전주는 직접적인 연결고리가 되고 있으며, 최명희는 매안과 전주에 대한 전통성과 애향심을 그려놓고 있다.

청암부인은 종부이지만 종손을 출산하는 것은 불가능하였으므로 종가의 대를 이을 해결책을 찾아야 했다. 유가의 전통에서는 종가에 자손이 없을 경우 친조카를 양자로 들여 종가의 명맥을 잇는 풍습이 있다. 그러므로 매안 대종가에도 종손의 빈자리에 조카 '기채'를 양자 들여 종가의 맥을 이어가게 한다.9)

---

8) 매안은 동성마을을 형성하고 있으며, 동성의 문중어른들을 주축으로 우리나라 전통의 사회조직을 구성하였다. 이곳의 매안 이씨 씨족들은 '자작일촌(自作一村)'으로 400여 년 동안 집성촌을 이루고 살았다. 동성마을은 향촌을 이루는 근간이 되었으며, 종가를 중심으로 그 구성원들은 손색이 없는 행실을 해야 했다. 종가는 '봉제사나 접빈객' 즉 선조들의 제사를 받들고 집으로 찾아오는 손님들을 잘 접대해야 했다. 전경목, 「혼불」을 통해서 본 전통기의 종족제도와 신분제도」, 『혼불과 전통문화』, 전북대 전라문화연구소, 신아출판사, 2003, pp. 258-261.

9) 17세기에 접어들면서 종법(宗法) 의식이 강화되고 동성(同姓)이 동족(同族)이라는 동족 관념이 확대되면서 족보에서 이성친(異姓親)인 외손이 배제되기 시작한다. 유교적 가족의례와 종법적인 친족 관념이 확산된 결과라 할 수 있겠다. 그런데 「성화보」에는 양자 기록이 보이지 않는다. 시집간 여성이 아이를 낳지 못하는 것은 칠거지악에 속했다. 대를 잇기 위해 씨받이, 씨내리라는 것이 있었다. 이는 중심의 혈통주의를 단적으로 말해주는 것이다. 그래도 자손이 없을 경우에는 양자를 들일 수 있었다. 이는 가부장적인 씨족구조의 산물이라 하겠다.
「성화보」에 수록된 9,120명의 인물 중 딸만 있는 경우에도 양자를 들이지 않았으며, 또 소생이 없어 "무후(无後)"라 기재된 경우에도 양자를 들이지 않았다. 하지만 90년 뒤에 간행된 「가정보」에서는, 적은 수이긴 하지만, 양자 사례를 확인할 수 있다. 어느 시점에선가 생겨난 것으로 여겨진다. 그래서 조선이 건국한지 170년이 지난 시점에서도, 양자본디, 이기채와 기표, 기웅은 동복(同腹) 형제였다. 그러나 대종가의 종손인 준의가 그 나이 열여섯 살을 가까스로 넘기고 세상을 떠났을 때, 청암부인은 열아홉의 나이로 혼자 남게 되었던 것이다. 몇 년의 세월이 지난 뒤, 준의의 아우 병의가 성혼(成婚)하여 그 장자 기채를 큰집으로 양자하였다. 부인이 스물다섯 살에 기채를 양자로 맞이하였는데, 기채도 벌써 사십을 넘어 서너 고개에 이르니, 청암부인은 어느덧 예순 여덟이라. 고희 일흔의 가파른 마루턱에 들어서고 있는 셈이다.

(1권, pp.64-65)

청암부인은 종가의 대를 잇기 위해 시동생 병의의 장자 기채를 양자로 들인다. 병의는 형님 준의가 일찍 세상을 떠나고 형수인 청암부인이 홀로 사는 관계로 이울댁과 혼인을 하고도 항상 종손이 부재한 자리에 대한 무거운 책임을 가진다. 기채의 생모 이울댁은 양자로 보내는 것이 심적으로 힘든 일이었지만, 남편 병의는 기채가 형님 자식이므로 정들면 떼기 어렵기에 정들기 전에 보내야한다는 것이다. 또 양자로 들어가는 이기채는 종손으로서의 지위와 권세를 이어받을 것이라고 이울댁을 설득한다. 아들을 종가에 양자로 보내는 생모 이울댁과 양자 들이는 청암의 심정은 온전할 수 없지만, 그들은 역시 종가의 유지 명맥을 위해 희생을 감수한다. 종손이 없는 종가의 빈자리는 대들보 없는 집이라 할 수 있으며, 개인의 삶에 우선하기보다 가문공동체의 존속을 위한 희생으로 보아야 할 것이다.

제도는 극히 제한된 범위에서만 실시되었던 듯하다. 「가정보」에 수록된 4만 2천 명 중에서 양자를 들인 경우는 126건이며, 그중 문화 유씨 집안에서 양자를 들인 것은 7건에 지나지 않는다. 양자 제도를 흔히 확인할 수 있는 조선 후기 족보와는 확연히 다른 모습을 보여주고 있다. 그리고 1265건 중에서도 4건만이 중종대의 그것이며, 나머지 122건은 모두 인종, 명종대에 나타난 것이다. 이남희, 앞의 논문, 「조선 사회의 유교화(儒敎化)와 여성의 위상」, pp.156-157.

자신의 속으로 낳은 아들이면서도 웬일인지 늘 어려운 마음이 들곤하
여, 남보다 더 먼 곳에 있는 것만 같던 이기채가, 지금, 생모인 이울댁에
앞서 세상을 떠난 양모의 죽음을 당하여 극통의 슬픔을 가누지 못하며
울고 있는 것이다.

　　일곱 이레 막 지난 어린 이기채가, 조세(早世)한 시숙의 사후(死後) 양
자(養子)가 되어 청암부인 슬하로 들어간 것이 벌써 아득한 마흔 여덟
해 전이니, 새삼 그 세월이 꿈만 같다.

(3권, p.187)

　　양자의 권한은 법도에 따라 재산권의 행사나 종손으로서의 의무
는 친자에 준해서 이루어진다. 따라서 청암부인의 사후에 가계의 계
승자는 이기채와 율촌댁일 것이다. 그러나 이기채는 청암부인의 기
개에 눌려 자신의 입지를 굳히지는 못하고 있다. 이울댁은 자신의
아들이 양자한 종손의 위치에 있기에 아들이라 부르지 못하고 "늘
어려운 마음"을 가진다. 하지만 청암부인은 이기채와 율촌댁이 가문
을 이끌 역량이 부족한 인물로 생각하고 있으며, 모든 일을 처리함
에 있어 자신이 카리스마적 역량을 발휘하여 해결한다.

　　율촌댁의 경우, 청암부인과는 다른 인물로 안채 살림을 세세하게
살피는 전형적인 여성적의 면모를 지닌다. 그녀는 음식솜씨가 뛰어
나 종가의 대소사에서 정성스럽게 안살림을 해나가며, 기본적인 양
념들을 세심하게 챙겨둔다. 그녀는 청암부인과 함께 가문을 위해서
안채의 역할을 잘 함으로써 부권부재의 가문을 부족함 없이 이끌어
갈 수 있었다.

　　2대 율촌댁은 며느리 3대 효원을 맞이하면서 청암부인과 합방의
예식을 치른다. 그녀도 내심 효원이가 자신을 닮기보다 청암부인을
닮기를 바라고 있다.

율촌댁은 효원이 시집오기 며칠 전에, 좋은 날을 받아 청암부인이 거
처하는 안방으로 옮겨 앉았다. 그리고, 새로 집안에 들어올 며느리를 위
하여, 이때까지 기거해 오던 건넌방을 물려주는 것이다.

．．．．．．．

중년의 며느리는 새 며느리한테 자기가 쓰던 방을 물려주고, 안방으
로 들어가 노년에 이른 시어머니와 함께 기거하는 것이 상례였다. 사람
들은 이 안방을 큰방이라 하였다.

"내가 이런 날을 기다리며 그 많은 세월을 살아왔었느니라." 율촌댁이
큰방으로 들어와 마주 앉은 날, 그네가 절을 하였을 때 청암부인은 탄식
처럼 이야기했다. 그 목소리에는 할 일을 다 하고 난 사람의 감개와 허
탈이 엉기어 있었다.

"이제는 되었다. 이제는 다아 잘 되었다."

．．．．．．．

그 청명한 햇발에 청암부인의 허연 머릿결이 눈부시게 빛나 보였다.
그것은 서리를 이고 있는 것처럼 보였다. 평소에는 그렇게까지 센 줄을
몰랐던 율촌댁은, 마당에 서서 짐 나르는 것을 바라보는 청암부인의 모
습에 까닭 없이 가슴이 철렁, 하여 손끝이 떨렸다.

．．．．．．．

"죄송스럽습니다."
율촌댁은 목소리를 낮추어 말했다.
그 소리 속에 간곡함이 배어났다.

．．．．．．．

"죄송하다니 그게 무슨 말이냐, 당치도 않다,

．．．．．．．

이런 날을 보고 죽으려고 일찍이 젊은 날에 살아남았던 것이 아니냐."
(1권, pp.171-173)

위의 인용한 부분은 청암부인이 손부며느리를 보는 장면으로 규
방의 질서가 대물림 되는 것을 보여준다. 청암부인과 같은 방을 쓰
게 된 율촌댁은 거대한 버팀목으로 집안을 감싸고 있던 청암부인의
기상이 조금씩 흐려지고 있다는 것을 알고 손끝이 떨리도록 두려워

한다. 청암부인의 기상에 눌려 큰소리 한 번 제대로 칠 수 없었던 율촌댁이었으나, 오랜 세월에 쌓여진 고부간의 유대는 그들 두 사람의 심기 속으로 따뜻한 전류처럼 흐르고 있음을 보여준다. 그녀는 가문의 질서를 안방에서부터 유지시키며 손부 효원에게 이어가기를 희망한다. 청암은 가문의 미래를 책임질 손부 효원을 맞이함으로써 그녀가 홀로 가문을 책임지며 살아왔던 인고의 세월에 대한 보상이라 생각한다.

집안의 경제를 이끌어가는 종부로서 청암은 자신이 이룩한 튼튼한 경제체제의 역할까지 종손부 효원에게 대물림한다. 그녀는 가문 경제를 튼튼히 하여 대를 이어서까지 부(富)가 유지되는 방법을 효원에게 세세히 일러준다.

> "아가 저 뒷산에다가는 밤나무를 심어 보아라. 내가 전에 몇 차례 돌아봤다만, 탄금봉 기슭에 제법 쓸 만한 비탈이 있느니라. 내가 생각만 갖고 있었는데 미루다가 그만 날이 가고 말았어…… 네 시모댁 친정 동네가 밤으로 이름이 났거든. 그래서 율촌이 아니냐…… 율촌 쪽에 사람을 보내 연락해서…… 묘목을 구해다가 심어라. 그것도 큰 공사지……한 십년 지나면 밤 추수를 헐 수 있을 꺼야.
>
> (6권, pp.121-122)

청암은 앞날을 내다보는 지혜를 겸비한 종부이다. 그녀는 국가와 가문 공동체가 처한 운명을 몸소 느끼며 극복하기 위해 노력했던 인물이다. 율촌댁이 2대종부로서 안채 살림을 살아가는 동안 청암이 버팀목이 되었다. 위로부터 종가의 대들보가 부재하였음에도 종부들은 종가를 안정되게 유지시켰다. 율촌댁은 전형적인 안주인의 자태로서 안채 살림을 챙기는 역할을 하였다. 따라서 위기를 극복하고 종가를 지탱하려는 청암의 지혜와 율촌댁의 세심함이 함께 어우러져 효원에게 전수되기를 바라는 것이다. 청암은 효원에게 시어머니 친정 동네의 밤나무를 가져다 심을 것을 권유하며, 미래의 가문 경제가 더욱 튼튼하기를 바라는 마음이다.

청암은 효원이 가문 경제를 위해서 밤나무를 심을 수 있는 역량이 있다는 것을 인식하고 가문의 미래에 대한 믿음을 가진다. 그러나 밤나무를 심는 것은 큰 공사이고 십년의 세월을 기다려야 한다고 한다. 밤나무는 농가의 부수적인 소득원으로써 풍요로움을 가져다준다는 식의 경제관념을 효원에게 가르친다. 청암부인은 가문의 남성들까지도 두려워하는 인물이지만, 그녀는 효원에게 자신을 역량을 전수하며 강력한 지지자로 자리매김하게 한다. 청암은 미래지향적 태도를 취하며 종가의 미래까지 튼튼하게 잘 이어갈 계획을 세운다.

그녀는 자신을 닮은 손부 효원에게 기대를 걸고 있으며, 종가의 미래를 효원이 잘 이끌어나갈 것이라 믿는다.

(할머니 가신 한 생애를, 내 또 그대로 살게 될 것이다. 정처 없이 떠나가 버린 그 사람은 언제나 돌아오는지 아무도 알 수 없는 일. 내 홀로 내뼈를 일으키리라, 하시던 할머님. 그 뼈를 다 태우시고 이렇게 한 점 푸른 불꽃으로 떠올라 이승을 하직하시면서……나한테 점화하고 가시는 것을.)
　　…중략…
효원은 사라지는 불꼬리를 놓치지 않으려고 온몸을 조이며 숨을 죽인다. 마치 흡월정(吸月精)을 하던 때와도 같은 무서운 정성으로 그네는 청암부인의 혼불을 빨아들인다. 한번 들이마신 그 기운이 행여 새어나갈까 하여 그네는 죽은 듯이 고요히 숨을 참는다.
드디어 그네의 온몸에, 실핏줄의 끄트머리에까지 청암부인의 넋이 파도 물마루보다 아찔하고 아득한 기운으로 차오르며, 그네는 숨이 가빠져, 그만 허공에 떠오르고 만다.

이제 그네는 청암부인을 낳을 것이다.

(3권, p.111-112)

"내가 이대로 죽는다 해도 너를 믿고 갈 것이니라. 내가 비록...... 죽더라도...... 나는 죽지 않고 살어서, 네 속에 남을 것이다."

(6권, p.123)

　청암부인은 죽음을 맞이했지만 그녀의 '혼불'을 빨아들인 효원이 의지가 남다르다. 효원이 종손부로서 책임을 느끼고 청암부인을 닮으려고 노력한다. 효원이 행동과 의식에서 청암의 정신이 살아 있다는 것을 의미한다. 효원은 할머니의 '불꼬리를 놓치지 않으려고 무서운 정성으로' 들이마신다. 그녀가 '혼불' 즉 달의 정기를 빨아들일 때처럼 정성을 다한다. 종손부인 그녀는 "할머님이 가신 생애를 내 또 그대로 살게 될 것이다"(3권, p.111)라고 다짐한다. 그리하여 청암부인이 건네준 믿음의 '혼불'은 청암부인과 효원을 하나로 만들었으며, 손부 효원이 삶에 드리워진 모든 고통을 인내해야 한다고 다짐 한다. 그녀가 청암부인의 '혼불'을 빨아들임으로써 매안 이씨 가문의 실질적인 최고 권력자인 종부로 탄생하게 된 것이다.10) 이렇게 청암부인의 '혼불'을 이어받은 효원이 가문의 명맥을 이어가기 위해 보여준 행동에서 '여성의 타자화'가 아니라 '여성의 주체화'를 보여준다고 할 수 있다.11)

---

10) 천이두, 「최명희의 '혼불'과 한의 여러 모습들」, 『혼불의 문학세계』, 소명출판사, 2001, p.253.

11) 실존주의 페미니즘에서는 남성이 아니기 때문에 여성은 '타자'로 존재하며 그 타자성으로 인해 억압당한다고 본다. 즉 남성은 자신의 존재를 스스로 정의 내릴 수 있는 자유롭고 능동적인 존재이나 여성은 비본질적인 '타자'로 취급되고 스스로도 그것을 내면화하기에 수동적인 존재라는 것이다. 요컨대 여성은 여성으로 태어나는 것이 아니라 여성으

청암부인의 '혼불'을 빨아들이는 효원은 청암부인과 같은 삶을 살아가려고 결심한다. 현실을 적극적으로 대응해 나갔던 청암부인의 카리스마적 대응 방식은 '혼불'을 빨아들인 종손부 3대 효원에게 그대로 이어진다. 할머니인 청암부인과 같이 종손부 효원이 가문의 일 처리에서 자신의 희생을 감수하는 모습을 보여준다. 그녀는 가문의 존속을 위해 남편이 벌여놓은 근친상간이라는 큰 오점을 소란 없이 잘 처리한다.

2. 신분 의식과 미래

2.1. 신분적 공간분리

『혼불』에서 제시되는 공간은 매안마을의 원뜸과 고리빼미, 거멍굴로 나누어진다. 양반들은 원뜸에서 집성촌을 이루며 살고 있다. 양반촌인 원뜸은 지리적으로 해가 잘 드는 가장 위쪽에 자리 잡고 있다. 고리빼미 상민들과 거멍굴의 천민들은 해가 들지 않는 곳으로, 양반의 땅을 소작하며 늘 원뜸을 올려다보며 살고 있다. 이러한 세 부분의 공간 구획은 당시 반상제도를 상징적으로 보여주는 시각적인 구성소로 작용하고 있다. 그런데 반상의 차이는 공간 구획뿐 아니라 언어 사용과 생활 태도 면에서도 드러난다. 이렇게 다층위로 분리되어 있는 공간에서 생활하고 있다면 그들의 삶의 방식에도 많

로 길러지며 '타자화'되는 것이다. 보봐르는 여성이 '타자화'를 극복하기 위해서는 자신을 부정하지 말고 적극적으로 자신의 의견이나 일을 가지고 사회에 참여해야 한다고 충고하였다. 김미현, 『한국여성소설과 페미니즘』, 신구문화사, 1996, pp.20-21.

은 차이가 있다는 것을 알 수 있다. 또한 유교적 신분제 사회에서는 신분에 따라 주거의 공간과 죽음의 공간도 분리되어 있다. 매안 마을에는 거멍굴의 하층민들이 살아가는 전경이 위엄 있는 솟을 대문이 아니라, 봄 햇살이 드리운 소담한 모습을 그려내어 희망적인 미래를 꿈꾸게 한다.

> 옹구네 토방에도 봄 햇살에 겨운 살구꽃잎 몇 낱이 떨어져 있다. 지게문이 닫혀 있는 것으로 보아 집안에 아무도 없는가 싶은데, 바깥으로 닫은 방 문고리에 놋숟가락 닳아진 달챙이가 거꾸로 꽂혀 있어 이상해 보인다. "내가 그년"이라고 하고 싶은 것을 꾹 눌러 삼키며 옹구네는 낯꽃을 환하게 밝히어, 춘복한테 슬쩍이 다가앉으면서 말한다.
> "내가 작은 아씨를 방에다 혼자 두고 나올 적에는 얼매나 조심을 헌다고오."
>
> (8권, p.291)

그 공간이 의미하는 것은 '원한'의 메타포이다.

그들이 탈신분을 향한 욕망의 모티브는 주거 공간에서도 드러난다. 양반 집성촌의 공간은 위치적으로 안정되어 있는 양지바른 곳에 있다면, 하층민은 언덕 언저리나 산 쪽에 위치하여 양반 집성촌과 떨어진 곳에 있다. 신분에 따라 세분화되어 배치된 공간이다. 거멍굴은 그야말로 해가 잘 들지 않는 지역으로 해가 잘 들고 명당의 매안과는 대조를 보이고 있다. 그들의 공간 즉, 해가 잘 들지 않은 공간으로부터 탈피하고자 양반 가문의 여성과 관계를 통해서라도 신분에서 벗어나고자 하였다.

거멍굴은 지리적으로 명당이라고 보기 어려운 검은 바위를 안고 있는 형상으로 거멍굴이라고 불린다. 그들의 삶도 마찬가지로 음지에서 하는 일로 생업을 꾸려나간다. 그들은 죽음의 공간 역시 신분 차별이 있었다. 양반은 해가 잘 드는 양지바른 명당에 위치하였다면, 평·하층민은 해가 들지 않는 음지에 위치하고 있다. 그러므로 그들은 양반의 묘에 투장을 감행하는 죄를 범한다. 유교적 신분제에서 탈출하려는 욕망의 분출이 일렁이고 있는 것이다.

> 누천년 동안 골에 깊이 박혀 뿌리를 내린 노비 제도는 결코 쉽게 없어지지 않았다.
> 또 속량을 받은 노비들도 대개는 어디로 가지 않고, 상전의 집 근처, 살던 고을에 그대로 머물러 여전히 옛 상전의 살림을 돌보며 일을 하곤 했다. 다만 이제는 매인 종이 아니라는 것만 다를 뿐 변함없는 생활을 하는 것은, 아주 못된 상전만 아니라면 서로 정리가 깊어 떠나지 못하는 것이 이유의 하나요, 또 하나는 낯선 곳으로 떠나 보았자 아는 것도 없고, 가진 것도 없고, 일가 친척 집안붙이 하나도 없는 신세로 떠돌다가 결국은 다시 남의 집 종이 되거나 아니면 거지 되기 십상이어서, 양민이 된 노비는 살던 곳에 그대로 사는 것이 여러모로 더 이로운 때문이었다.
> (4권, pp.78-79)

위의 예문에서 보면 속량이 이루어지긴 했으나, 뿌리깊이 박혀 있던 노비제도는 『혼불』 소설에서 사라지지 않는다. 거멍굴의 하층민은 백정이나 무당 등 허드렛일을 하는 사람들로 노비로서 속량되었다 하더라도 옛 상전의 일을 도우며 거멍굴을 오가면서 생계를 유지하는 사람들도 있다. 그들이 살았던 삶의 굴레에서 벗어나기란 쉽지 않았던 것이다.

> 고리배미에는, 이 중로와 상민들이 서로 어우러져 함께 살고 있었다. 그러나 여기에도 신분의 구분은 있어서, 그들이 아무리 허물없이 이웃하

고 살아도, 쓰는 말만은 마구 섞지 않았다. 그 사는 형편이나 나이와는 상관없이 중로는 상민에게 '하게'나 '하소'로 말을 놓았고, 상민은 중로에게 '합니다', '하지요'하며 말을 올려 했다.

(3권, pp.271-272)

마치 새로 난 철도가 마을 바깥 저 뒷등허리로 저희끼리 지나가고 있을 뿐, 마을안 고리배미는 예전부터 나 있는 길을 그대로 끼고 앉아, 변함없이 걸어서 다니는 사람들 모양 어제 살던 대로 오늘도 살고 있는 것이다.

(3권, p.272)

고리배미는 중로·상민이 어우러져 사는 곳이다. 그들은 그래도 상민들로부터 우대를 받고 있다. 신작로가 나서 근대적 신문물이 도로를 타고 들어올 수도 있었지만 그들은 지금까지 살아왔던 것처럼 살아간다. 그들의 공간은 분리되어 있어 소통을 가로막는 벽이 높기 때문이다. 신분의 엄격한 공간분리는 쉽게 해체되지 않지만 중로·상민들은 근대 자본의 혜택을 봤던 계층들임은 분명하다.

2.2. 다층위 신분의 위기적 삶

매안의 인물들이 유학을 하거나 근대 도시공간을 유랑하는 이들은 근대 자본의 중요성을 느끼는 인물로서, 그들은 제국에 맞서기 위해서는 힘을 길러야 한다고 강력하게 피력하고 있다. 농촌근대화를 위하여 의식을 바꾸어야 한다고 주장하며 근대 자본을 축적하기 위한 노력이 보인다. 하층민들 역시 유교적 신분제의 질서에서 완전히 벗어나지 못하여 자유로운 생활이나 경제활동을 하지 못하지만, 중노·상인들은 근대 자본을 활용하여 양반으로 편입을 시도하는 인물들이 있다.

『혼불』에서 개인이나 사회발전을 위한 미래지향 의식에는 사회진화론이 바탕이 된다고 할 수 있다. 그러므로 미래지향적 인물들의 의식을 살펴봄으로써 민족의 미래를 예견할 수 있을 것이다.

매안의 양반가 인물들 중에서 외국 문물을 접하였던 젊은이들이 있지만, 강태의 의식을 살펴보면 근대의 문제의식이 드러난다. 특히 강태는 미래지향적 인물로 그려진다. 그는 근대 자본의 소중함을 피력하며 가문과 국가의 미래를 걱정하는 추진력 있는 모습을 보여주는 근대적 성격의 소유자이다.

> 그런데도 강모는 강태에게 깍듯이 형님에 대한 예우를 다하였다. 그
> 만큼 강태를 어려워한 점도 있었고, 또 성격상의 차이로 그다지 친숙하
> 게 지내지 않는 탓도 있었다.
> "강자와 약자. 과연 무엇이 강자이고 무엇이 약자인가? 간단해. 힘을 가
> 진 자는 강하고, 힘이 없는 자는 약하다. 힘? 그렇다면 힘이란 무엇인가?
> 한 사람의 인품도, 체력도, 가문도, 힘이 될 수는 있다.
> 그렇지만 오늘날 구체적으로 사회적인 힘을 발휘할 수 있는 것은 결
> 국 자본이야. 그것은 분명하고 강력해. 자본이 있는 자는 강하다. 반대로
> 아무것도 없는 자는 약하지. 있는 자와 없는 자, 이 적대적인 위치의 두
> 계급은 필연적으로 반목하고 갈등한다. 이 갈등은, 있으면서 좀 더 착취
> 하려는 자의 폭력과, 없으면서 어떻게든 생존해 남으려는 자의 몸부림이
> 서로 부딪치는 데서 온단 말이야. 그것은 한 마디로 압제자와 피압재자
> 의 관계라고 할 수 있지.
>
> (3권, pp.46-47)

예문에서 강태는 근대의식을 드러내고 있다. 강자가 되기 위해서는 경제적 힘이 필요하다는 것이다. 강자에게 자본을 빼앗긴 현실에

서 자본을 되찾기란 쉽지 않으며, 명망 있고 살만하였던 양반 가문의 자녀들도 근대적 자본을 소유하지 못하는 식민지 궁핍성을 말해주고 있다. 근대의식을 가진 강태는 가문이 건재하려면 힘을 길러야한다고 주장하면서, 그것은 결국 '자본'이라는 것이다. 즉 그는 자본이 있어야 제국을 이길 수 있는 강력한 힘을 가질 수 있는 것이고 강자가 될 수 있는 길이라고 주장한다.

시대적으로는 근대사회에 돌입하는 과정에서 세계질서는 이상주의를 표방한다. 그러므로 세계개조, 사회개조라는 개조론이 제기되었다. 우리의 경우는 3·1운동을 전후하여 민족운동가들 사이에서 개조의 시대라는 인식이 확산되었다. 이때 민족운동가인 이광수는 민족개조론을 표방하였다. 이들 지식인들에 의한 인위적 도태론은 인위적 진화의 유용성을 중시하는 데서 출발한다. 즉 문명을 갖춘 인류는 자기의 진화를 의식적으로 '인위적 진화'를 행할 수 있다고 규정하였다. 인간의 의지에 의해 진행되는 사회진화론은 자연적 도태론이라기보다 인위적인 도태론이었다.12)

시대적으로 근대화의 태동이 일어나고 있지만, 신분질서는 남아있는 현실이다. 매안의 하층민들은 아직도 양반의 그늘에서 살아가고 있다. 신분의 올가미에서 벗어나고자 욕망하는 거멍굴의 천민 춘복이 '변동천하'라는 말에 고무된다.13) 소설의 공간인 매안은 궁성이

---

12) 박성진, 『사회진화론과 식민지사회사상』, 선인, 2003, pp126-128.

13) 사학계에서는 임진왜란과 병자호란 이후 신분질서가 점차 무너져서 17세기에 이르러 신분이 크게 혼효(混淆)되었다는 주장이 널리 받아들여지고 있다. 그러나 이에 대한 반론도 만만치 않다. 조선시대의 양반제와 같은 신분제도는 임진왜란과 같은 전란으로도 타격을 받지 않았으며 그와 같은 전란은 오히려 신분제를 종전보다 훨씬 더 강화시키는 방향으로 작용하였고 신분제가 붕괴된 시기라고 알려진 18-19세기는 오히려 그 전성기였다는 견해가 그것이다. 송준호, 『조선사회사연구』, 일조각, 1987, p.3.

있는 중앙과는 먼 곳으로 양반과 상민 간에 지켜왔던 위계질서가 유지되고 있었다.[14] 그러나 머슴 춘복이 변동천하와 무당 백단이의 투장사건과 같은 혁명을 감행함은 반상의 질서를 파괴하는 일련의 사건으로 양반의 권위가 크게 훼손되는 사건이다. 양반과 상민의 질서를 어지럽게 했던 그들은 향촌의 규약에 따라 덕석말이 몰매를 당하는 엄벌을 받는다.

식민지 근대성을 논하자면 향촌의 질서와 그들의 생업을 관리하는 것은 큰 틀에서는 일제 식민자들에 의해 지배되고 있지만, 여전히 양반의 영향력 아래 그들의 생업이 유지되고 있다.

> "나 원, 시상이 달러졌다, 달러졌다, 허드라만 그거이 다 말뿐이제 실상 머 달라징 거이 있능가? 그대로제. 쥐뿔이나 가진 거이 있어야 재주를 넘든 용을 쓰든 달러지제, 아 손바닥 뺄그런디, 쥔 것 없는 맨손바닥에, 하대 받고 살든 그 자리서, 하루아칙에 달러지면 대관절 머이 달러진당거이여?
>
> 안 달러져. 그대로여. 나라가 망해 부러도 양반은 양반이고, 상놈은 상놈, 종은 종이여. 무단히 넘의 불에 개 잡을라고 말어. 그러다가 매급시 지 머리크락이나 꼬실러제."

(4권, p.115)

『혼불』에서는 다양한 층위에서 근대를 극복하자고 주장 한다. 하층민에게 있어서 근대의 극복이란 신분분리가 없는 평등한 사회를

---

14) 신분의 위계는 한국전쟁을 거치면서 한 차례 변화되었고 또 근대화라는 명분 아래 전개되었던 새마을 운동을 거치면서 다시 한 차례 변화된 것으로 보는 견해도 있다. 전통적인 신분질서나 종족제도가 본질적으로 변화하기 시작한 것이 극히 최근의 일이라 할 수 있다. 그리고 그 변화의 결정적인 원인은 근대화와 산업화 때문이라고 할 수 있다. 전경목, 「혼불'을 통해서 본 전통기의 종족제도와 신분제도」, 『혼불과 전통문화』, 신아출판사, 2003, pp.311-312.

꿈꾸는 것이며, 근대 자본 개념이 중요하다는 것이다. 그러나 그들에게는 초기 자본이 없기 때문에 근대 자본의 체계를 활용 할 수 없다. 나라가 망하고 세상이 달라지고 있지만 신분적 올가미에서 벗어나지 못한 하층민의 신세를 한탄하고 있다. 여전히 "상놈은 상놈", "종은 종"으로 살아갈 수밖에 없는 현실을 비판한다. 그들은 자본의 중요성을 피력하면서, 자본력이라도 있어야 미래를 생각할 수 있다고 주장한다. 그들에게서 식민지 근대의 극복은 신분의 미래와 함께 돈의 가치 필요성도 감지하고 있다.

2.3. 하층민의 전근대적 삶과 신분상승 욕망

농촌 마을인 매안에서는 일제 수탈정책과 함께 신분적 괴리현상이 여전히 사라지지 않고 있다. 하층민들은 양반의 그늘에서 생계만을 유지할 뿐 그들이 원하는 세상이 아니기에 좀 더 나은 세상을 원하고 있다. 하층민에게는 시급한 것이 신분해체 욕망이 우선하였다고 볼 수 있다. 그들에게는 새롭고 좋은 세상이 도래한 것으로 오인할 수도 있다. 그들은 식민지 상황으로 계층적 질서의 무용함을 인지하고 유토피아적 세상을 아련하게 꿈꾸며 양반처럼 살아갈 수 있다는 희망을 가져보기도 한다. 세상이 바뀌었으니 뒤집어서라도 신분해체를 해야 한다는 의식을 가진다.

양반은 즈그 문짜로 글 읽어야 살고, 정신 갖춰야 살겄지마는, 상놈은 상놈대로 젓사라고 외어야 사능 것을. 살자고 지르는 소리를 패대기쳐? 여그가 어딘디? 그래, 여그가 어디냐. 여그가 어디여? 사람 사는 세상이다. 사람 사는 시상에 사램이 사람끼리 이렇게 서로 틀리게 살어야니, 이게 무슨 옳은 시상이냐. 뒤집어야제. 양반은 글을 읽어서 머에다 쓰고, 그 좋은 정신은 시렁에다 뫼셔서 무신 생각을 허능고? 상놈보다 더 많이 배우고 더 많이 암서, 왜 그렁 것을 몰라? 무단히 공부라고 헛 짓허고 있는 거이제.

(5권, p.181)

춘복은 새우젓 장수가 이른 아침 양반집 앞에서 "젓사라고 외쳤다"가 패대기 당했다는 이야기를 듣고 신분괴리로 인한 불합리성을 느낀다. 지금 세상이 변해 옴을 인식하고 양반이 글을 읽어도 이미 쓸데없는 공부라고 빈정댄다. 그들은 식민상황을 내면에 깔고 "뒤집어야제"를 되새기며 춘복의 욕망에 불을 짚힌다. 양반가의 세도가 높아짐에 따라 중·하층민의 신분욕망은 강하게 나타나기 마련이다. 기층민으로 중로·상인들은 양반으로부터 그들의 생계수단을 무시 당하는 사건으로 불만이 커진다. 이 사건은 그들의 신분탈피 욕망에 불을 짚힌다.

기층민 중에 일부 중로·상인들은 그들의 신분변화의 한 방법으로 부를 축척하여 신분을 사는 것으로 욕망을 현실화시킨다.

"그게 고리빼미 사는 장업(長業)이 아니야. 엄구용이 아들이지. 딴에는 물려받은 재산도 있고 저희 근방에는 위세도 있었지만 본래 신분이 중로라, 상놈은 아니지만 양반은 못되고, 제 먹을 양식은 남부럽잖게 있지마는 그걸로는 양이 안 차 벼슬이 소원이었던가, 양반이 되고 싶어서 공명첩(空名帖)을 샀던가 보더라. 공명첩? 그건 돈이나 곡식을 많이 갖다 바치고 사는 벼슬이 아니냐. 관아에. 하지만 실직(實職)은 아니다. 그러니 선비가 주야로 글 읽어서 과거에 급제허는 벼슬과는 언감생신 비교도 못허지, 천지 차이라.
장업이가 재산깨나 좋이 들여서 공명첩으로 의관(議官) 벼슬을 샀더란다.

의관이라면 벼슬 축에도 못드는 말단 벼슬이거든, 어느 집회 장소 같은 데서 사부(士夫)양반들 아래 심부름이나 허는, 머 굳이 말하자면 양반 나부랭이라고나 할 수 있을 그런 벼슬이지. 그것이나마 제 공부로 된 것도 아니고 공명첩으로 샀으니 그야말로 명색뿐이지 실무는 못 보는 덧인데.

그래도 행세는 해 보고 싶었던가. 거드름을 있는 대로 부리고 위세를 하면서 머리에 정자관(程子冠)을 쓰고 집안에서 배 내밀고 어흠 어흠 다 갔다 허다가, 장업이란 놈이 명랑허게 그런 짓을 헌다는 말이 매안에 들어와, 문장 어른 노여움울 산 것이다.

(5권, p.157-158)

식민지 상황이지만 근대화가 진행되면서 근대 자본의 개념은 삶의 방식까지 바꾼다. 자본의 힘은 곧 제국주의로 가는 길이기도하다. 하층민들에게 가장 우선순위는 신분상승인 것이다. 중로 · 상인들은 상민은 아니지만 그렇다고 양반도 아니다. 그들에게 돈은 공명첩을 사기위한 것이기도 하다.

예문에서 장업은 근대 자본을 잘 활용하여 큰돈을 벌어 공명첩을 사서 정자관을 쓰고 양반행세를 한 것이다. 양반의 내면을 사기보다 겉으로 드러나는 위세를 산 것으로써 거드름만 피우는 장업이는 우스광스런 인물로 비춰진다. 그러나 신분욕망은 돈으로 이루어졌지만 "과거에 급제허는 벼슬과는 언감생신 비교도 못허지"에서 본다면 그들이 양반을 바라보는 시선이 나타난다. 양반으로 흉내만 내는 장업이는 기존의 양반과는 많은 차이가 있다는 것이다.

그러나 장업이는 근대의 극복 수단으로 자본을 잘 활용하여 신분을 사고 양반의 반열에 들 수 있었던 것이다. 기층민의 신분욕망이 자본으로 해결된 셈이며, 자본의 중요성을 깊이 인식하게 하는 계기이다.

춘복은 공배의 의붓자식으로 평생을 하층민의 신분에서 벗어나지 못하고 대물림하며 살아가야하는 것에 불만을 가진다. 그러므로 춘복은 죽음을 각오하고 신분해체라는 혁명적 일에 고무된다. 그에게 지름길은 양반신분의 강실에게 자신의 씨앗을 잉태하도록 하는 일이었다. 춘복이 탈신분에 대한 강한 욕망이 있는 예문을 살필 수 있다.

> 그 고목의 아름드리 뒤에 소리 없이 숨어 있는 작은 아씨 강실이.
> ...중략...
> 달님, 내 소원 하나 들어주시오. 부디 매안에 작은아씨, 내 사람 되게 해주시오.
>
> (4권, p.200)

> 아아, 작은아씨, 내 자식 하나 낳아 주시오. 달님, 작은아씨를 내 여자가 되게 해 주시오 작은아씨가 부디 내 자식 하나만 낳게 해 주시오.
>
> (5권, p.173)

춘복은 강실이가 양반의 규율을 어기는 비도덕적 행위로 방황하는 틈을 이용하여 춘복이는 신분적 욕망을 이루기 위해 흡월정을 하는 비장함을 보인다. 그는 자식에게까지 상놈의 피를 물려주기 않겠다는 강한 의지를 가지고 있다. 춘복이 양반의 피를 나눠 갖기 위해 근친애로 전복당한 강실이를 겁탈한다. 강실은 양반 가문의 질서를 위배한 간음녀로 낙인찍혀 있는 무기력한 여성으로, 또다시 반봉건적 일탈행위 앞에 전복당하고 만다.

근친애와 아울러 하층민과의 일탈사건은 가문의 질서와 신분 질서의 전근대적 사회질서를 해체시키는 것으로, 소설의 서사를 이끌어가는 모티브를 제공한다. 『토지』에서도 별당아씨는 낭만적이고 개

인적인 욕구를 위해 구천과의 관계가 근친애적인 모티브로 사건의
무게를 더해갔다고 볼 수 있다면, 이것은 문화적 변화를 모색하는
사건이라고 할 수 있다. 춘복이 신분의 변화에 대한 욕망으로 강실
이를 범하였던 것은 거멍굴의 새로운 탄생을 예고하는 것이다. 거멍
굴 사람들이 '혼불' 즉, 청암의 '혼불'을 흡월정 하는 것은 전근대적
신분제 변화를 소망함이다.

> 매안 위에 떠 있던 해가 진 것이다. 매안으로 해가 졌으니 이제 거멍
> 굴 동산으로 달이 뜰 참이었다.
> "소원을 빌라."고 공배는 아까 말했다.
> 소원.
>
> (5권, p.181)

춘복의 소원은 대대로 겪어야했던 근원적 신분문제를 전복 변화
시키고자 한 것이다. 춘복이 하는 '흡월정'은 신분상승에 대한 것으
로 당대가 아니라 후대에서라도 꼭 이루어지길 염원한다. 그들이 사
는 거멍굴에는 해가 잘 들지 않는 곳이라는 공간적 함의 속에서 '매
안에 뜬 해가 졌다'는 것은 양반의 기운이 다함도 있겠다. 그러나 그
들이 사는 '거멍굴의 동산으로 달이 뜰 참'에 기원하려하는데 거멍
굴에는 해는 잘 들지 않지만 달은 똑같이 뜸을 의미한다. '달'은 음
의 기운이므로 음기의 상승을 의미한다. 『혼불』에서는 샤머니즘적
민간신앙에 의존하며 자연에 정령이 숨어 있다고 믿는다. 달을 매개
로[15] 춘복이 뿐만 아니라, 거멍굴 사람들은 새로운 세상이 열리기를

---

15) 이혜경, 「『혼불』에 나타난 가족 - 모티프의 풍속화」, 『여성문학연구』창간호, 한국여성문
   학학회, 1999, p.229.

꿈꾼다. 춘복은 양반의 권위가 약해진 틈을 이용하여 양반의 반열에 편입하고자 한다. 그의 행동은 식민지적 근대성의 한 단면을 보여주는 것으로 해석된다. 또한 춘복의 '변동천하' 감행은 탈신분 욕망을 현실화시키는 것으로 신분적 혼종성을 드러내는 행위이다. 마침내 상민 춘복이 흡월정을 한다. 그는 양반신분과 피를 섞어 자신이 하층민의 신분에서 벗어나고자 염원함이다.

우리의 정서에서 달은 공동체에 속한 개개인이 소원을 비는 대상이기도 한다. 달에 대한 샤머니즘적 신앙에서 소원성취와 발복하기를 믿는다. 신앙의 대상에는 그 어떤 신분과는 무관하게 공평하다. 거명굴의 동산에는 해가 뜨지는 않지만 "달이 뜰 참"으로 달은 어김없이 뜬다.

지금까지 거명굴의 사람들은 양반과 하층민의 관계로서 순응하는 타자로만 살아왔던 것이다.[16] 그러나 하층민의 행동변화에 유교적 전통성을 고수하는 양반들은 쉽게 받아들이지 않으며, 오히려 가차없는 벌을 가한다.

> 매안 위에 떠 있던 해가 진 것이다. 매안으로 해가 졌으니 이제 거명굴 동산으로 달이 뜰 참이었다.
> "소원을 빌라."고 공배는 아까 말했다.
> 소원.
> ...중략...
> 달님, 내 소원 하나만 들어주시오. 부디 매안에 작은아씨, 내 사람 되게 해주시오.

---

16) 홉즈(Hobbes)와 로크(Locke)에 의하면 역사가 시작되기 전 최초의 인간은 가장 원초적인 욕망, 즉 생명 보존을 위해 타인과 타협한다. 그러나 헤겔(Hegel)에 의하면 이러한 타협은 노예적 정신, 즉 자신의 존엄성을 포기한 결정이라고 할 수 있다. 이상훈 역, 후쿠야마 프랜시스(Fukuyama, Francis), 『역사의 종말』, 한마음사, 1999, pp.237-240.

...중략...

그 달은 바로 강실이의 얼굴이었다.

...중략...

거짓말처럼 한순간에 어두운 하늘이 트이면서, 황금 눈썹같이 눈부신 달의 정수리가 능선 위로 가느다랗게 비치었다.

"달 봤다아."

...중략...

달을 차지하고 만 것이다. 춘복이는 숨이 막혀 지레 가슴이 터져 나갈 지경이었다.

"작은아씨를 내 사람 되게 해 주시오."

북받치는 이 말을 속에 삼키고 달을 향하여 그는 어금니를 으물었다.

(5권, pp.174-177)

춘복은 동산에 올라가 달에게 간절히 기도하는 마음으로 흡월정을 한다. 그는 양반 가문의 강실이를 통해 자신의 아이를 낳고 싶은 소망이 간절하다. "나는 상놈의 껍데기를 벗고 싶다. 나도 사람맹이로 살고 싶다."(5권, p.182)에서도 보듯이, 춘복은 의식 속에 자리 잡은 신분제에 대한 근원적 문제를 제기한다. 춘복은 하층민을 대표하는 인물로서 신분탈피를 감행하는 반봉건의식의 소유자다.

춘복, 우례, 백단이, 옹구네의 가슴에 맺힌 원한과 소원은 억압받는 신분의 굴레에서 벗어나 사람답게 살고 싶다는 것이다. 즉 '상놈의 껍데기를 벗고 사람맹이로 살고 싶다'는 하층민들의 욕망은 근대적 변화와 함께 간절해지고 있었다. 그것은 지배문화와 민중문화의 유기적 관계를 풀기위한 노력이며, 신분체제를 인위적인 전복과 도전을 통해서 이룩하려는 하층민의 극단적 행위이다. 강실이는 신분 상승 욕망의 매개자로 농락당하며, 신분제 사회에서 이중으로 희생당하는 비운의 인물이다.

하층민들의 신분해체를 감행하기 위한 일탈행위가 다양한 방법으로 이루어진다. 양반 묘에 투장을 함으로써 덕석말이 몰매를 당하는 만동이는 죽어서라도 양반의 대열에 편입하고자 하는 간절한 신분욕망이 드러난다. 높은 신분의 벽을 허물고자하는 하층민의 노력은 물거품으로 돌아가지만, 그들의 미래를 향한 신분 변화는 끊임없이 감행한다.

청암부인의 묘에 천민 봉술의 뼈가 밀장된 사건은 매안 이씨 종가에 대한 도전이며, 그들의 근본적인 욕망표출이다.

> 오냐, 양반? 어디 양반 시집오는 것 좀 보자. 니 발로 걸어 올랑가, 끄집 헤 올랑가, 안 그러면 엡헤 올랑가, 그렇게 와도 여가 시집은 시집이제. 서방님 지신 딩게. 흥. 곧 죽어도, 이런 디로 옴서 육리 갖촤 혼인허고, 청실홍실 꽃가매 타고 오든 못허겠제. 여그는 팔천놈이 사는 수악헌 딩게. 이런 런디로 오느니 채라리 칼을 물고 어푸러져 죽는 거이 낫다고 헐 거이다.
> 허지만 정승 판서 당상관의 따님도 산적한테 보쌈으로 엡헤 가면 갔제 어쩔 거이냐. 어디 행세허는 양반의 아리따운 작은아씨. 어뜬 행세를 험서 이방으로 들어오는지 나 그것 좀 꼭 보고 자프다. 그 꼴 내가 볼라고라도 기어이 이 일에 내가 상관을 좀 해야 쓰겄다. 아이고, 양반? 아나, 깨소곰금이다. 이 방으로 니가 들어오기만 해 바라. 들어오기만.
> 그러면서 옹구네는 어느결에 강실이가 제 손아귀에 한줌으로 잡힐 만큼 만만하게 여겨지는 것이었다.
>
> (4권, p.239)

위의 예문은 탈놀이의 한 대목처럼 보이는 것으로 하층민들이 감히 탈을 쓰지 않고서는 질타할 수 없는 풍자이다. 하층민들은 탈놀이를 통해서 양반의 오점을 끌어내어 풍자하는 말을 하기도 하는데,

양반을 둘러싸고 조롱과 음모를 통해 신분을 파기하고 혼종성을 이루려 한다.

하층민의 대표여성인 옹구네는 양반을 바라보는 시각이 곱지 않다. 오히려 양반 가문의 아씨 강실이를 자신의 손아귀에 넣어 아랫사람으로 부릴 생각이다. 양반을 자신의 신분이하로 들이고자하는 옹구네의 계략은 춘복을 흠모하고 투기하는 여자의 마음과 함께 강실이와 신분차별에서 오는 원한이 깔려있음을 보여준다. 특히 옹구네의 넋두리에서 양반의 위기를 보여주기도 한다.

> "핫따, 거 시끄럽소."
> 드디어 더 참지못하고 홱 돌아누어 버리는 춘복이 서슬에 흠짓 밀려나며 그네는 내친김에 모질게 해붙였다.
> "그러면? 그러머언. 원뜸에 강실이가 자개 차지 될 줄 알았당가? 거그는 대체나 더 좋겠네. 양반 중에 양반잉게. 거그다가 몸뗑이도 헌것 되야 부렀겠다. 소문 나면 온전헌 시집 못갈 것은 불 속을 디리다 보드끼 훤허제.
> 나이는 먹고, 오란 디는 없고, 잘 되었네. 업어오지 그리여? 오매불망 정든 님은 넋주로, 만주로, 뒤도 안돌아보고 가 부렀는디. 더 잘되었네 그리여."
> 그 순간, 춘복이 눈이 번쩍 빛났었다.
>
> (4권, pp.234-235)

> "언감생신 그런 생각이라도 하는지 알면 그대로 끄집어다가 덕석을몰이 두드러 패고, 종당에는 빼다구 뿐질러서 동구 밖에 패대기칠 거인디. 아, 매안 냥반들 하루 이틀 저꺼 바? 더군다나 이게 무신 과부 보쌈도 아니도 금쪽 같은 양반댁 시집도 안 간 처녀를 날도적질해 오는 일인디, 살기를 바래?"
> "그렇게 말이 새면 안되는 일 아니요? 절대로,"
> "쥐도 새도 모르게?"

"몰라야제 알면 베리지요."

"앙 그리여. 이 일은 소문이 나야 되는 일이네이. 내 동네, 이우제 동네, 삼동네가 다 시끌시끌 왁자허게 소문이 나야만 제대로 되야."

"거 먼소리다요?"

(4권, pp.240-241)

『혼불』에서 청암부인은 양반여성을 대표하는 인물이라면, 옹구네는 하층신분의 여성을 대표하는 인물로서 그의 목소리는 소설 곳곳에 나온다. 옹구네는 자신의 섹슈얼리티에 대한 욕망과 함께 양반을 질투하고 모략하는 인물로서 강실이의 부정한 일에 대한 정보제공자의 역할과 함께 갖은 계책을 세운다. 옹구네는 강실이와 춘복을 매개로 양반전체에 도전장을 내미는 숨은 욕망은 선동자의 위치에서 춘복을 조종한다. 그녀는 숨은 욕망을 실천하기 위해 양반 여식의 일탈행위를 잘 이용하여 춘복의 피섞기를 동조한다.

2.4. 하층민의 뿌리의식과 미래

『혼불』에서 양반문화의 우월성이 거듭 강조하고 있다. 그러나 기층민중의 내면적 욕망과 외적 행위는 불완전한 사회에 대한 불만과 변화에 대한 갈망을 드러내며, 서사를 역동적으로 이끌어가는 중요한 모티브가 된다. 간헐적으로 하층민의 의식이 수면위로 드러나기 시작하면서 또 하나의 윤리, 즉 투쟁과 전복에 이르는 피의 윤리를 보여준다.

하층민에 있어서 변화의 시대라고 하지만 매안은 어제처럼 살고 있다. 200년 전 천민 찬규의 '변동천하'를 오늘날 춘복이 감행하려는 것이다. 또한 백단과 만동이 투장사건으로 매안의 변화 징후를 감지한다. 매안의 배타성은 세상의 변화에도 유지되고 있지만, 하층민들은 "세상을 고치자. 그들은 서로 핏속에다 문신(文身)을 새기었다."(8권 p.23)라고 서로 다짐하며 피비린내 나는 투쟁으로 자신들의 뿌리를 세우고자 한다.

> 이백 년 전에 이미 죽어 효수당했던 찬규의 목이 아직도 죽지 않고 살아서 매안에 숨어 울고 있다니.
> 푸른 힘줄이 돋은 그 울음의 멍든 옹이에 춘복이가 감긴다.
> 그러더니 '찬규'와 '춘복이'는 서로 엉클러들면서 한 몸에 한 얼굴로 겹쳐 져버린다. 그리고 '남원도호부'와 '매안'이 저절로 일목요연하게 비유되어 그들의 반대쪽으로 떠올랐다.
> 찬규와 남원, 춘복이와 매안, 찬규와 춘복이, 남원과 매안.
> 그 대비의 환영(幻影)들은 도저히 떼쳐내 버릴 수 없는 주문이나 무슨 예감처럼 강호에게 파고들었다.
>
> (8권, p.28)

위의 예문에서 유교적 신분제로 인한 하층민의 신분욕망은 선대에서도 간헐적으로 이루어졌지만 그것은 단지 욕망에 그치는 사건으로 전해진다. 이백 년 전 남원에서 '찬규'가 행한 지배계층의 반란은 대역무도한 죄인으로 고을 관아에서 주리를 틀린 일로 회자되고 있다. 이백 년이란 시간이 흐른 지금 '찬규'가 일으키는 신분욕망은 또 한 번 매안을 흔들어 놓는다. 춘복이 역시 찬규의 욕망을 답습하는 것으로 하층민의 굴레에서 벗어나고자 하는 의지가 강하다. 예로부터 기층민들은 마을의 축제 때 가면극[17]을 통해서 양반을 조롱하

---

17) 우리 전통놀이인 오광대와 같은 가면극에서는 양반을 잡아먹는 놀이를 하기도 하여 양반을 죽음에 처하게 하였다. 또한 중·하층민들은 양반을 사회적 재앙으로 여겼던 것이

고 질타하는 것으로 평소 때의 불만을 표출하기도 하였다. 양반들은 이 때 질타하는 목소리에 귀를 기울이기도 하였다.

> "이게 어느 한 개인의 불행이라거나, 어느 한 개인의 인심과 선심을 가지고 해결할 수 있는 일은 아니란 말이지요."
> 강태가 놀란다.
> "식민지 백성으로서의 비극이라고 말해버리는 것도 못마땅합니다."
> "너, 생각 많이 했구나."
> "근본적으로 인간의 생존 존재 방식에 문제가 있는 것 같어."
> "방식? 아니면 구조?"
> "방식은 구조를 만들고, 구조는 방식을 낳겠지."
> 강모와 강태, 종형제는 서로의 눈을 깊이 당기며 쏘아보았다.
> (10권, p.232-234)

이들은 사회적 변동을 알아차리고 계급투쟁의 불가피성을 인식한다. 그러나 강호가 몰매를 맞은 춘복을 위문하면서 종손인 기채에게 속량할 것을 제안한다. 그러나 기채는 "속량이라니 너 일본가서 신학문 했다고 신구식 따져가며 표내는 것이냐?"(8권. p.262)로 종가 종손의 입장에서 옛법을 무시할 수 없다고 주장한다.

『혼불』의 등장인물 묘사에서 하층민 춘복과 옹구네가 대표적이다. 춘복의 눈썹은 소용돌이가 있는 눈썹으로 강한 성격을 유추하게 하며, 옹구네의 입심과 계략은 당할 자가 없을 만큼 그려놓았다.

> 거세게 뻗친 양쪽 꼬리 부근에 마치 한번 꼬아서 올린 것 같은 소용돌이가 있는 눈썹이다. "아이, 야, 춘복아, 너는 눈썹에도 가매가 있다잉?

다. 박재섭, 「한국가면극과 인형극의 대비연구: 내용을 중심으로」, 『인문사회과학논총』 제5집, 1998, p.52.

어디보자." 어렸을 때부터 남의 눈에 뜨이게 뚜렷한 눈썹이라, 공배네는 그 가까이 눈을 대고 들여다보곤 했었다. "쌍가매는 장가를 두 번 간단 디, 눈썹에 있는 것은 어쩐 거잉가아?" 공배네는 그것을 염려하기도 하였다. 그 눈썹을 두고 전에 기표는 이기채에게 상당히 신중하게 말한 일이 있었다.

　"춘복이 저놈 아무리 봐도 눈썹이 심상치 않았습니다. 그 동안 가만히 눈여겨봤는데 성질이나 허는 짓이 제가 본 관상에서 과히 어긋나지 않는 것 같애요."

(4권, p.187)

그들의 외양에서 변동천하와 같은 역동성을 일으킬 하층민의 성격과 인품을 그려 보이고 있다. 춘복의 눈썹은 6권에서도 반복적으로 묘사되어 있는데, 외양적인 강한 이미지가 변화를 감행할 수 있는 인물임을 암시하고 있다.

여성 하층민 옹구네의 묘사에서는 이념화 젠더화된 몸이 아닌 섹슈얼리티를 강조한 인물로 묘사되어 있다. 옹구네의 행동 여러 곳에서 비교적 시대에 발맞추는 자유스러운 행동을 하는 인물이다. 그녀에 대한 묘사에서 "먹을 물은 없어도 살에는 물이 올라 탱탱하다."(2권, p.15), "옹구네는 그 불빛에 눈빛이 부딪치자 도톰한 입술을 샐쭉해 보였다."(2권, p.28), "옹구네는 꼬리가 깊게 패인 눈을 더욱 가느소름하게 좁히어 뜬다."(4권, p.240) 라는 옹구네에 대한 다양한 묘사가 있다. 그녀에 대한 육감적인 묘사와 행위양상을 볼 때 근대적 인물로 보여지고 있다. 그녀는 하층민이지만 자기중심적이며 입담이 좋아 양반가의 인물들을 비아냥거리는 성격의 소유자이다. 항상 그녀에게는 숨겨진 다양한 정보가 흘러나오기도 한다. 그녀는 주위사람들을 소용돌이 속으로 몰아넣는 불확실한 추측을 내놓으며 『혼불』의 사건을 심화시키기도 한다. 그녀의 행동과 심성은 양반여성과 비교됨을 보여주고 있으며, 자신의 생각에 의해 거침없이 행동하는 인물이다.

"내가 그년"이라고 하고 싶은 것을 꾹 눌러 삼키며 옹구네는 낯꽃을 환화게 밝히어, 춘복이한테 슬쩍이 다가앉으면서 말한다.
"내가 작은아씨를 방에다 혼자 두고 나올 적에는 얼매나 조심을 헌다고오. 행이라도 어린 쇠견에 목을 맬까 겁이 나고, 나 없을 때 우루루 어디로 나가 불먼 어쩌까아 싶고오. 그래서 시방도 문 딱 배깥으서 장구고는 순구락 꽉 찔러 놓고 왔제. 어찌여? 내가 열녀 아닝가?"

(8권, p.291)

종속계급은 차별의 아픔에서 생겨났던 한을 풀기 위해 돌발적인 행동을 감행 한다. 춘복과 만동이네의 돌발행동은 상층계급에 대한 도전이며, 식민지 근대성의 변화의 물결을 현실화시킨다. 삽화처럼 얘기하는 유자광의 이야기에서 유자광이 재상이 되었다는 예는 그들의 욕망에 힘을 실어준다.

소설의 로컬 향촌에는 아직도 신분차별이 있는 현실인데, 옹구네는 하층민의 공간에 강실이를 끌어 들이는 것으로 신분이동을 통한 신분해체를 감행함을 의미하고 있다. 춘복이가 욕망하는 그것이 이루어지는 부분이기도 하다. 그러나 춘복의 피의 욕망과 옹구네의 살의 욕망에 양반여성 강실이는 욕망실현의 매개자 역할을 하고 있다. 그들이 당해왔던 신분차별을 강실이에게 고스란히 돌려주고 있으며, 강실이는 매개자의 역할에서 오는 충격으로 자살(죽음) 충동을 일으키기도 한다. 옹구네는 실제 신분이동을 감행하는 인물로서 양반여성 강실이를 위험에서 구한다는 명목으로 트릭을 쓴다. 양반여성 강실은 근대적 신분해체의 희생양으로 제시된다.

> 적서 차벨이 어쨌든 세상인디, 조선이? 아매 나라 생긴이래로 아들 크
> 게난 노비는, 자광이 즈그 어매말고는 다시 없을 거이네. 양반의 부인이
> 라도 일산(日傘)쓰는 자식 낳기가 좀체 쉽잖은 거인디 말이여. 우례도 그
> 런 아들 하나만 낳는다면, 더 말힐 것도 없제, 지 가심에 맺힌 설움, 원
> 한이 한꿈에 다 풀려 부릴 거인디.

(4권, p.138)

우례가 기표의 아이를 가졌다는 소문을 들은 임서방은 유자광이
비첩소생으로 재상까지 되었다는 이야기를 한다. 우례는 매안 이씨
씨종노비의 딸인 관계로 이기표의 아들을 낳았지만, 양반 성씨를 따
지 못하고 '추봉출'로 15년 동안 살아간다. 그녀는 아들을 낳아 양반
과 다리를 놓았지만, 종속계급이 존재하는 한 그들의 욕망이 현실화
되기는 쉽지 않다. 우례도 유자광 같이 아들에게 천한 신분의 고리
를 끊어버리고 양반의 신분을 얻고자 함이다.

춘복의 경우도 신분욕망에는 양반을 향해 있으며, 오로지 상놈의
신세는 자신에게서 끝나기를 바란다. 그의 미래는 자손대대로 양반
신분을 잇게 하는 것이 희망이다. 그들에게는 신분의 괴리가 아니라
양반과 함께 양반으로 살아가기를 소망 한다.

> "상놈 신세 나 하나로도 여한 없응게, 아재 아 보고 장개가라, 자식 낳
> 아라, 그런 말씸 허지도 마씨요. 지집 없이도 한 펭상 잘 살랑게요. 보나
> 마나 뻔허제. 나 같은 상놈에 부모없는 떠돌이를 사우로 맞는 집구석은
> 또 오죽힐 거이며, 그런 집의 딸년을 각시라고 맞어서 자식을 나면, 그놈
> 이 커서는 내 속 상허는 이런 시상을 또 살 거인디, 무신 웬수로 신세
> 쳇바구를 돈다요......?"

춘복이는 노상 그렇게 말했다. 만약에 그냥 해 보는 말이었다면 장가를 가도 열두 번은 더 갔을 것이다. 그러나 공배와 공배네가 내미는 것마다 번번이 고개를 흔들어 버린 중매자리를, 나중에는 아예 말도 못꺼내게 듣는 시늉조차도 하지 않았다.

"이 빌어먹을 놈아, 쥐새끼도 암수가 짝을 짓고 개미도 알을 낳는디, 니께잇 놈이 머 잘났다고 천지 조화 속으서 삐져 나올라고 허능 거이여, 시방? 무신 독살시런 생각이여 그거이?"

참지 못한 공배가 춘복이 대가리를 쥐어박았지만, 그는 머리만 한번 털어냈을 뿐 여전히 마찬가지였다.

(2권, pp.289-290)

춘복이는 신분에 대한 불만을 토로하는 인물로서 끝없이 신분 상승의 욕망을 가진다. 결혼은 비슷한 신분끼리 이루어지는데, 그는 자신과 비슷한 하층민의 신분을 부정한다. '공배와 공배네'가 그에게 같은 신분의 여성을 중매자리로 내밀어도 춘복은 결혼을 하지 않을 각오이며, 관심의 대상이 되지 않는다. 그는 오로지 신분탈피만을 꿈꾸었던 것으로, 매안에서 쫓겨나 만신창이가 된 양반신분의 강실이를 욕망의 매개자로 삼는다.

또한 그들은 우례가 낳은 양반 소생의 자식에게 신분의 근원을 찾아주기 위해 노력한다.

"죽은 부모 뼉다구를 갖고라도 요량껏 어떻게든 신세를 바꽈 볼라고 저 박살이 나게 터짐서 몸부림을 치는디, 어엿허게 연고 가진 양반의 자식으로 피 돌고 물 돌아 씽씽헌 뼉다구 허여멀금 살어서 무럭무럭 크는디, 왜지 아배를 못 찾을 거잉가? 지척에 두고. 내 배 빌려 준 에미 도리로도 그건 꼭 해야제. 해야고말고."

(7권, p.220)

하층민의 욕망은 성공을 거두지 못하고 있었지만, 끊임없이 신분 탈출과 상승 욕망을 가진다. 우례가 낳은 봉출이는 지금까지 피의 근원을 찾지 못하고 있었지만 순혈성을 강조하는 양반에 도전하는 것으로 계급적 모순을 타파하고자 하나. 봉출이는 양반소생이지만, 그의 어머니 신분이 매안 이씨 씨종이었던 이유로 양반신분을 획득하지 못하고 어머니 신분으로 하락되어 있다. 매안 이씨 양반은 인종적 순수함과 우월성을 강조하는 것으로, 신분적 혼혈성을 부정하고 있다.

19세기 서구의 인종주의는 사회진화론과 강하게 결합되면서 전개되었다. 우리의 경우도 하층민의 신분은 양반으로부터 인위적으로 도태되었다고 할 수 있다. 조선후기 신분제의 동요가 일어나기도 하였다. 근대화가 진행되면서 신분제 변화가 되었지만, 지방 향촌에는 봉건적 잔재가 남아있는 현실이다. 또한 서구 제국주의와 함께 일제 식민지 현상에 놓여 있는 우리에게 일본은 '미개한 조선'으로 보았다. 강한 자와 힘 있는 자가 우월하다는 것이 열강제국의 주장이다. 생존경쟁에서 패배한 자는 스스로의 무능력 때문이며, 약자의 파멸은 자연의 법칙이라는 것이다.[18]

---

18) 전복희, 『사회진화론과 국가사상』, 한울, 2010, p.28.

V

문화 실천과
저항

『혼불』에서 다층위의 사람들이 살아가는 방식에는 계층적 분화가 이루어지고 있지만 공동체의 개념을 중요하게 생각한다. 공동체에 속한 개인은 동료들과의 관계망 속에 촘촘하게 짜여 있으며, 공동체의 구성원들과 자신들이 분화되지 않은 하나라고 느낀다.[1]

　선행연구들에서 논의된 바, 『혼불』은 다양한 세시풍속과 민속지를 통해서 양반과 기층민중들이 함께하는 농촌 공동체문화를 보여준다. 문화가 삶의 방식을 나타낼 수 있는 것이라면 고급한 정제되어 있는 양반문화뿐만 아니라, 기층민중들의 삶과 일체화된 문화실천에 대해서도 그 의미를 따져볼 만하다. 특히 이런 문화 실천이 일제의 야만적인 문화폭력을 염두해 두고 그 실천이 갖는 저항의 의미를 해명할 필요가 있을 것이다.

　식민제국주의는 남성중심의 지배이며 폭력이 난무한 시기이다. 이때 여성성, 모성성은 생명에 대한 폭력을 행사할 때 생명을 돌보려는 여성의 결단은 식민주의에 대응하며 생명을 돌보는 성품을 가진다.

　『혼불』에서 양반 가문을 중심으로 다층위의 마을공동체는 유교적 법도와 의례를 통해 결속력을 다짐하고 유지·전승하는 것은 식민시대에 우리 문화를 고수하고자한 노력으로 탈식민주의[2] 성격을 띠고 있다. 탈식민주의는 '인종', '종족'이라는 용어를 선호하는데 이것은 종족의 다양성과 삶의 양식, 즉 문화의 문제가 탈식민주의의 중심주제로 부각됨을 의미한다. 문화적 식민지는 과거의 식민지에만

---

1) 데니스 포플린/ 신용하 편,「공동체의 개념」,『공동체 이론』, 문학과지성사, 1985, pp.21-24.
2) 양종근,「민족주의/ 탈식민주의, 보편성」,『인문연구』제67집, 대구대학교 인 문과학연구소, 2013, p.306.

국한된 문제가 아니다. 파농은 민족문화를 위한 투쟁을 민족해방의 전투로 해석한다. 그에 의하면 "민족문화는 사람들이 '설명하고 정당화하고 행동을 찬양하는' 집단적 사고의 과정"이라고 하였다. 또한 "문화가 민족의식의 표현이라면 민족의식은 문화의 가장 고귀한 형태"라고 말한다.3)

　　그들은 일제의 문화말살정책에 어떻게 대응하며 살아가는지 논의해 보고자 한다.

1. 변동기와 정제된 양반안채문화

1.1. 안채문화의 품격

　　1930년대는 사회·정치적 상황에서 큰 변화를 가져왔지만, 양반 여성들은 의례와 규율에 대한 문화의식에서 전대의 방식을 답습하고 있다. 그것은 양반의 후예라는 자존심과 정체성을 존속시키고자 함이다. 시대의 변화에 따른 변증법적인 방법으로 서사에서 해법을 찾을 수 있겠지만, 우리 문화의 존속방법은 양반문화를 통해 민족정체성을 고수하려 하였다.

　　『혼불』의 서두에서부터 소개된 혼례는 공동체의 기본인 가족단위에서 보여주는 문화로 가문의 연대성과 가문의 고유한 가치를 강조하고 있다. 사람이 살아가는데 치러야 할 통과의례4)로서 중요하게

---

3) 류춘희, 「파농과 영의 탈식민주의 담론과 우리 현실」, 『현대영어영문학』 제53권 2호, 한국현대영어영문학회, 2009, p.93.
4) 반 겐넵은 통과의례에서 모든 문화에서 삶의 주요한 변환은 의례과정을 포함한다 고 언

생각하는 것은 혼례와 상례가 대표적이다. 유교적 전통에서 혼례를 통한 여성의 삶에는 많은 변화를 가져다준다. 유교문화5)에서 결혼과 동시에 여성은 한 가문에 소속되어 그곳에서 뼈를 묻어야 했다. 조선시대 재가금지법의 유습이 그대로 남아있어, 결혼 후 남편이 부재한다 하더라도 평생을 한 곳에서 수절하며 살아가야 했다. 『혼불』의 매안 이씨 가문에서도 청암부인과 그 외의 며느리들이 살아갔던 방식이 그러하였다.

청암부인은 자신의 삶에서도 정제된 몸가짐을 유지하지만 가문의 여성들을 잘 교육시킨다. 세배를 하러온 강실이에게 반가의 아녀자가 지켜야할 행실에 대한 훈계를 한다. 오류골댁도 청암부인과 함께 강실이에게 양반 여식으로서의 자세를 일러준다. 양반 자세에 대한 이야기는 양반 문화의 단면을 잘 보여주는 대목이다.

　　"이제 네가 당혼하여 미구에 남의 집 사람이 될 것인즉," 혼의(婚儀)에 이르기를 "부녀자의 덕행과 말씨와 몸맵시와 일솜씨를 잘 가르쳐야

급했다. 이것이 하나의 지위로부터 다른 지위로의 이동을 의미하는 것이다. 그 예로는 출생, 세례, 성년식, 결혼 그리고 죽음이 있다. 그는 이러한 일련의 의례 과정 안에서 사람들이 새로운 지위를 획득할 때 사회로 다시 돌아오기 전에(신혼여행 같은) 집단으로부터 분리되는 기간이 존재한다고 말했다. 이 발상은 큰 가치가 있는데, 그 이유는 부분적으로 이것이 우리로 하여금 자아가 의례 과정을 통해서 변모해가는 맥락의 폭넓은 다양성에 관심을 갖게 하기 때문이다. 필립 스미스/ 한국문화사회학회 옮김, 『문화 이론』, 이학사, 2009, p.109.

5) 한국인과 그 문화의 특징으로써 가족주의가 흔히 지적되기도 한다. 이는 가족, 가정, 가문, 집, 집안 등의 말이 발달되어 있고 그 의미가 복합적이며 그것이 개인과 사회를 강하게 규율하는 힘을 지니고 있는 데서 알 수 있다. 가족주의가 한국적인 형태로 체계화되고 의식화되는 데 가장 크게 작용하는 것은 유교 이데올로기와 관련된 규범들이다. 혈연적 가족이데올로기는 우리 사회와 문화의 핵심적 국면을 이루며, 문학 특히 소설에 깊이 반영되어있다 유교는 수신제가치국평천하(修身齊家治國平天下)라는 말에 압축되어 있듯이, 가정과 나라를 동일시하되 가정을 우선시하여 치국(治國)원리를 제가(齊家)원리의 연장으로 여긴다. 그러므로 나라를 확대된 가족으로 본다. 돈암어문학회, 『한국문학과 가족 이데올로기』, 푸른사상, 2007, p.15.

한다.”

라고 하고, 이를 풀이하여 말하되 “덕행은 정숙하고 온순함을, 말씨는 알맞고 사려 깊은 언어를, 몸맵시는 단정하고 부드러움을, 일솜씨는 길쌈하는 재주를 말한다.”고 하였는데, 이는 “편벽스럽고 똑똑한 것을 잘났다고 추어서 덕행이라 할 수 없으며, 구변이 좋아 매끄럽게 말을 잘하는 것을 좋은 말씨라 하는 것이 아니다. 또 몸맵시란 자지러지게 곱고 아름다워 홀리도록 염미(艶媚)한 것을 말하는 것이 아니고, 일솜씨는 교묘하고 야단스러운 것을 이르는 말이 아니니라.”고 부인은 말하였다.

오류골댁도 강실이와 마주앉아 바느질을 하며 말한 일이 있었다. “양반이란, 배워서만 되는 것이 아니다. 양반은 겉보기에는 위용 있고 고결하고 신선같이 때깔 있지마는, 그 속은 민어가시보다 억세고, 섬세하고 미묘하고, 까다로워 그 노릇을 제대로 하기는 결코 쉽지 않은 것이니라.

일일이 무엇이나 말 안 해도 저절로 터득해서 어느 자리에 서든지 앉든지, 오직 그 몸에서 우러나온 자연스러움이 둘레에 향내로 번져, 돌아서면서도 마음이 그 사람을 다시 한번 돌아보게 만드는 것, 그것이 양반의 인품이고 기품이다.

너도 이제 남의 집으로 시집가서 위로 층층 시어른들 모시고, 시동기 간, 일가친척 공경하며 살아야 할 것인데, 집집마다 풍속이 같지 않으니, 성심으로 눈치껏 제가 알아 익혀 나가야 한다. 처음 가서 모르는 건 흉이 아니지만, 말 안 해도 스스로 깨달아 내 할 일 빈틈없이 해낸다면 상(上)이지. (7권, pp.30-31)

위의 예문은 시집 갈 나이가 된 강실이에게 청암부인과 오류골댁이 해주는 양반 아녀자의 자세이다. 양반 여성은 정숙하고 온순한 행동과, 정제된 말씨, 사려 깊은 언어, 단정하고 부드러운 몸맵시는 양반 여성이 갖추어야할 기본적인 요건에 해당한다. 며느리는 시부모를 비롯한 시가의 어른과 친척들이 있기 때문에 매사에 공경해야 하며, 시댁 가문은 친정 가문과는 여러 가지 풍습이 다를 수 있기 때문에 조심해야 한다는 것이다.

결혼할 양반 여성이 갖추어할 제반 요건들은[6] 양반의 품격 있는 문화의 일 단면인 것으로 정제된 여성의 행실을 요구한다. 여성이 갖추어야 할 태도는 꾸밈이 없어야 하며, 자연스럽게 우러나오는 인품과 기품을 유지하는 것이다. 그러나 강실은 유가의 법도를 어기는 행동을 함으로써 가문에서 퇴출당하는 인물이다. 효원은 강실이와는 대조를 이루는 인물로서 유가의 법도를 지켜가며 종부[7]로서의 자질을 갖춘 인물로 그려진다.

3대 손부인 효원은 유교적 양반 법도에 따라 혼례식을 올린다. 효원이 종손인 강모와 혼인하면서 종손부로서 매안 이씨 가문의 일원이 된다. 그녀는 가문의 며느리로서 양반가의 이데올로기를 전수 받는다. 3대 종부 효원의 혼례식에서 쾌청하지 못한 날씨와 청실홍실의 얽힘은 이들의 결혼생활이 순탄하지 않음을 예견하고 있다. 효원이 혼례에서 순탄하지 않는 예견은, 할머니 청암부인의 혼례에서 순탄하지 않았던 부권부재의 재현이라 하겠다.

---

6) 조선 후기에 이르면 가문의식과 문벌의식이 두드러지면서 가훈서와 여훈서를 널리 보급하여 문중의 결속력을 강화하였다. 이러한 과정에서 양반 여성에게 주요한 덕목으로 가르친 것은 수신, 인륜, 집안 경제, 자녀교육에 대한 유교적 교양으로서의 婦德의 함양이었다. 이는 남성위주의 가부장적 사회에 필요한 규범을 여성에게 교화시킴으로써 가부장적 질서를 강화하려는 의도가 포함되어 있었다. 이러한 것은 송시열이 혼인하는 딸에게 『戒女書』에서 가장 잘 알 수 있다. 그 내용은 (시)부모와 남편, 제사, 빈객과의 관계, 자식에 대한 교육, 형제, 친척, 노비와의 관계, 집안 경제경영, 기타 등에 관한 것이다. 송시열은 남의 집으로 시집가는 딸에게 그 집안의 며느리로서 어머니로서 역할과 임무를 잘 수행할 것을 가르쳤다. 17세기로 오면서 여성들은 다양한 책들을 읽었고, 교육 정도도 더 높아졌다. 여성들은 경전을 비롯하여 수신서, 역사서, 보학 등을 공부하였고 소설류 등도 읽었다. 한희숙, 「조선후기 兩班女性의 생활과 여성리더십」, 『여성과 역사』제9집, 한국여성학회, 2008, PP.7-8.

7) 유가의 전통에서 종부는 종가의 지위를 부여받을 뿐 아니라 도덕적 요구가 있으며, 온 문중의 자손들을 품어 안을 수 있는 도덕적 자질로서 '착한 품성'이 요구 된다. 강혜경, 앞의 논문 「양반여성 종부(宗婦)의 유교 도덕 실천의 의의」, p.204.

그녀는 다리속곳, 속속곳, 단속곳, 고쟁이를 입고, 그 위에 또 너른바지를 입었는데 너른바지 위에 대슘치마를 입었다. 슘치마는 모시 속치마였다. 모시 열두 폭에 주름을 잡아 만든 이 속치마의 단에는 창호지 받친 흰 비단이 손바닥만한 넓이만큼 대어져 있어, 그렇지 않아도 풀을 먹여 날이 선 모시 바탕에 힘을 받쳐 주는 것이었다. 수몽니 당숙모는 효원의 가슴을 동여매듯이 치마 말기를 힘주어 묶었다. 무명 말기가 나무 판자처럼 가슴을 압박했다. (1권, p.41)

위의 예문에서 드러나는 것처럼 여성의 전통 혼례복장은 매우 까다로웠다. 신랑의 혼례복과는 달리 신부 효원은 몇 겹으로 싸고 감은 옷에 짓눌려 숨을 내쉬는 것조차 쉽지 않다. 이것은 시집살이의 압박감과 막중한 책임감뿐만 아니라 다중적이고 중층적 의미를 드러낸다.[8]고 보았다. 혼례복식은 여성의 성적 억압을 보여주는 동시에 양반의 품위를 유지하기위한 몸가짐이며, 다른 가문의 며느리로 살아가기가 쉽지 않다는 통과의례이다. 유가의 법도에서 결혼예식이라는 통과의례는 여성이 다른 가문으로 시집을 가면 어떠한 어려움이 있더라도 그곳에서 생을 다하는 것이 당연한 시대적 현실이었다.

결혼은 가문간의 결합과 유대를 강화하고 가문의 지위를 유지하는 수단으로서 혼반(婚班)이 이루어졌다. 혼반이 중요했던 이유는 어느 가문과 혼인을 하는가에 따라 가문의 지체가 나타나기 때문이다. 또한 상대방 가문과 지위가 대등해야 가문이 유지·전승 될 수 있다고 생각한다. 특히 여성들은 결혼 후에 친정 가문의 명예를 위해서 행실을 조심하고 시댁 가문의 법도를 따르는 것을 미덕으로 생각한다.

우리 전통사회를 이끌어 간 계층은 양반이었으며, 양반사회를 지

---

8) 김정자, 앞의 논문, p.136.

탱하는 구심점은 봉건적 유교사상이라 할 수 있다. 작품 내의 시대 상황은 근대적 생활양식과 근대적 사고가 유입되는 시기이지만, 매 안사람들의 의식에는 유교적 가치가 확고히 자리 잡고 있었다. 양반 은 생활방식에서 대체로 격식과 위엄 있는 태도와 곧은 성품을 지닌 채 기층민중들의 우위에서 모범적인 삶을 살아가고자 한다.

『혼불』에 등장하는 양반 여성들은 민촌 여성인물들과는 달리 양 반이라는 가치관을 고수해나가고 있다. 그들은 전대로부터 이어온 삶의 방식에서는 기품이 묻어나오고 있으며, 자신의 정체성보다 가 문의 정체성에 우선한다. 양반 안채문화에서는 정절관념, 언어사용, 호칭어에 택호를 부르거나, 다양한 생활에서 정체성을 내면화하고 있다. 특히 종부인 청암에게는 '부인'이라는 호칭어를 붙여 가문의 종부와 마을의 지도자로서 대모신에 위치하고 있다. 조선시대 '부인' 이라는 호칭어는 사대부집안의 남자가 그 아내에게 부르는 호칭어 이다. 소설에서 청암부인은 남편이 없고 비록 관직을 했던 것도 아 니었다. 그러나 그녀의 의식과 행동은 관직에 있는 사대부의 덕망 있는 종부의 행동거지와 다름없기에 '부인'이라고 높여서 부르는 것 이다.

1.2. 변동기와 전통적 유교질서

『혼불』의 매안 이씨 가문 여성들은 변동기지만 전통적 유교질서 를 중요시하였다. 즉 의례를 통해 가족의 연대적 의미를 소중하게 여겼다. 의례는 출생, 혼인, 죽음, 제사 등의 다양한 양상의 의식들로 서, 의례를 통해 가풍을 파악할 수도 있다. 이런 관습을 통해서 집단의 결속력을 강화할 수 있으며, 가족서사의 중심 주제로도 작용할 수 있다.

> "생이 요새 먼 쥑이 조께 시끄럽갑네? 날이 더워징게로 바누질꺼리는 째이고 일은 헤기도 싫고 그리여? 자꼬 땀은 나고?" "지랄헌다. 나는 지가 안씨러러워서 그렁만." "나는 괜찮히여어. 요렇게 살다아 살다 보면 죽는 날도 있겠지맹."
> 빨래가 부그르르 끓어 넘치는 솥단지 뚜껑을 열어제치며 소례가 한숨처럼 말했다.(10권, p.305)

> 죽으라고 보낸 것은 아니었어요. 살리려고 해 보았던 짓이었습니다. 하지만, 안 보고 싶었던 것도 사실입니다. 작은어머님은 모르시겠지만 ...... 저만 아는 세상이 있어서, 저 그 사람, 안 보이는 데로 보내버리고 싶었던 것도 사실입니다.(10권, p.326)

하층민의 대화와 넋두리에서는 정제되지 않는 표현들이 드러난다. 매안 문중 사람들의 언행에서 드러나는 조심스러움과는 달리 하층민에게서는 욕설이나 사투리가 거침없이 흘러나오거나 입심 좋은 패설이 기술되고 있다.[9] 소설에서 기층민중의 말은 현장의 입말에 더 가깝다.

그러나 양반층의 언어에는 현장의 생생한 입말이 아닌, 작가의 이념적 태도에 의해 관리된 언어로서 방언을 사용하지 않고, 중앙어나 문어체에 가까운 격식체를 구사하고 있다.

> 밧사장께옵서 머무지도 아니시고 손님갓치 훌훌이 떠나시니, 대접도 못해 드려 죄황(罪惶)하기 그지 업삽내다. 마음에 둔 정담이야 그칠 길이 업사오나, 분주한 몇 말씀을 점점(點點) 대강 긋자오니, 능문(能文) 고견

---

9) 김헌선, 「우주적 상상력의 총화」, 『문학사상』 12월호, 1997, p.87.

(高見) 사형씨의 높으신 혜안으로 눌러 묵상하시옵소서. (6권, p.15)

　　귀문존가(貴門尊家)에 진진지의(秦晉之誼 : 혼인한 두 집의 사이좋은 것을 이름)를 맺어 결약한 후 정한 날이 신속하와, 만복 초례를 떠나 보내압고 먼 길에 일기 행여 엇더할가 사념되더니, 당일 날씨 온화 난만 그곳 향운(香雲) 자옥하여 장래 오복이 창흥할 기(氣) 가득하니 상서롭고 다행한 일 심중에 여겨지더이다. (6권, p.15)

『혼불』의 양반 여성인물들은 격조 있는 언어를 사용함으로써 양반의 품위를 유지하고 있을 뿐만 아니라, 생활 태도에서도 가문과 공동체의 모범이 되는 생활 태도를 보여준다.

　위의 예문에서 표준어나 격식어에 가까운 것은 효원의 말이다. 물론 양반문중의 기품 있는 언어가 사용되었다고도 볼 수 있겠으며, 청암부인이나 효원의 말은 대부분 표준어이다. 이 같은 양반언어에서는 양반의 품격을 위해 고도로 통제된 결과라고도 할 수 있다.[10) 즉 그들이 구사하는 정제된 언어는 그들의 신분질서와 무관하지 않다는 것을 증명하고 있다. 양반 여성들의 언어에서는 여러 세대에 걸쳐 기억 전승된 것으로서 지식과 정신을 담아내고 있다.[11)

　위의 예문은 결혼을 앞두고 주고받은 사돈서의 일부이다. 앞의 것은 효원의 모친이 시어머니가 될 율촌댁에게 보내는 글이다. 사돈을 제대로 대접하지 못한 것 같은 심경을 아로새긴 문장에는 교육 받은 양반의 기품이 깃들여 있다. 다음 예문은 편지를 받은 율촌댁이 효원의 어머니에게 보내는 답서이다. "귀문존가(貴門尊家)에 진진지의(秦晉之誼)를 맺어"와 같은 표현에서 드러나는 것처럼 격식과 법도

---

10) 황국명, 「『혼불』의 서술방식」, 『혼불의 문학세계』, 소명출판사, 2001, p.169.
11) 황국명, 「『혼불』의 구술문화적 특성」, 『혼불과 전통문화』, 신아출판사, 2003, p.104.

를 잘 갖춘 한문체 글귀다. 율촌댁의 편지에서 양반 계층의 고유한 의식과 생활상을 담아내고 있다. 두 가문간의 격식을 통해서 가격 (家格)을 드러내는 부분이다. 매안 이씨의 가문의 격에 맞춘 효원의 친정 집안의 격을 감지할 수 있다.

  양반 여성들의 몸가짐이나 생활태도에서도 기층민과는 다른 기품을 드러낸다. 2대 종부에 해당하는 율촌댁은 자신에게 주어진 삶의 몫에 대한 불만을 드러내기보다 양반며느리로서 의식주에 관한 솜씨가 남다른 인물로 그려진다.[12] 그녀는 전형적인 양반 안채 살림을 꾸려가는 종부의 면모를 지니고 있으며, 근검·절제의 미덕을 잘 보여주는 여성이다.[13]

  내일은 장을 담그는 날이라, 매일같이 맑은 물로 닦아내는 장독을 오늘따라 어느 때보다 정성들여 돌보고 매만지는 율촌댁 손길에 햇빛이 묻어났다. 신선한 공기를 쏘이게 하고, 동쪽에서 떠오르는 아침의 깨끗한 햇볕을 쪼이게 하는 장독들. 쌀 세 가마가 들어간다는 우람한 독아지는 대를 물린 장독이요. 그 옆에 해를 묵여 걸죽해진 진간장과, 진하지 않은 청장(淸醬) 항아리가 놓이고, 김칫독들이 어깨를 반듯하게 맞댄 맨 뒷줄은, 한낱 흙을 구워 만든 독이라기보다 위엄 있는 가문의 엄위(嚴威)를 자랑하며 버티고 앉은 마나님을 보는 듯하였다.
  "그 집안의 장독대를 보면 가격(家格)을 알 수 있다."는 것이야 삼척동자도 다 아는 일이었다. 작게는 여나믄 개에서 많게는 수십 개의 크고 작은 장독들을 어마어마하게 줄 맞추어 키 맞추어 세워 놓고 앉혀 놓고, 그 어느 것이나 모두 한결같이 기름이 자르르 흐르도록 반들반들 윤을 내어, 마치 햇빛 아래 잘 빗은 처자의 검은 흑윤(黑潤) 같아야 하는 장독대.

(6권, pp.235-236)

---

12) 강은해, 「혼불의 서사원리」, 『혼불의 문학세계』, 소명출판사, 2001, p.122.
13) 이현하, 「최명희의 『혼불』 연구」, 단국대학교 대학원 석사논문, 2001, p.37.

결혼을 한 양반여성들은 가문의 안주인으로 교양과 예의범절을 지녀야 했음은 물론이고[14] 음식과 의복의 수발, 제사, 길쌈, 농사를 비롯한 온갖 궂은일들을 책임지며 가정의 경제를 이끌어 간다. 이러한 여성의 역할과 책임의 영역들이 안채문화를 형성하는 요인으로 작용되었다.

예문에서 율촌댁이 정성껏 집안 살림을 돌보는 광경을 묘사하고 있다. 장독대는 그 집안의 살림 규모를 드러낸다고 할 수 있는데 "처자의 검은 흑윤(黑潤) 같아야 하는 장독대"다. 이처럼 종가의 장독대는 크고 작은 장독들이 큰 집안의 살림을 뽐내는 듯 줄을 맞추어 가득 늘어서서 반들반들하게 빛나고 있다. '우람한 독'은 청암부인의 위엄과도 같은 형상으로 빛나고 있으며, 모든 음식의 기본이 되는 간장과 된장 같은 것을 보관한다. 집안의 모든 세간들은 가격(家格)을 평가할 수 있는 수단이라고 할 수 있다. 율촌댁은 청암부인이 집안을 일으켰던 정신을 이어받아 집안의 살림살이 하나하나에 정성을 다하며, 청암부인과 함께 종가의 격조 있는 기품을 유지시키고 있다. 가문의 대소사에 음식을 준비하는 것은 큰일이며, 음식을 준비하거나 서로 나누면서 화합의 장을 마련한다. 풍요로운 음식은 가문 공동체의 유대관계를 돈독하게 만드는 매개의 역할인 것이다.

이렇게 청상의 청암부인과 율촌댁은 가문의 안과 밖을 잘 꾸려나간 인물이다. 특히 청암은 어떠한 외부의 유혹에도 현혹되지 않는

---

14) 양반여성들의 교양과 예의범절을 위해서는 내훈, 여범, 여사서, 계녀녀, 열녀서 같은 다양한 수신서(修身書)를 보급하여 자녀들 특히 여성들의 부덕과 행실을 경계하였다고 한다. 또한 여성들은 시집가기 전에 반드시 국문을 익혀야 했으며 그 필법이나 문장의 솜씨가 가문의 품위를 나타내는 척도가 되는 것이었다. 그러나 여성들의 기본 교양을 쌓기 위한 글공부나 독서는 용인되었지만 창작을 위한 사회참여는 금지되었다는 것이다. 김정자, 앞의 논문, p.167.

인물이다.

　　"칼이 비록 날섰다 하나 솜방망이도 여러 대 뭉치면 그 날이 빠질 수 있듯이, 내 비록 서슬을 세우고 마음을 독하게 먹어도, 여러 장정 덤비는 와력을 부녀의 힘으로 못해 볼 일도 없지는 않을 것이라. 여러분께 소청할 일 있습니다.

　　이 집이 명색 종가라 하지만, 남노여비 허울뿐이고, 호제 행랑것들 한 방에서 기거할 수 없으니, 여러 부인들 가운데 사정이 닿으시는 대로 번을 갈라 아무라도 오늘밤부터 이 집을 올라오셔서 나와 함께 한방에서 잠을 같이 주무시면 좋겠습니다. 한 분이라도 좋고 두 분이라도 좋고 더 있대도 좋은 일이지요. 저녁 잡숫고 올라오시면 밤을 새워 이야기를 해도 즐거울 것이요. 둘러앉아 고치를 감아도 재미있을 것입니다. 사람 소리 어근버근 불빛이 휘황한데 어느 도적이 홑이불을 추켜들고 넘볼 수가 있겠습니까."

　　그 말이 떨어지던 그날 밤에 연세 지긋한 노부인과 마침 집에 일이 없는 숙항·질항 부인들이, 그네와 함께 자려고 종가의 안방에 들어섰을 때, 그들은 금방 스치기만 하여도 베일 것 같은 푸른 날의 칼을 보았던 것이다.

　　아하, 그러하구나.

　　그 칼날에 문득 보는 이의 가슴이 선뜩해지는데 어느결에 그 베이어 쓰라린 자리에 핏방울이 맺히더니, 핏방울은 그만 소름이 되었다.

　　아하, 그러하구나.

　　그렇게 문중의 부인들이 같이 자기 시작한 지 얼마 후에, 야심한 한 밤중이면 몇 번인가 고샅이 어둠 속에 수런거리고, 담 아래 우세두세 목소리 낮춘 음성들이 들리곤 했었다.

　　그러다가 스물다섯에 이기채를 양자로 들이었는데, 그 종적 모를 소리들은 그래도 아주 멎지는 않았다. 그리고 청암부인도 잠의 머리맡 칼을 치우지 않았으며, 모여서 자고 가는 노부인과 숙질·동항의 부인들도 번갈아 동무하기를 그치지 않았다.

(6권, pp.34-36)

이 시대 혼인제도에서는 여성에게 정절관념15)을 강조하였다. 결혼을 한 후 남편을 잃은 양반가 여성들이 평생 수절하며 살아갔다면 열녀로 표상되었다. 정절은 여성의 남성에 대한 일종의 관계방식이며, 조선시대 사대부 여성들의 개가금지와 수절강화라는 구체적인 제약의 기틀이 되었다. 그렇다면 열녀는 여성 섹슈얼리티에 대한 집단적인 신념이 만들어낸 것이다. 매안의 양반가에서도 그 법도에 따라 행동함을 미덕으로 여긴다.

성(性)은 인간과 분리될 수 없는 것이지만 그것을 의미화하고 개념화하는 문제는 역사·문화적인 것이다. 성에 관한 개념과 의미는 성을 어떻게 보는가의 문제이다.16) 혈통의 순수성 확보와 연관된 성의 순결이라는 관념은 '정(貞)'의 개념으로 발전하였다. 정절은 여성이 남편에 대한 정신·육체적 순결뿐만 아니라, 한 남자에 대한 의무이자 사회적 존재로서 주어진 의무를 함축하고 있다. 특히 청암부인이 스스로 가문의 규율 앞에 젠더화되어 살아가고 있는 모습은 다른 사람들의 시각에는 애처로움으로 비춰지고 있다. 그녀를 보쌈 하러 온다는 소문에 오히려 대담하게 대처하며, 가문의 이름을 더럽힐 수 없다는 의지로 일관한다. 위의 예문에서 청암부인이 청상과부라는 것을 아는 마을 남자들은 그녀를 보쌈하려는 계략을 세운다. 그러나 청암은 굴하지 않고 '솜방망이도 여럿 뭉치면' 힘을 쓸 수 있다

---

15) 여성의 정조강조와 재가금지는 안과 밖으로 서로 짝을 이루고 있으면서 법적인, 사회적인 제재를 넘어서 심리적인 제재까지 가하는 일종의 거대한 족쇄와 같았다고 하겠다. 그 같은 족쇄는 근대화의 물결과 더불어 1894년 갑오경장을 이후로 법적으로는 해체되었지만 그 관습이 하루아침에 사라질 수는 없었다. 사회적으로 심리적으로 여전히 짙은 그림자를 드리우고 있었던 것이다. 이남희, 앞의 논문, 「조선 사회의 유교화(儒敎化)와 여성의 위상」, pp.152-153.

16) 한국고전 여성문학회, 『조선시대의 열녀담론』, 월인, 2002, p.38.

고 하며, 문중의 노부인들에게 함께 종부의 안채를 지킬 것을 요청한다. 그녀도 서슬 퍼런 눈빛과 은장도로써 자신을 지키려하였고, 힘을 키우기 위해 양자 들여서라도 가문의 대들보를 세웠다. 그녀에게 섹슈얼리티 문제는 먼 이야기로 접어두고 가문을 위해 젠더화된 삶을 살아가고 있다.

청암부인은 결혼과 동시에 여성으로서의 삶은 사라지고 인고의 세월과 종손의 책임만 과중되었다. 이 같은 청암부인의 삶은 자신과 비슷한 처지인 이울댁의 혼인에서도 나타난다.

> 이미 이씨 문중의 사람이 되었습니다. 한 번 출가하면 그뿐, 친가에는 더 머무를 수가 없는 법 아니겠습니까? 이쪽에서 오라는 말이 없으면 그곳에서 한 평생을 얹혀살아야 하는데 그 정경이 오죽 딱합니까? 비록 신방(新房)에는 신발 한 번 벗었다 신은 인연밖에는 못하였으나 그 역시 내외는 내외인지라, 남편의 가문에 와서 생애를 보내야지요. 이곳에 와서 사는 것이야 어찌 살든 흉될 것이 없습니다만, 그쪽에 친가에서 산다면 껀껀이 말이 될 것이며, 처신에 괴로움이 더 많을 터이고 죽어도 이곳에 와서 죽어야 도리일 것입니다.
>
> (2권, p.41)

청암부인은 이울댁이 '비록 신방에는 신발 한 번 벗었다가 신은 인연밖에 되지 못하였으나 그 역시 내외는 내외인지라, 남편의 가문에 와서 생애를 보내야' 한다고 강력히 주장한다. 그녀가 만약 시집으로 오지 않는다면 아까운 한 목숨이 끝나는 자진만이 있을 것이기 때문에, 비록 신랑은 없는 집이라 하나, 이씨 가문으로 오는 것이 바른 이치라는 것이다. 이에 이울댁은 시집으로 와서 초가삼간 뿌리를 내리게 된다. 이러한 이울댁의 태도는 전통적 유교 규범이 지배하는 사회에서 강조되었던 '여필종부', '삼종지도'의 삶을 실천하는 인물이다. 그러나 그들은 인고의 세월을 자신을 돌보기보다 공동체를 돌보는 일에 평생을 보내는 것으로, 유교적 규범이 만들어낸 결과물인 것이다.

효원의 혼례식에서 매안 이씨 가문의 여성들은 그 자태가 남다르다. 그들의 옷매무새와 자태에서 느껴지는 단정함은 양반 아녀자의 표상이다.

> 그리고 효원은 궁청(窮靑) 바다밑보다 푸른 진남색 비단 치마를 드리운 위에 새각시 눈부신 진노랑 저고리를 입고 있었다. 그 빛깔이나 모습은 구긴 데 감춘 데 없이 정대하고 당당하였다.
> 연치와 항렬 따라 아랫목부터 윗목까지 자리한 부인들이 눕히거나 세운 무릎의 치마폭 흘러내린 자락 끝에 주름이 물결을 이루는데, 그 밑으로 숨겨진 듯 드러나는 버선발이 희고도 날렵하였다. 현란하고 우아하고 그윽한 온갖 빛깔들 잔치 속에 그 흰 빛은 은장도처럼 단호해 보였다. 그리고 마치 그 은장도로 금을 그은 것처럼 버선발 한가운데를 가르고 지나가는 수눅 바느질 자국은 머리카락 한 올 빗나가지 않은 가리마 같았다.
> "동정 귀 어긋난 년, 버선 수눅 틀어지거나 뒤바뀌게 신은 년, 가리마 비뚤어진 년, 낭자머리 뒤꼭지에 머리카락 삐친 년."은 사람으로 치지도 않았다는 것이 매안 부인들의 불문율이었다.
>
> (7권, pp.15-16)

위의 예문은 양반가 여성들의 옷맵시와 몸가짐에서 정제된 생활 방식이 드러난다. 양반가 여성 인물들의 생활 태도는 기층민의 생활과는 많은 차이를 보인다. 기본적인 차림새를 갖추지 못한 사람들은 게으르거나 배우지 못한 사람으로 인정하여, 양반이 아니라 하층민과 다름없는 사람으로 취급 받았다. 양반여성으로서 갖추어야 할 생활 태도는 양반 안채문화를 형성하는 기초적인 요건이다. 그리고 이 요건을 갖추지 못한 여성은 양반 축에 끼워주지도 않았던 것이다. 인용문에서 드러나는 매안 이씨 양반가 여성들이 갖추어야했던 단아한 생활 태도는 양반안채 문화의 기품을 잘 보여주는 것이다.

남성 중심의 사회에서 여성은 타자화 되어있다고 할 수 있다.『혼불』의 양반여성들은 열등한 자리에 있지만, 문화를 재생산하거나 가문을 이끌어가는 데는 종부의 지위와 남성적 역할을 함께 수행함으로 주체적 역할을 한다.

보봐르에 의하면 인간사회에서는 생명을 잉태하는 성이 우위에 있고 여성은 남성에 의해 열등한 존재로 취급받는다. 그리고 남성은 여성에 대한 신화를 통해 여성을 효과적으로 통제하려고 한다. 여성을 카멜리온에 비유하며 여성에게는 이미 정해져 있는 본질이 없기 때문에 남성이 만들어 놓은 대로 유지될 필요가 없다고 본다. 즉 여성에게는 자신의 자아를 스스로 창조할 수 있는 능력이 있다는 것이다.[17] 특히 청암은 여성적 역량을 넘어선 역량을 보여줌으로써 카멜레온이라면 잠재되어있던 남성성을 드러내고 있다.

청암부인은 유교적 이념의 화신으로 남편의 분신이자 대리인이며 남성적 역량 그 이상이 되고 있다. 종가집 며느리로서 당대 양반여성으로 가능성의 최대치를 실현하는 공동체의 수장이다. 그녀를 바라보는 마을 사람들은 "역시 양반은 다르시다", "양반이란 배워서만 되는 것은 아니다. 오직 그 몸에서 우러나온 자연스러움, 그것이 양

---

17) 김미현, 앞의 책, pp.20-21.

반이고 기품이다"라는 칭송을 듣고 있다.[18]

이 소설의 양반 여성들은 안채문화를 통해 가문공동체를 형성시키고 정체성을 찾는다. 그러나 남성들은 가문과 마을공동체를 이끄는데 역량이 부족하며 자기 개인적인 일에만 안주한다. 그들은 시대적인 상황에도 강하게 대처하지 않는다. 종부 3대가 남성들을 대신하여 시대적 위기를 극복하고자 노력한다.

양반 가문으로 혼인하는 효원이도 남성적 성품의 소유자로 그려져 있다. 그녀는 단아한 신부이기보다는 먹과 붓으로 오히려 서체 쓰기를 좋아하는 성품이다. 그러나 친정어머니 정씨부인은 양반 가문의 특성상 신부의 혼례품이라도 여성적 면모를 잘 갖춘 며느리로 보이기 위해 정갈하게 준비한다.

> 정씨부인은 솜씨가 좋아 아기자기 안방에 쓰이는 아녀자 물품을 못 만드는 것이 없었는데, 그 중에서도 색지함과 매듭만큼은 "과연 절품이라."는 말을 들을 정도로 만들곤 하였다.
> 효원은 본디 호방 활달하여 보자기나 귀주머니를 만들기보다는, 먹과 붓으로 궁체 글씨 쓰기를 즐겨하였지만, 아우 용원은 또 그네와 달라서 어머니 곁에 앉아서 명주실과 한지에 물을 곱게 들여, 다회를 치고 끈목을 만든 색색가지 실로는 딸기술·봉술·나비방울술·방망이술·낙지발술을 꼬아 늘이우기도 하고, 톡톡한 종이로는 수십 개 봉지가 주둥이를 오므리면 함같이 접하였다가 펼치면 합죽선처럼 옆구리 벌어지는 손것 지갑이며, 올망졸망 쓸모 따라 크고 작게 배치한 서랍까지 몇 층씩 빼닫게 한 상자들을 곧잘 만들곤 하였다.
> ...중략...
> 상자 속에는 어머니 정씨부인이 장녀의 혼수로 넣어 준 금가락지·옥가락지, 금비녀·비취비녀·은비녀, 붉은 산호와 남색 유리, 노란 밀화를

---

18) 전북대 전라문화연구소, 『혼불과 전통문화』, 신아출판사, 2003, pp.31-32.

날개에 박은 칠보 나비단추, 호박(琥珀)과 금파(金波)단추, 은칠보 국화
무늬에 매화무늬에 아로새긴 뒤꽂이들이 장그랑장그랑 소리나게 들어있
었다.

(7권, pp.146-147)

예로부터 민족이 번성하고 나라가 부국강병이 될 때는 주로 미풍
양속 등이 번성하고, 나라가 미약하고 민족이 쇠약해 질 때에는 반대
로 무속이 번성해진다고 한다.[19] 효원이 시집보내기위해 정씨부인은
혼수품을 꼼꼼히 준비하는 모습에서 양반 가문의 품격이 드러난다.
혼례품을 세세하게 준비하여 시집보내는 것은 양반의 법도와 교양을
갖춘 친정어머니로서의 자태가 느껴진다. 지극히 정제된 그들의 혼례
문화를 통해서 양반 안채문화의 정제미를 읽을 수 있다. 소설의 배경
에서 양반혼례의 풍요로움은 식민지 난국에서 가문이 건재함을 의미
한다. 효원의 친정모친은 가정교육에서도[20] 유교적 양반법도에 따라
여성적인 섬세함과 교양을 갖추는 일을 중요시 한다.

사람들은 예로부터 관혼상제 중 결혼 의식과 죽음 의식을 중요하
게 생각하였다. 조선의 양반계급사회에서는 사회적인 제도로서 중요

---

19) 강무학, 『漢子와 陰曆은 우리의 文化』, 삼한출판, 1989, p.51.
20) 자녀교육에 대한 어머니들의 열정은 양반가에서는 매우 일반적인 것이었다. 여성들은
단순한 글자 교육이 아니라 윤리교육에서도 많은 영향을 주었다. 여성들은 가정교육을
위한 도덕적 주체의 하나였기 때문이다.
자손에 대한 교육은 어릴 때만 이루어지는 것이 아니었다. 성인이 된 후에도 계속되었
다. 김주신의 어머니 풍양 조씨는 아들이 성년이 된 뒤에도 여러 날 책을 덮고 지내면
회초리를 때렸고 그때마다 옛사람의 교훈으로 가르쳤다. 아들이 하는 일없이 놀거나 태
만해지는 것을 보면 반드시 꾸짖으며, "하는 일도 없이 먹기만 하는 것은 짐승과도 같
다."고 야단을 쳤다. 또 아들이 예를 다소 소홀히 하면 야단을 쳤다. 그는 "선비는 마땅
히 선행을 근본으로 삼아야 할 것이요, 문예는 지엽적인 것"이라고 가르쳤고, 늘 선을
행하고 악을 행하지 말 것을 가르쳤다. 이현일, 김경미 외 역주, 「先妣贈貞夫人張氏行實
記」, 『17세기 여성생활사자료집』 4, p.125, 한희숙, 「조선후기 兩班女性의 생활과 여성
리더십」, 앞의 논문, p.16-17, 재인용.

한 의미를 가졌다.

효원의 혼례는 청암의 혼례식으로부터 그 법도가 3대에 이르렀지만, 청암의 혼례 때와 같은 방식으로 이루어진다. 시대가 변해가고 있지만 그 전통은 변화지 않고 있음을 의미한다.

할머니 청암이 혼례식에 입었던 화려한 혼례 복장은 가문의 윤택함을 자랑하는 것으로 가격을 말해준다. 혼례식에 입었던 최고의 한복인 원삼은 보통은 돌려가며 입는다. 그러나 청암은 자신만의 예복으로 지은 것이며, 죽음 예식에서 수의로 사용한다. 예로부터 양반 가문에서는 혼례복을 수의로 사용하기도 하였다.

> 세월이 오래 흘러 근 오십오 년이 다 되었어도 여전히 그 빛이 선연하여 조금도 바래지 않은 비단 원삼은, 초록의 몸 바탕에 너울같이 넓은 색동 소매를 달고 있었다.
> 진홍, 궁청, 노랑, 연지에, 연두, 다홍을 물리고, 부리에는 눈같이 흰 한삼이 드리워진 색동 소매는, 초례청에 선 신부가 입던 그대로여서, 죽은 이의 푸른 몸에 수의로 입히기에는 섬뜩하고 처연하기 그지없었다.
> 그것은 청암부인이 혼인하던 날 입었던 원삼이었다. (3권, p.180)

> 흰 가마 타고 흰 옷 입고 매안으로 신행 길에, 그네는 이것들을 소중하게 가지고 왔다.
> 청암부인의 어머니는 보자기에 반듯하게 싼 원삼과 족두리를 청상이 된 여식에게 건네주며 말했다.
> "사람이 죽으면, 없어지는 것이 아니라 다음 세상으로 가는 것이다. 마치 처녀가, 정든 자기 집을 떠나서 산 넘고 물 건너 먼 곳으로 시집을 가듯이 말이다. 그래서 돌아가신 분의 수의는, 시집갈 때하고 똑같이, 녹의 홍상에 원삼 족두리를 해 드리는 것이니라.
> 망인의 살아 생전 일생을 두고 제일 곱고 화려하게 입은 것이 바로 이 옷 아니겠느냐.

> (3권, pp180-181)

양반 종부의 죽음 의식에서 원삼 입혀서 보내는 것은 그녀가 다음 생애에 좋은 집안에 태어나 살기를 바라는 가문 사람들의 소망이다. 또한 청암부인이 결혼식 때에 그녀만을 위한 원삼을 지었다는 것은, 청암부인 집안의 가격을 나타내는 의미이기도 한다.

2. 기층문화와 공동체의 결속력

2.1. 풍습의 보전과 질서유지

일제는 우리 문화의 말살정책과 공동체 결속력을 해체시키기 위해 우리의 명절까지 없애고 그들의 명절 풍습을 따르게 하였다. 우리의 문화에 대해서는 미개한 조선의 문화로 간주하였다.

우리의 주된 생업은 농경생활로써 농경의 주기는 세시풍속의 주기와 맞물리는 태음력을 사용하였다. 정월 초하룻날 설에는 제사음식을 준비하여 조상에게 차례를 지낸다. 새해가 시작하는 날이라 우리는 친지들이나 웃어른들께 한 해 동안 건강을 기원하는 문안 인사를 들인다. 그러므로 명절은 가족 공동체의 결속을 가져다주는 계기를 마련해준다. 이런 세시풍속은 선조들로부터 이어져 내려온 전통이며 민족혼이다. 그러나 일제는 우리의 문화 자체를 미개한 문화라고 조롱하며, 그들과 같이 설을 바꿔 쇠기를 강요한다.

"천하 망헐 놈들. 이제는 허다 허다 안되니 설을 다 바꿔 쇠라고 허네 그려. 아, 조상 대대로 내려오는 풍습이 나라마다 다르고, 그 조상 모시고 선기는 제사·차례가 다 우리대로 날짜가 있는데, 뭐? 음력은 미개한

것이니 버리고, 양력으로 설을 쇠라고? 미개하기는 누가 미개하다는 겐
가. 제 놈들이야말로 손바닥만한 훈도시에 하나 차고 백주대로에 너벌거
리고 다니는 미개한 종자들이면서. 어쩌다 우리 국운이 이토록 비색하여
그 같은 왜놈들한테 나라를 빼앗겼는고. 그놈들이 강토를 빼앗더니, 농
사 지은 식량도 빼앗고, 인제는 설까지 일본설을 쇠라 하니. 정신을 골수
를 뽑겠다는 수작이 아닌가."

(5권, p.126)

예문에서 보듯이 일제는 우리 문화에 대해 미개한 문화라고 조롱
한다. 그것은 파농의 말처럼 흑인들을 열등한 인종으로 자학하게 내
몬 것은 '식민주의'였다고 한다.[21] 이처럼 일제도 우리의 강토를 빼
앗고, 식량을 수탈하고 우리 문화까지 말살하는 폭력을 감행하며,
조선을 미개한 나라로 규정하였다.

그러나 매안사람들이 식민난국을 극복하는 데는 마을공동체의 결
속력이 있었기에 가능하였다. 매안의 양반 가문과 함께 기층민은 세
시풍습을 통해서 결속력을 강화하는 것으로 공동체를 다지기도 하
였다. 여성종부 지도자와 함께 매안의 풍요를 위해 마을에 물이 있
는 공간으로 변화시켜 씨앗을 잉태하거나 탄생하는 생명의 공간으
로 변화시키는데 노력하고 있다.

"아무리 왜놈들이 그악스럽게 공출해 가도 대나무 솔가지는 얼매든지
있응게."
"아, 농악대 고깔에 북 장구는 우리 것이지, 그걸 누가 달라들어서 어
뜨케 뺏어가?"
"암먼."

---

21) 류춘희, 「파농과 영의 탈식민주의 담론과 우리 현실」, 『현대영어영문학』, 제 53권, 한국
현대영어영문학회, 2009, p.86.

이 달집을 공들여서 만들어 놓고 달 뜨기를 기다리던 사람들 중, 서산에 해가 지고 동산에 달이 솟아오를 때, 그 희고 맑은 달이 뜨는 것을 맨 먼저 본 사람이, 불을 당기어 달집을 사르는 것이다.

불이 붙은 달집은 흰 연기를 자우룩이 뿜어 내며 불꽃을 일으키어 푸지직, 푸지직, 타기 시작하고 열두 발 상모에, 꽃 같은 고깔을 쓴 농악대는 영기(令旗)를 앞세워 달집을 돌며 신나게 풍물을 울렸다.

그 장구 소리, 징소리, 그리고 북소리와 꽹과리 소리들이 얼어붙은 산천의의 빙판을 울리고, 하늘로 아득히 달에 가서 울릴 때, 아낙들은 달을 향해 절을 하며 소원을 빌었다.

(5권, p.55)

예문에서 일본의 수탈이라는 폭력 앞에 우리민족의 낙천적인 성품도 드러나고 있다. 북이나 꽹과리, 징 등의 풍물패의 신명난 놀이를 통해서 에너지를 충전시키고, 가족의 안녕과 국가의 미래를 위해 '달'에게 빌기도 하였다. 예로부터 우리의 전통신앙에서는 달에게 소원을 빌면 하나의 소원을 들어준다고 하였다. 아낙들이 달에게 소원을 빌었던 행위는 달의 음기를 받아 아들을 낳아 자손을 번창시키는 것이다. 식민현실에서 자손이 번창한 것은 우리의 풍성한 미래가 될 것이다.

매안은 일제의 수탈로 피폐하였지만, 산에는 '대나무와 솔가지'가 많이 있어 마을은 풍요롭다는 것이며, 재생할 힘이 남아있음을 강한 어조로 피력하고 있다.

우리나라의 세시풍속의 역사는 상고시대 때부터 행하여졌다. 전통사회에서 우리의 주된 생업은 농업이었다. 농경생활의 주기는 세시풍습의 주기와 맞물려 있으며 다양한 절기를 치루며 생활하고 즐겨왔다. 음력 정월부터 섣달까지 24절기[22]가 기준이 되어 농사를 짓는다. 그 기록은『삼국지』,「위지동이전」에 기록되어 있지만,『삼국사기』에 추석·단오·유두 등의 기록이 있다.『삼국유사』에는 대보름 기록 등, 모두 삼국시대 세시풍속의 원형들로 형성되어 있다. 세시풍속23)을 즐기는 것은 공동체의 결속을 가져다주는 일기기도 하고, 생활의 풍요를 위해 신에게 제사지내는 의미이기도 한다. 그러므로 놀이문화와 함께 절기음식을 마련하여 마을 사람들과 나누어 먹으며 풍요와 안녕을 빈다. 소설의 공간인 매안에서 그들이 행하고 있는 세시풍습도 화합과 나눔의 문화이며 공동체의 번영을 위한 기원이다.

궁성이 무너지고 국법은 힘을 잃었지만 농촌 마을인 매안은 식민지 난국에도 문화를 통해 결속하고 규범을 지켜가며 로컬 공동체를 이루고 살아간다. 양반 여성종부를 주축으로 매안은 나름대로 그들의 문화를 지키며 혼란의 시대를 잘 극복해간다.

공동체를 이루는 종족집단이든 대동계 같은 사회조직이든 공동체의 조직은 외부의 침투에 저항할 수 있는 내부의 힘으로 작동할 수 있다.

2.2. 전통 종교와 민간신앙을 통한 공동체의 결속

민족문화의 정통성과 근본적 심성은 그것을 표상하는 사물에서도 드러나기 마련이다. 우리민족의 심성은 유순하여 호전적 기질이 드

---

22) 소한, 대한, 입춘, 우수, 경칩, 춘분, 청명, 곡우, 입하, 소만, 망종, 하지, 소서, 대서, 입추, 처서, 백로, 추분, 한로, 상강, 입동, 소설, 대설, 동지로 농경주기와 관련이 있다. 장재천,「세시풍속의 사회교육적 의의」,『한국사상과 문화』제47집, 2009, pp.190-191.

23) 세시풍속은 선조들의 삶을 이어준 탯줄과 같은 것으로 민족혼을 살리고 우리들에게 현실의 삶을 탄탄하게 해주는 모태이기도 한다. 장재천, 앞의 논문, p.208.

러나지 않고 온화한 모습으로 그려지며, 어려울 때 전통 민간신앙이나 불교를 가까이 하였다. 고려시대에는 불교가 호국불교의 역할을 하였고, 지금까지 불교는 전통 종교로서 역할을 한다. 물론 조선시대에는 유교를 숭상하였으며, 우리민족의 원형심상의 발로인 민간 전통신앙과 불교는 정신적인 안식처인 피안의 종교로 유지하였다. 특히 불교의 사원은 가정의 어려움이나 국가적인 혼란기에 신분층위를 가리지 않고 호국불교 역할이나 피안의 공간으로 활용되기도 하였다.

> "귀신사? 그게 머이다요예. 귀신 나온다 헐 때 그 귀신 말인가?" "그게 여러 가지 설이 있제. 맨 몬야 그 절을 세운 이는, 신라 문무왕 때 사램인 의상대사란 고승이신디, 당초에 이름은 국신사(國信寺)였등게비데."
> 그러던 것이 무슨 연유에서인지 기괴하게도 귀신사(鬼信寺)로 바뀌어 불리다가, 다음에는 구순사(口脣寺)라고 하였는데, 나중에 다시 귀신사(歸信寺)라고 글자만 바꾸어 지금까지 그 이름을 쓰고 있다는 이절 입구에는 "홀에미다리라는 지댄헌 돌다리가 있제."
> 임서방은 마치 눈으로 본 듯이 말했다.
> 김제군(金堤郡) 금산면(金山面) 청도리(淸道里)에 있는 이 다리는, 원평(院坪)으로부터 한참을 걸어와 제비산(帝妃山) 기슭에 이르러 귀신사로 넘어가서 청도원을 지나 전주로 가는 길에, 제비산과 귀신사 사이의 계곡을 이어 주는, 커다란 자연석 돌다리였다.
> 그러니까 제비산 쪽에서 귀신사로 들어가는 입문 통로가 바로 홀어미다리인 것이다.
> 이 다리를 건너지 않고는 어디로도 귀신사로 갈 수 없었으니, 만일 이곳을 막는다면 절은 자연히 요새지가 되는 셈이었다. 그래서 나라에 난이 있을 때는 승병을 양성하였다는 귀신사 주변에는, 거뭇거뭇 이끼 옷이 자욱한 산성이 더러 허물어진 채 아직도 남아 있었다.
>
> (4권, p.132)

귀신사는 호국불교로서 역할을 한 유서 깊은 곳으로서 그 유래가 전해진다. 귀신사의 유래에서 로컬이지만 전쟁이 있을 때 승병을 일으켜 나라를 지켰던 애국심은 지역민들에게 나라를 생각하는 의식이 남달랐음을 이야기한다. 지금도 귀신사는 개인이나 국가적 위기 상황에 요새로서의 역할을 할 수 있다는 것이다.

일본의 불교는 신라시대 때 건너간 것이며, 그들의 생활방식에 맞추어 변형되어 불교문화의 기원을 혼미하게 한다. 그들은 우리 민족문화를 수탈하기도하며, 많은 부분에서 일본제국화시켜 마치 그들의 전통문화인양 오인하게 한다.

소설의 내용에서 우리의 사천왕은 일본의 사천왕과는 다른 온화한 모습으로 그려지며, 불교는 다층위 사람들의 피안의 공간으로 작용하고 있다.

"그렇지요. 저 사천왕의 얼굴은 바로 우리의 얼굴이지요. 그리고 우리의 마음이고. 그게 확실한 것이. 일본 사천왕은 또 달라요."

"오, 일본에도 사천왕이 있습니까."

"물론이지요. 신라 시대에 건너간 것인데, 우리의 가장 큰 차이점은 우리가 저렇게 극채색인 데 반하여, 그쪽은 채색이 전혀 없는 돌로만 만들었다는 것이에요. 화강암 같은."

그리고 또 중요한 사실은, 우리나라 사천왕이 사람보다 두 배나 세 배씩 혹은 그 이상으로 크고 우람 장대한 것에 비해서, 일본 사천왕은 등신대(等身大)라, 사람 크기와 꼭 같다고, 도환은 말했다.

"그런데 참으로 다른 점이라면, 그런 외형적인 것이 아니라 사천왕의 얼굴, 표정일 것입니다."

"아, 어떻게, 많이 다른가요?"

"아주 다릅니다. 우리나라 사천왕들은 저렇게 웅장한데다가 채색이 현란하여 자칫 무서운 생각이 들게 하기 쉽겠지만, 아까 어린애 데리고 가던 부인이 말씀하셨듯, 그 얼굴은, 분노상인데도 불구하고 너무나 무구한 애기 같으십니다. 그것은 놀라운 일이지요. 이 민족의 근본 심성이 그대로 담긴 얼굴이 그처럼, 우락 부락한 표정을 지어도 결국 순진을 감출 수가 없는 눈빛과 입모양으로 드러나는 것입니다. 손에도 몸에도 어진 기가 후북하게 배어나오고."

우리 사천왕의 표정에는 몽상이 있습니다. 사바에 앉아서도 천상의 바람을 머리에 받고 있는, 비현실적이고 추상적인, 꿈이노니는 저 얼굴. 허나 일본의 사천왕은 너무나도 확실한 인간의 얼굴이어서, 저는 그 꿈 없는 얼굴의 잔혹함에 놀라고 당황했습니다. 아주 잔인해 보이는 두 눈만은 지나치게 사실적으로, 화강암 돌에다 새까만 흑요석인가, 검은 동자를 박아 넣었더군요.

도환이 고개를 절레절레 흔든다.

강호야말로 도환의 말에 다시 한번 놀란다.

"아니 언제 일본에까지 다녀오셨습니까?"

"중국에도 가 보려고 하는데요?"

(9권, pp.116-117)

등신대는 일본 사천왕상으로 피식민자의 모습을 대신하여 잔혹함을 그려놓았다. 우리나라 사찰에 있는 사천왕상과는 전혀 다른 위협적인 모습이다. 일본의 사천왕상은 현실성을 극명하게 드러내고 있어 종교적 피안의 공간 어디에서도 식민지인으로서 위안을 받을 수 없다. 사천왕상의 모습에서 드러나는 것처럼 우리 역시 제국의 공간 어디에서도 조선인이라는 것이다. 그러므로 '콩꼬투리에 콩알'처럼 민족의 중요성이 강조 되며, 식민현실을 극복하여 진정한 우리민족끼리의 모습으로 살아가고자 하는 이유이다.

우리민족은 국난을 당했을 때 호국불교는 물론이고 민간신앙에 의지하기도 한다. 민족의 국난에 불교에서는 직접 대응하는 방식을 취하기도 하였고 피안의 장소를 제공하기도 하였다. 가정에서는 불교가 예로부터 전해오는 전통 종교의 역할과 민간신앙을 통해서 가정의 안위를 지키게 하였다. 특히 멀리 떠나 있는 자녀들의 앞날을 위해 조왕신에게 정화수를 떠놓고 빌기도 하였다

이날은, 부엌을 지키는 조왕신이 하늘로 올라가, 한 해 동안 그 집안에서 일어나 좋은 일과 궂은일, 잘한 일과 잘못한 일을 낱낱이 고하는 날이라하여, 집집마다 주부는 어느 날보다 일찍 일어나 부엌에 들어가서 깨끗이 청소하고 부뚜막을 닦았다. 그리고 국솥단지 밥솥단지가 나란히 걸린 부뚜막의 뒷벽 한가운데 턱을 자그맣게 만든 조왕단에 정화수를 올렸다.

"부디 잘한 일은 고하시고, 낮은 일은 다무소서."

어느 해였던가. 문중의 동촌댁은 조왕한테 빌면서, 아궁이에 엿을 철썩붙였다고도 하였다. 자기가 잘못한 일이나 집안에서 일어난 좋지 못한 일을, 하늘로 올라간 조왕이 옥황상제한테 고해 바치지 못하게 그런 것이다. 아궁이에 엿이 붙어 조왕이 아예 밖으로 빠져 나오지 못하거나, 나왔다 하더라도 입이 붙어 버려 무슨 말을 할 수 없을 것이라고 생각한 아낙의 소행이리라.

(5권, p.27)

위의 예문에서 보면 전통적인 민간신앙을 통해서 정성으로 가족들을 지키는 우리민족의 지혜를 엿볼 수 있다. 부엌은 모성적 공간이기도 하지만, 민간신앙의 종교적 피안의 공간이기도 하다. '조왕단'을 차려놓고 정화수를 떠놓는 공간은 가장 신성한 공간이다. 가족의 수명을 지켜주고 다치거나 병들지 않게 살펴주는 조왕단은 신과 소통하는 종교적 공간이며, 여기서도 마을 사람들은 섣달 스무나흗 날 조왕신에게 집안의 궂은일과 앞날의 평안을 빌며 무탈하게 살아가도록 소원한다.

특히 조왕신을 섬기는 부엌은 성소이기에 '조왕을 섬기는 일은 부

리는 아랫사람들에게 시키지 않는다.[24]는 것이다. 오늘 날에도 우리의 가정생활 속에는 민간전통신앙을 통해서 가족의 안녕을 기원한다.

『혼불』에는 전통적인 민간신앙을 통해서 자신의 운명과 마을의 운명을 개척하고자 하는 부분이 많이 드러난다. 청암부인의 경우 매안마을에 전해 내려오는 풍수전설을 믿고 저수지 공사를 감행한다. 매안의 기맥이 그동안 끊어지고 묻혀 있는 현실을 극복하여 바로 세워야 한다는 전설을 믿고 저수지 공사를 감행한다.

> 그러나 이기채는 여전히 입을 가늘게 다물고만 있을 뿐, 언뜻 대답을 하지 않았다.
>
> "전에, 옛적에 한 고명허신 어른이 주유천하(周遊天下)를 하셨더란다. 그 어른이 하루는 이 고을 매안에 머무시면서 시방산세(十方山勢)를 두루 짚어 살피신 연후에, 과시 낙토로서 경우진 곳이로다, 하고 감탄 하셨는데……,"
>
> 청암부인은 중간에 잠시 말을 멈추고 이기채를 가만히 바라보았다.
>
> "다만 서북으로 비껴 기맥이 새어 흐를 염려가 놓였으니, 마을 서북쪽으로 흘러내리는 노적봉과 벼슬봉의 산자락 기운을 느긋하게 잡아 묶어서, 큰 못을 파고, 그 기맥을 가두어 찰랑찰랑 넘치게 방비책만 잘 강구한다면, 가히 백대 천손의 천추락만세향(千秋樂萬歲享)을 누릴 만한 곳이다, 하고 이르셨더란다."
>
> "어머니, 설령 그런 말씀을 정말로 그 어른이 하셨다 하더라도, 그것은 한갓 지나가는 행인의 도참사상에 불과한 것이 아니겠습니까. 사람이 큰일을 경영하면서 어찌 그런 허무맹랑한 설화에다 근원을 의지한단 말씀입니까?"
>
> 청암부인은 이기채를 바라보던 시선을 않고 눈에 미소를 띠웠다.
>
> "허나 꼭 그렇게 허무하고 맹랑한 일만 아닐 것이니라."
>
> 끝을 눌러 맺은 청암부인의 말은 그 길로 온 마을에 퍼졌다.
>
> (1권, pp.158-159)

---

24) 황국명, 「『혼불』의 구술문화적 특성」, 『혼불과 전통문화』, 신아출판사, 2003, p115.

매안의 사람들은 마을 기근의 원인이 예로부터 전해 내려오는 설화에 찾는다. 우리는 양택의 풍수조건으로 배산임수를 명당이라 하는데, 청암부인과 마을 사람들은 "노적봉과 벼슬봉의 산자락 기운을 느긋하게 잡아 묶어서, 큰 못을 파고, 그 기맥을 가두어 찰랑찰랑 넘치게 방비책만 잘 강구한다면, 가히 백대 천손의 천추락만세향(千秋樂萬歲享)을 누릴 만한 곳이다," 라는 풍수전설을 믿고 염원하였던 풍요를 이루기 위해 저수지 건설을 실행에 옮긴다. 그동안 매안의 마을은 일제의 식민지 현실은 물론이고 주축을 이루는 매안 이씨의 몰락을 설화에 근거하기도 하였다. 청암의 남편의 죽음은 일제와 무관한 것이며, 연이은 기근으로 마을이 가난에서 헤어나지 못하는 부분이 말해주고 있다.

우리는 예로부터 토템이나 애니미즘적 민간신앙에도 의존하기도 하였다. 즉, 호랑이를 숭배하거나 큰나무, 큰바위, 달 등을 신성시하여 가족과 공동체의 안녕을 기원하기도 하였다. 해마다 정월 대보름이면 달집태우기를 하며 소원을 빈다. 매안의 마을은 일제의 근대적 문물에도 불구하고 예로부터 전승해오는 민간신앙에 의존하는 문화적 행사를 시행하고 있다.

> 그래서 해마다 정월 대보름이면 너나없이 그해 들어 처음으로 동산에 떠오르는 둥근 달을 보고 농사를 점쳤다.
> "대보름 달빛이 희연 그해에는 비가 많이 온다."
> "황토같이 붉은 달이 뜨면 한발이 심하다."
> "달빛이 깨끗하고 맑으면 풍년이 든다."
> ...중략...
> 그러면서 사람들은 달을 향하여 소원을 빌었다.(5권, p.166)

『혼불』에서는 달에게 소원을 비는 장면들이 많이 등장한다. 효원이 청암부인을 닮아서 가문의 대를 잇게 해달라고 비는 흡월정이나, 춘복이 신분상승을 위해 강실이를 취하게 해달라는 흡월정이 있다. 또한 마을의 풍년과 가족의 안녕을 기원하는 것으로 달에게 소원을 빈다. 달은 음기를 뜻하며, 여성의 생산을 기원하는 것으로 모성성을 나타낸다. 달빛의 색깔에 따라 풍년이 들 것인지 아니면, 가뭄으로 흉년이 들 것인지 예측하기도 하였다.

또 달은 공동체의 누구에게나 공평하게 비추고 있으며, 대보름날은 새로운 생산의 시작을 알리고 공동체의 결속력을 다지는 장을 마련해주기도 한다.

근본주의 전략과
디아스포라의 문화적 투쟁

『혼불』에서 정체성의 지리적 기원은 작중인물의 생각과 행동을 규율하는 중요한 단서이다. 살 길을 찾아 고향을 떠나 표랑하는 만주의 이주민, 유민들도 본향이나 고향에 대해 근본주의적 태도를 유지한다. 특히 매안 이씨 남성들은 유학을 하기위해 제국의 공간이나 만주 봉천을 향한다. 그러나 그들은 그곳에서 직업을 갖거나 정착하며 살아가지 못하고 고향이나 관향을 그리워하며 회귀하는 형태를 취한다. 그러나 기층민의 경우는 일제의 환위이민정책으로 만주로 강제 이주당하여 춥고 배고픔을 극복하고 조선의 둥지에서 서로 협력하며 살아간다. 그들도 역시 고향 매안을 그리워하거나, 매안 양반 종부인 청암을 그리워한다.

사이드는 "문화의 제국주의"에서 '이데올로기적 평정'의 역할을 문화가 수행하고 있다고 주창한다.[1] 식민화 시스템가동에서 식민화 교육으로 문맹에서 구제될 수 있겠지만 식민자의 언어를 배우는 것은 문화를 함께 답습하는 것이라 할 수 있다. 그것은 민족문화말살이며 식민주의자의 흔적이 어느 곳이든지 남게 된다는 것이다. 우리의 식민 현실에서도 민족문화말살정책이 잔혹하게 이루어졌다고 하겠다. 그러므로 물리적인 저항에 대처하기 위해 식민지 회색지대, 식민인 디아스포라 현상이 일어났다.

식민지 조선의 왕실은 무너지고 일제는 경성을 대륙침략의 병참 기지로 삼으려 근대적 도시의 모습을 계획하였다. 왜곡된 경성의 곳곳에는 카페나 싸롱, 근대식 백화점 등 식민지 도시로서 면모를 갖추었다.

---

1) 박홍규 역, 에드워드 사이드, 『문화와 제국주의』, 문예출판사, 2005, p.227.

디아스포라 공간의 만주에는 식민지 도시로써 인종적 기준에 의거하여 주거 지역의 격리를 원칙으로 하였다.[2]

1. 지리적 기원과 근본주의

1.1. 뿌리의 기원과 가격(家格)

종가, 종손, 종부, 가문을 강조하고 있는 것처럼, 『혼불』은 성씨의 지리적 기원이라 할 본관, 관향을 강조한다.

매안의 젊은이들은 교육을 받기 위해 전주나 여타 다른 곳으로 유학을 간다. 특히 매안 이씨가 전주를 관향으로 하는 많은 부분들에서 매안[3]과 전주는 직접적인 연결고리가 되고 있으며, 최명희는 매안과 전주에 대한 전통성과 애향심을 그려놓고 있다.

특히, 강모는 전주 이씨의 본향인 전주를 대하는 마음이 남다르다. 그는 종손으로서 책임보다 시대적 조류에 따라 신학문을 배우려고 유학을 한다. 그러나 그는 전주에 대해서는 어머니의 품과 같이 느끼곤 하였다.

---

2) 위르겐 오스트함멜 지음/ 박은영·이유재 옮김, 식민주의, 2005, p.141.

3) 매안은 동성마을을 형성하고 있으며, 동성의 문중어른들을 주축으로 우리나라 전통의 사회조직을 구성하였다. 이곳의 매안 이씨 씨족들은 '자작일촌(自作一村)'으로 400여 년 동안 집성촌을 이루고 살았다. 동성마을은 향촌을 이루는 근간이 되었으며, 종가를 중심으로 그 구성원들은 손색이 없는 행실을 해야 했다. 종가는 '봉제사나 접빈객' 즉 선조들의 제사를 받들고 집으로 찾아오는 손님들을 잘 접대해야 했다. 전경목, 「『혼불』을 통해서 본 전통기의 종족제도와 신분제도」, 『혼불과 전통문화』, 전북대 전라문화연구소, 신아출판사, 2003, pp. 258-261.

매안에서 전주는 그다지 먼 곳이 아니었고, 문중 어른들 출입도 잦았던 곳이며, 무엇보다 매안 이씨들의 관향이어서, 강모는 어려서부터 자연스럽게 전주에 대하여 많은 이야기를 들었다. 뿐만 아니라 이 유서 깊은 옛 도시에 모셔진 시조 할아버지 이한 공과 선조의 유적들에 대하여 강모는 각별히 여러 번 이기채한테서 듣곤 하였다.

"사람이 제 근본을 잃으면 안된다,"

아버지 이기채는 말 끝에 항상 이러한 다짐을 엄숙하게 두며,

"잊어서도 안된다." 고 눌러 일렀다.

"제 한 몸 제 핏줄에 대해서도 그렇거니와 한 나라의 근본 또한 결코 소홀히 해서는 안되느니라. 너는 지금 오백 년 아조(我祖)의 발상지로 공부하러 떠나는 것인즉, 조그만 자취에서 크고 깊은 뜻을 꼭 발견하고 깨달아야만 한다." 알겠느냐.

강모는 아직 당도하지 않은 전주땅이 미리부터 숙세(宿世)의 연(緣)처럼, 어린 그를 감아 들이는 것을 그때 느꼈던 것이다.

(8권, pp.112-113)

매안 이씨 가문의 관향인 전주는 문중 어른들이 많이 드나들었던 곳이었지만, 관향을 떠나온 매안의 남성들은 그다지 찾지 않는다. 다만 그들 선조들의 발자취만 있을 뿐이다. 강모는 어린 나이에 공부를 하기위해 전주를 찾는다. 그는 전주에 대한 생각이 남다르다. 그의 부친에게 들은 관향에 대한 이야기나 관향이라는 따뜻한 기운이 강모를 둘러싸고 있다. 가문의 원형이기도 한 전주에 대한 애정에서 뿌리의 시조가 중요하다는 것을 알 수 있다. 전주에서 시작된 이씨의 뿌리는 매안에서 발복하여 살아가고 있으며, 매안 이씨의 뿌리가 튼튼하기에 좋은 열매를 맺을 수 있다고 믿는다.

가문의 아들인 강모와 강태는 유학생이므로 일본 경찰로부터 지식인에 대한 요시찰의 대상이다. 그러므로 그들의 행동은 많은 제약이 뒤따른다. 문중 내부에서도 단발령과 창씨개명에 동참하는 인물

인 기표는 남 먼저 양복을 입고 단발을 하며 양반체면 따위를 버리고 창씨개명을 하자고 강조한다. 그는 "이 집의 재산을 지키기 위해서도 창씨개명은 불가피한 것"(1권, p.267)이라 힘주어 말하였다. 가문을 지키기 위해서는 일제의 동화정책에 순응해야한다는 주장을 펼치기도 한다. "이제 두고 보아 앞으로는 재산 있는 사람이 양반이 될 것이야. 돈이 양반이란 말이지."(1권, p.118)라고 기표는 근대자본주의 이념을 잘 수용하는 인물이다. 기채는 기표를 항상 옆에 두고 오른팔처럼 썼다고 한다.

식민지 폭력은 제국주의의 두 가지 무기인 지식과 권력으로 작동한다. 타자들에 대한 정치적, 경제적인 통제는 그들에 대한 지식 없이는 성공하기 어렵다. 지식은 한편 직접적으로 제국주의 지배의 수단으로 작용하지만, 다른 한편으로는 식민지인들이 스스로 자신이 지배자에게 종속되어 있다는 것을 확인하는 약식으로 기능함으로써 지배를 돕는다. 그것은 일제의 식민정책의 기본적 개념인 동화정책에 힘을 보탤 수 있는 부분이기도 하다.[4] 위 인용문에서 이기표가 드러내는 의식이 바로 그 증거이다. 종가의 책임자인 기채가 대종가의 명백을 이을 의지를 내비치며 전통과 법도에 따라 살아가야 한다는 의식을 가지고 있는 반면, 동생인 기표는 가문이 살아남기 위해서는 일제에 동화되어 순응하며 살아가야 한다는 의식을 드러낸다.

양반 여성인물들은 택호를 통해 신분의 정체성을 내면화하고, 양반으로서의 위엄과 품격을 유지하고 있다. 양반가 여성의 호칭에는 친정마을의 이름이 붙어있다. 이 택호는 여성의 정체성과 지위를 나

---

4) 한국학의 세계화 사업단·연세대학교 국학연구원 편, 『일제 식민지 시기 새로 읽기』, 혜안, 2007, p.69.

타내는 신분증명서와 같은 것이라 할 수 있다.

양반들은 호칭어의 경우 결혼풍습과 관련이 있다. 17세기 이전까지 남귀여가혼(男歸女家婚)5)의 결혼풍습이 이루어졌으며, 양반들은 그들끼리 혼인하여 대부분 처가살이를 하였기 때문에 처가의 마을 이름에 댁(宅)자를 붙여 불렀다.6) 그런데 부계친족들이 동성마을을 이루고 산후에도 이러한 풍조는 없어지지 않았다. 오히려 더욱 보편화되어 성혼(成婚)한 사람을 호칭할 때에는 반드시 처가의 세거지를 나타내는 택호를 사용하였다. 심지어 결혼하지 않은 사람을 호칭할 때에도 그의 아버지나 할아버지의 택호를 이용하여 '매안댁 큰아들' 혹은 '율촌댁 작은 손자' 등으로 불러 택호가 일종의 가명(家名)처럼 되어 버렸다.7)

청암부인의 택호 역시 그녀의 친정 동네 이름이 청암이기에, 매안 이씨 종가에 시집온 그날부터 그녀의 택호는 '청암댁' '청암부인'이 되었다. 그러나 양반들과는 달리 하층민들은 제대로 된 이름이나 택호를 가질 수가 없었다. 그러나 시대의 변화와 함께 하층민들도 스스로 택호를 지어 부르기도 하였다.

그리고 가장 중요한 것은, 이 택호가 혼인에 통혼(通婚)의 격을 상징한다는 점이다. 이른바 한 지방의 유명 사족(士族)인 망족(望族)으로서, 군

---

5) 고려시대의 경우, 결혼해서 남귀여가혼(男歸女家婚)이 일반적이었다. 이 같은 풍속은 조선 건국 후 국가에서 친영을 주장했음에도 불구하고 상당한 기간 동안 유지되었다. 조선 후기가 되어서야 반친영(半親迎)이 이루어졌다. 신랑이 신부 집에서 폐백을 행하는 삼일 우귀혼(三日于歸婚)이 사대부 양반들을 중심으로 행해졌다. 남성중심의 유교적 혼례방식이 정착되어간 것으로 볼 수 있겠다. 이남희, 「조선 사회의 유교화(儒敎化)와 여성의 위상」, 『원불교사상과 종교문화』 제48집, 2011, p.163.

6) 김복순 외, 『혼불과 전통문화』, 신아출판사, 2003, p.281.

7) 전경목, 앞의 논문, p.281.

과 도의 경계를 넘어 다른 지역 범위에까지 넘나드는 양반의 혼인에, 가격(家格)을 드러낼 수 있는 것이 바로 택호였다. 동네 이름이 그대로 박힌 이 택호만 들으면, 처의 성씨와 가문은 물론이고, 그 마을에 최초로 입거한 조상으로부터 오늘에 이르기까지, 가닥가닥 갈피갈피 내려온 문중의 내력이며 품격과 사회적인 지위나 위치가 소상히 밝혀지기 때문이다.

세거(世居)가문으로서 대대로 이름 있는 명문들과 이중 삼중 혼인관계를 맺어 과갈(瓜葛:오이와 칡)로 얽히고 또 얽힌 '양반'들은, 택호 하나로 모든 것을 손금 보듯 짐작할 수 있었던 것이다.

단순한 지명으로 마을 이름을 붙이는 것이 아니라, 아무 마을 아무골에 사는 누구 씨(氏)라면, 양반인지, 상인인지, 혹은 양반이라도 조상이 빛나서 인근에 울리는 명성이 있는지, 아니면 근본이 분명치 않은 '겨우 양반'인지를 한눈에 알 수 있는 것이어서, 택호는 성씨의 관향(貫鄕)과 마찬가지로 드러내는 손금 같은 것이었다.

이에 나무랄 데 없이 내노라하는 집안과 혼인하여 그 택호를 사용하는 것은, 안으로나 밖으로나 "우리는 이만한 지체의 집안과 혼인할 만한 동제 간으로서, 기꺼이 서로 자식을 바꾸어 통혼하는 가이다." 하는 것을 다지고 시위하여 떨치는 속뜻도 있었다.

그러니, 택호는 향촌 사회의 신분증명서 도장이었다.

앙혼(仰婚)을 즐거워하고 낙혼(落婚)을 꺼리는 것이 인지상정인지라, 그토록 확연히 드러나는 택호를 꿈에라도 거짓으로 차용해 볼까 하는 경우 없지 않겠지만, 그것만은 부모를 바꾸는 것과 같아서 안되는 일이었다.

(8권, pp.238-239)

『혼불』에서 양반인 인물을 주축으로 서사가 진행될 때는 양반 가문과 그들 여성을 호칭하는 호칭어가 구별되어 나타난다. 청암부인, 홈실댁, 인월댁 등으로 호칭어를 가진다. 가문의 자손들을 칭할 때도 매안 이씨의 누구누구라고 통칭하여 가문의 위상을 자랑하기도 한다.

그리고 택호는 처가살이와 관련이 깊다. 같은 형제나 부계친족들이 서로 지칭할 때 처가마을 붙여 택호를 붙여 부른다, 동성마을을 이루고 살면서도 부계친족 사이에 택호를 광범위하게 사용했다. 남

귀여가혼의 유습뿐만 아니라, 같은 마을에 사는 부계친족이라고 할
지라도 각기 처가의 지위에 따라 당사자의 지체를 달리 평가했다.
또한 같은 양반이라 할지라도 처가의 지위에 따라 가격(家格)이 달
라진다. 집안에 벼슬을 한 인물이 있을 경우 그 관직명이 택호로 사
용했다. 과거에 합격하여 진사였다면 '진사댁', 생원이었으면 '생원
댁', 또는 '판관댁', '감찰댁', '교리댁' '정승댁', 어질고 학식과 덕망이
높았다면 '문정공댁', '충양공댁'이라 하였다. 양반가의 호칭어는 그
들이 어디에 속해 있다는 것이 드러난다. 그리고 택호를 통해서 성
씨의 관향을 알 수 있으며, 그들에게 뼛속 깊이 새겨져 내려오는 증
표라고 할 수 있다. 기층민들은 택호를 가지는 것을 부러워하였다.

1.2. 근본주의의 위기와 극복방향

지리적 근원을 지키기 위해 근대 문명개화를 표방한 식민지 폭력
에 맞대응하기도 하지만, 폭력에 우회하고 순응하면서 식민문화에
동화되어야 가문이 살아남는다는 인물도 있다.

강태는 무산대중을 지지하는 프롤레타리아 성향을 보이고 있다.
"나는 다만 혁명을 통해서 평등 사회를 이루고 싶을 뿐이야." "형님,
그렇다면 혁명을 하십시오. 부디 찬란한 뜻을 이루어 주십시오......"(3
권, p.65)라고 강모는 자신이 직접적으로 나서지는 않지만 강태의
주장에 동조하는 의식을 가지고 있다.

> 이 필연적인 갈등 관계는, 이제 두고 봐라만 갈등으로 끝나지 않고 투
> 쟁으로 나아갈 것이며, 투쟁은 곧 혁명을 일으키게 될 것이다. 혁명은 이
> 론이 아니라 유혈(流血)이다. 자기의 존재에 대하여, 그 무엇의 영향이나

압제를 받지 않고 오직 자기가 책임을 지며, 자기가 제 존재를 스스로 성장 발전시켜 인생을 이루어갈 수 있는 사회야말로 바람직하지 않겠어? 그러나 부당하게 가진 자가 있는 한, 그런 사회는 영원히 오지 않는다. 불가능한 거야. 거기다가 가진 자나 자본 계급은 결단코 저절로 멸망하지도 않지.

또 자본 계급과 무산 대중이 평화스럽게 타협 할 수는 더더구나 없는 일이다. 결국 먹느냐 먹히느냐라는 사생결단의 피투성이 싸움이 있을 뿐이다.

이 두 계급에 싸움이 벌어진다고 할 때 너는 어느 편이냐, 그리고 나는 어느 편이냐.

(3권, p.50)

강태는 식민시기 근대 문물을 받아들이는 인물로 그려진다. 식민지인의 의식의 변화는 삶의 피폐현상에서 결정지어지기도 한다. 그는 어떻게 살아가는 것이 삶을 윤택하게 살 수 있는가를 고민하여 제국의 공간이나 만주 봉천을 유랑하기도 하며, 이데올로기를 결정짓기도 한다. 그는 자본 계급을 선택하는 인물이 아니라, 무산대중을 지지하는 프롤레타리아 의식의 소유자이다. 그의 주장은 신분차별로 인한 가진자와 못가진의 모순을 항상 피력하며 프롤레타리아 혁명만이 바람직한 사회라는 것이다.

할머니는 훨씬 지독한 착취를 하신 거다. 교묘한 방법으로 전혀 눈치 채이지 않게. 한쪽으로는 덕을 베푸는 척하면서, 소작인으로부터 빨아들일 수 있는 마지막 한 방울의 재산까지도 흘리지 않고 악착 같이 빨아들인 거지 (3권, p.60)

할머니가 생전에 이루신 엄청난 재산이라는 것이, 뒤집어 말하면 소작인들에게서 가장 많은 이윤을 남기고 그악스레 긁어모았다는 증거 밖에 더 되겠어? 정당한 물물 교환으로 할머니와 소작인이 서로 평등하게 이익을 나누었다면, 도저히 그런 재산을 모을 수가 없는 일이다.

(3권, p.62)

위의 인용문 중 강태의 의식에서 알 수 있듯이 청암부인은 노복들이나 마을 사람들에게 베풀 때에는 따뜻했지만 집안을 일으키기 위해 부를 축척하는 과정에서는 소작인들에게 "지독한 착취"를 한 악독한 지주로 평가된다. 소작인에 대한 그악스러운 행동이 아니었다면 가문이 일어나지 못할 것으로 생각하고, 집안과 마을의 이익을 위해서는 매서울 정도로 치밀하고 계산적이었다.

강태는 매안 이씨 자손이지만 많은 토지를 소유하지 못하였다. 그래서 그는 종손인 강모를 부르주아로 보고 있다. 토지는 만인이 공유해야 한다고 주장한다. "토지란, 분명히, 하나의 사회적 환경이야. 그것은 사유재산이 될 수 없는 것이다. 어느 한 특권 개인이 제 마음대로 이용할 수 있는 게 아니란 말이지."(1권 149)라고 주장한다. 그는 프롤레타리아 계급의 소유자로서 신분차별의 계급사회를 타파해야 한다는 것이다. 그가 할머니 청암에 대해서도 '악독한 지주이며, 착취로 인해 불어난 재산'이라 말하여 부정적 시각을 드러낸다.

갈등과 투쟁의 역사를 보면 강자와 약자와 종속관계에서 갈등이 필연적이다. "투쟁과 갈등의 역사도 긴 셈이지. 이들은 때로는 은밀히 암투로, 때로는 치열하게 끝임없이 싸워 왔으니까."(3권, p.47) 무산자는 필사적 저항과 유혈혁명의 투쟁을 일으킨다. 타성바지 쇠여울네는 남편이 죽고 혼자 살면서 황소를 공출해가는 일을 당하며 어려운 살림살이를 한다. 그녀는 이기채를 향해 무서운 폭동을 일으킨다. "그네는 쇠스랑으로 대청마루를 찍는다."(3권, p.31)그녀가 판 논

값을 주지 않는 기채를 향해 매안 양반 대청에다 쇠스랑을 내리치는 것은 무서운 싸움의 시작이다.

강태의 식민지 근대 사회구조의 근본적 모순에 대한 지적으로 "그 집이 얼마나 크기에요? 땅끄가 몇 대씩 들어앉아두 꿈쩍 안하게 넓고 튼튼한 지하실에다, 대리석 삼층집에, 난간두 외국제 대리석이구."(5권, pp.69-70)에서 봉천의 가진 조선인 집과 그렇지 못한 조선인 둥지와 차별을 피력한다. 강태는 사회주의 사상이 근대의 모순을 극복할 좌표가 된다고 주장한다.

> 이 필연적인 갈등 관계는, 이제 두고 봐라만 갈등으로 끝나지 않고 투쟁으로 나아갈 것이며, 투쟁은 곧 혁명을 일으키게 될 것이다. 혁명은 이론이 아니라 유혈(流血)이다. 자기의 존재에 대하여, 그 무엇의 영향이나 압제를 받지 않고 오직 자기가 책임을 지며, 자기가 제 존재를 스스로 성장 발전시켜 인생을 이루어갈 수 있는 사회야말로 바람직하지 않겠어? 그러나 부당하게 가진 자가 있는 한, 그런 사회는 영원히 오지 않는다. 불가능한 거야.
> 거기다가 가진 자나 자본 계급은 결단코 저절로 멸망하지도 않지. 또 자본 계급과 무산 대중이 평화스럽게 타협 할 수는 더더구나 없는 일이다. 결국 먹느냐 먹히느냐라는 사생결단의 피투성이 싸움이 있을 뿐이다. 이 두 계급에 싸움이 벌어진다고 할 때 너는 어느 편이냐, 그리고 나는 어느 편이냐.
>
> (3권, p.50)

강태는 약육강식이라는 사회진화론의 공리를 압제자와 피압제자, 자본가의 무산대중의 계급투쟁에 적용한다.[8] 그는 무산대중을 지지

---

8) 마르크스는 다윈의 저작이 자신에게 "역사 속의 계급투쟁을 분석하기 위한 자연 과학적 기반"이 되었다고 함. 질리언 비어/ 남경태 역, 『다윈의 플롯』, 휴머니스트출판그룹, 2008, p.144.

하는 프롤레타리아 의식의 소유자이다. 강태는 '가진자의 논리'에 대해 부정적 시각을 드러내고 강모는 강태에 대해서 장벽을 큰 느낀다고 한다.(5권, p.71)

사이드는 동양에 대한 담론에서 선지식과 선입관이 작용하면서 동양세계를 식민화하는데 기여했다는 것이다. 그는 서구의 동양 담론에서 동양의 실상과 무관하게 형성한 것으로 이분법적 사고를 지적하기도 하였다. 서구의 이분법적 인식에서 서구/비서구, 정신/육체, 남자/여자, 위생/불결, 문화/야만으로 인식한다고 하였다. 그러므로 서구의 문화담론에서 현실을 파악하고 규정함에 있어 피식민자는 열등한 문화를 가졌다고 규정한다는 것이다.9) 일제가 우리에게 행하였던 '미개한 조선'이 바로 그런 인식이다.

강호는 제국의 공간에서 부유하다가 매안으로 오랜만에 돌아오는 인물이다.

> "지금은 세상이 달라졌습니다."
> "달라진 세상을 어제 오늘 겪은 것이 아니다."
> "내일은 더욱 달라질 것입니다."
> "아무리 세상이 달라져도 옛법 또한 무시할 수 없는 법이다. 하기는 많이 달라졌지. 요새 종이 그게 종이냐? 종이 상전 노릇 한다. 너는 나가 있어 모르지. 상투 깎아 단발하듯, 옛법을 싹 깎아 버려도 되는 줄 알지만, 그어떤 법이 남아 내려올 때는 다 까닭이 있는 것이다."
> "필요하면 새법을 만들기도 하지요."
> "너는 일찍이 개명해서 바다 건너 동경까지 유학을 갔지마는, 나는 이곳에 남아 옛모양을 지키고 있다. 자고 이래로, 궁성이 있는 곳은 임금이 계시니 가장 옛법이 성할 것 같지만, 사실은 그 어느 곳보다 제일 먼저

9) 고부응 엮음, 『탈식민주의』, 문학과 지성사, 2004, pp.339-340.

외국의 문물과 새로운 법식을 받아들이는 곳이 왕실이다. 늘 외국으로 드나드는 대신들이 있고, 외국에서 들어오는 사신들이 있는 까닭이지. 그 연후에 궁궐 가까이 인접한 동네로 그것이 퍼진다. 그곳은 권문 세도가의 집들이 있는 곳인 탓이다."

이 나라에서 단발을 제일먼저 한 분이 누구이며 그곳은 어디이냐? 물론 이것은 불행하고 서러운 일이다마는, 경위야 어찌 되었든 결과로는 그러한 외래(外來)를 피할 수 없는 곳이 곧 궁성이요, 왕실이요, 권문세도가이며, 서울이니라. 그래 서울은, 나라 안에서 가장 변화가 빠른 곳이다. 전통을 지키기 어려운 곳이지.

허지만 향리는 다르니.

서울과 멀리 떨어진 곳 궁벽진 비산비야, 진부하고 고루하고 낡아빠진 유습이나 지키면서, 시대에도 뒤떨어져, 아무 쓸모 없는 구법에 얽매인 듯 보이는 향리의 선비나 아낙네들한테, 진실로 변치않는 이 나라의 전통은 남아있는 것이야.

그래서 낙후되는 면이 없지는 않지만.

네가 서울도 아닌 동경까지 가서 세법 많이 공부하였겠으나, 내가 여기서 지키고 있는 것들이 모두 하찮은 것은 아니다.

(8권, pp.263-264)

위의 예문은 동경 유학을 하고 온 강호와 이기채의 대화이다. 강호는 개명까지 하여 동경 유학을 다녀온 인물로 그려지고 있으며, 이기채는 매안 이씨 집안의 종손으로서 종손의 자리에는 충실한 인물이다. 그는 청암부인의 양자로서 법적으로는 종손이지만, 가문에서 실질적인 역할을 하지 못하는 인물이다. 그는 청암부인의 역량에 미치지 못하는 인물이다. 이기채의 위치는 종손으로서 종가에 가장 중요한 인물이지만, 이 종가에 허수아비 같은 존재로 그려진다. 그는 가문을 잘 리드하지 않으며, 식민상황에 적극적인 대응방식을 취하지도 않는다. 그가 지켜오는 매안 이씨 가문에서 양자라는 인식의 틀에서 벗어나지 않고 종손이라는 이름만으로 묵묵히 자리매김하고 있을 뿐이다.

단지 그는 매안의 대종가에서 자리매김하고 있는 것을 자부심으로 여기고 있으며, 근대를 극복할 리더십이 부족한 인물로 그려진다.

> "나라는 망하지 않았다. 내가 있고 네가 있고, 종중(宗中)이 있고, 이 마을을 저 마을이 모두 그대로 있으며, 자식들과 손자들이 자라고 있는데 왜 나라가 망했단 말이냐. 망했다 망했다 하지 말아라. 다만 잠시 나라의 이름이 덮여 있을 뿐인즉." 나는 아무것도 변하지 않았다. 아조(我祖)와 더불어 모든 것은 그대로이다. 이기채는 단호히 말하였다.
> (8권, pp.263-266)

강호는 이씨 가문의 인물로서 창씨개명을 하고 유학하는 인물이다. 그러나 기채는 종손으로서 가문을 걱정하고 지키겠다는 의지를 보이지만 말로써 피력할 뿐이다. 그는 양자로 대를 이은 종손이다. 비록 가문에서 힘이 없는 존재이지만 전통성을 주장하며 가문과 나라가 결코 망하지 않았다고 강조한다. 시대가 바뀌어 '속량'해야 한다는 강호의 주장에도 강력한 반대 의사를 표하는 전근대적 사고방식을 가진 인물로 볼 수 있다.

궁궐이 있는 서울은 근대적 문물을 받아들이는 동시에 왕실이 해체되었다. 민족의 구심점이 되는 궁성이 무너져 황국신민화 됨은 민족의 해체이며 국치이다. 매안 이씨 종가에도 신문물과 신분해체라는 근대 제도를 받아들이려는 인물도 있지만 그러나 전통성을 고수하려는 의지가 강한 인물에 힘이 실려 있다. 그러므로 강력한 힘과 투쟁 없이는 전통을 지켜가기가 쉽지 않다.

파농은 피지배자들은 탈식민 투쟁을 통해 식민주의를 전복시키지 않고서는 자신들의 전통문화를 찾을 수 없다는 것이다. 특히 식민지 국가들에 있어 전통이란 근본적으로 불안정하며 과거로의 원심적 경향을 갖는다고 보았다. 식민지배자가 소멸시키고자 하는 문화를 추구하는 것은 민족적 의지를 표현하는 것이며, 그것이 관성의 법칙에 의한 반작용으로 끝나서는 안 된다는 것이다.

식민 지배자는 헤게모니를 확장하기 위해 그들의 문화를 식민지에 이식시키려고 한다. 그러나 피식자들은 지배자의 원래 의도와 다르게 해석하거나 지배자가 예상하지 않았던 방향으로 사용할 수 있다. 문화의 이식과정은 언제나 '혼종화'[10] 라는 대가를 치르게 된다. 식민지인은 지배자의 문화를 일부분이라도 받아들이는 경우가 있다.

바바는 문화적 다양성을 말하는 데, 일본 왕실의 근친혼을 두고 볼 때도 많은 차이가 있다. 그의 '잡종성(hybridity)'의 개념에서 식민지인의 문화적 정체성은 백지상태가 아닌 얼룩진 상처 위에 구축된다고 하였다. 지배자와/ 피지배자의 관계에서 지배자는 자신들의 문화를 주입시키고자 하며 피지배자는 잡종이 된다는 것이다. 바바의 잡종성 개념은 긍정적인 개념으로 보기만은 어렵다. 우리는 조선시대의 유습을 답습하고 있기에 "얼굴도 본 일이 없으나 한번 정혼하면 설령 그가 미처 초례도 치르기 전에 죽는다 할지라도, 규수는 평생 홀로 소복을 입고 절개를 지켜 수절해야 하는 것일까.", "이곳과

---

10) R. Young에 따르면 혼종성(hybridity)이라는 단어는 19세기에 주로 많이 사용하기 시작했다. 그 단어가 인간에게 처음 본격적으로 사용되었던 19세기의 식민 담론에서 기독교의 창조론이나 계몽주의의 보편적 이성에 기반을 두고 인간을 동일한 종의 기원으로 설명하는 단일기원론을 누르고 서양의 인종적 우월성을 강조하기 위해 인종을 본질적으로 혼합될 수 없는 다른 종으로 주장하는 복수기원론이 등장한다. 특히 복수기원론의 일종인 복원론(reversion theory)은 인종을 서로 다른 혼합될 수 없는 본질적인 정형으로 나누고 일시적인 혼합도 궁극적으로 본래의 종으로 복원된다고 주장함으로써 서양의 인종차별주의 기초를 제공한다. Robert Young, Colonial Disire: Hybridity in Theory, Culture and Race(London: Routledge, 1995), p.13-19, 고부응 편, 『탈식민주의 이론과 쟁점』, 문학과 지성사, 2003, p.238-239 재인용.

저곳에는 다른 진리. 일본의 왕실은 근친끼리만 혼인한다고 들었다."(10권, p.197) 문화적 차이로 서로 다른 진리라고 인식하는 것에서 우리는 일본문화를 두고 야만(미개)하다고 규정하고 있으며, 일본은 우리를 미개한 조선인이라 규정짓는다.

이곳과 저곳에서 다른 진리. 일본의 왕실은 근친끼리만 혼인한다고 들었다. 대한제국의 마지막 황태자 이은공(李垠公) 전하, 영친왕(英親王)이 비록 정략결혼이지만 왕비로 맞이한 마사꼬(方子)는 일본의 왕족 나시모또(梨本宮)의 맏딸로서, 사촌인 천황 히로히또의 비(妃)가 될 것을 누구도 의심치 않았었다.

아이 낳고 사는 것이 축복인 사촌과, 만약에 그리하면 하늘 아래 얼굴을 들고 살 수 없는 형벌을 받아야 하는 사촌. 마사꼬는 아이를 낳을 수 없다는 진단이 내려 사촌의 황실에서 버림을 받았고, 무자(無子)하여 조선왕조 대가 끊기라고 영왕에게 보냈다 한다. 그러나 우리나라는 조선에서는 사촌간이 상피(相避)를 저질렀다 하면 개 짐승 돼지만도 못한 년놈, 패륜아로서 맞아죽어도 죄는 남는 치욕이라 한다.

(10권, pp.197-198)

식민주의 또는 지배적 시기에 혼종성은, 피식민지인과 피식민 사회를 제국주의 지배 권력에 동화・통합시켜 식민통치를 강화하는 수단으로 악용된 것이다.[11] 일제는 1920년대 사이토 총독에 의해 잡혼책을 감행한다. 영친왕과 일본인 마사꼬와 혼인은 조선이 강조하는 순수한 혈통에 위반하는 것이며, 조선의 왕실에 피의 혼종성을 꾀하려는 것이다. 일제는 후손을 생산할 수 없는 마사꼬와 영친왕의 결혼을 강제로 감행한 것은, 조선왕실의 대를 끊으려는 그들의 폭력적

---

11) Bart Moore-Gilbert, 『Postcolonial Theory : Contexts, Practices, Politics』(Verso, 1997), 이경원 역, 『탈식민주의 : 저항에서 유희로』, 한길사, 2001, p.433.

행위로 볼 수 있다. 사이토 총독이 표방한 기만적인 문화정치의 상징으로서 본인의 의사와 관계없이 결행된 정략결혼이었다는 것이다.[12] 『혼불』에서 남성들은 부재하거나 살길을 찾아 부유하였지만, 뚜렷한 직업이나 학업에서 큰 성과가 없다. 그러므로 남성의 기개는 힘없는 국가의 상징처럼 여성의 능력을 뛰어넘지 못하고 있다. 청암 부인의 양자 기채는 가문과 사회에서 힘있는 남성이 되지못하고 있으며, 손자 강모도 열애의 열정처럼 사회구성원으로서 큰 능력을 발휘하지 못한다.

"답답안 일이야."

"가문, 가문 하지만 그도 다 선대적 말입니다. 팔한림(八翰林)에 열두 진사(進士)가 나고 정승, 판서 즐비하게 했다는 족보가 자랑이 아닌 것은 아니올시다마는 이 당장에 그 후손인 우리는 무엇으로 가문을 빛냅니까? 벼슬을 하려니 조정이 있기를 합니까아, 충신이 되자니 임금이 계시기를 합니까.

거기가 선비로서 갈고 닦은 학문으로 후학(後學)을 기르자니 학동이 있기를 합니까. 죽림칠현(竹林七賢)이 되자 해도 대밭이 없는 세상 아닌가요? 도대체 무얼 가지고 이 가문을 번창하게 할 수 있겠습니까? 체면, 체면, 지금 이 세상 돌아가는 난국이 어디체면 있는 세상인가요? 상놈이 상전 되는 세상 아닙니까아, 왜놈들이 상감노릇 허는 것을 눈 뜨고 보고 있을 수밖에 없는 무력한 백성이라면, 솔직히 무력헌 것을 인정하고 쓸데없는 양반 체면 따위에 매이지 말 일입니다.

... 중략 ...

기표의 음성은 꼬챙이처럼 이기채의 심정을 아프게 쑤신다. 그럴수록 이기 채는 정신이 헛갈릴 만큼 어지러워 저절로 탄식이 터져 나왔다. 그리고 움켜지고 있는 것들을 송두리째 누구에겐가 떠맡겨 버리고 싶어진다.

(2권, pp.75-76)

---

12) 박성진, 『사회진화론과 식민지사회사상』, 선인, 2003, p.117.

기표가 말하는 나라 잃은 우리의 현실은 '왜놈이 상감노릇'하는 것으로 조선의 왕실이 무너져버려 제국의 폭력에 저항도 못하고 있음을 알 수 있다. 지방 향리의 한 양반 가문 종가 또한 큰 위기에 처해있는 형국이다. 그러나 종가의 책임자인 기채는 무력하나마 대종가의 명맥을 이을 의지를 가지고 있다. 종부인 청암부인의 유지를 잇는 기채는 빈 종가일지라도 뿌리까지 뽑힐 수 없다는 의식을 갖고 있으며 이 의식은 소설의 전반적인 바탕에도 깔려있다. 그러나 동생 기표는 일제에 동화되어 살아가야 가문도 살길이라고 말한다.

『혼불』은 식민지 근대화 태동이 일어나고 있고, 신분해제가 감행되고 있는 시기를 그린다. 그러나 매안은 궁성이 있는 서울과 다른 지방 향촌은 근대화가 진행되지 않았으며, 신분제도가 남아있어서 하층민들은 양반가의 지배적 영향을 받고 있었다.

양반 집성촌의 공간은 위치적으로 안정되어 있는 양지바른 곳에 있다면, 하층민은 언덕 언저리나 산 쪽에 위치하여 양반 집성촌과 떨어진 곳에 있다. 삶의 공간과 죽음의 공간은 신분에 따라 세분화되어 배치되어 있다. 거멍굴은 그야말로 해가 잘 들지 않는 지역으로 해가 드는 명당인 매안과는 대조를 보이고 있다.

> 거멍굴은, 정거장에서 남쪽으로 내려가는 철도와 이만큼한 거리에 나란히 길이 난 산 밑을 따라 한 식경쯤 걸으면 보이는, 근심바우 옆, 몇 가호 옹색한 마을이다.
> ...중략...
> 이런 벌족한 동성(同姓) 마을의 이만큼에 외따로 멀리 물러앉은 여남은 집 산성촌(散姓村) 거멍굴은, 서로 생업이 달라 세 무더기로 끼리끼리 이마를 맞대고 있었다.
> (3권, pp.246-247)

문화란 고정되어 있는 것이 아니라, 시대와 환경에 따라 변화한다. 하지만 『혼불』의 매안은 전근대적 신분제도라는 사회규범들이 억압과 규제의 틀을 형성하고 있다. 그들에게는 신분에 따른 삶과 죽음의 공간이 틀에 의해 구성되어 있다. 즉, 주거공간은 신분에 따라 세 층위로 분리되어 있다.

신작로가 나서 근대적 신문물이 도로를 타고 들어올 수도 있었지만, 그들은 지금까지 살아왔던 것처럼 살아간다. 그들의 공간은 분리되어 있고 그 벽이 높기 때문에 소통의 한계가 있을 수 있다. 그러나 이런 공간의 장벽도 근대화 흐름에 점진적으로 해체되며, 이에 따른 전통적인 신분서열에 대해 기층민들은 동요하는 시선을 드러낸다.

> "나 원, 시상이 달러졌다, 달러졌다, 허드라만 그거이 다 말뿐이제 실상 머 달라징 거이 있능가? 그대로제. 쥐뿔이나 가진 거이 있어야 재주를 넘든 용을 쓰든 달러지제, 아 손바닥 뻴그런디, 쥔 것 없는 맨손 바닥에, 하대 받고 살든 그 자리서, 하루아칙에 달러지먼 대관절 머이 달러진당 거이여? 안 달러져. 그대로여. 나라가 망해 부러도 양반은 양반이고, 상놈은 상놈, 종은 종이여. 무단히 넘의 불에 개 잡을라고 말어. 그러다가 매급시 지 머리크락이나 꼬실러제."
>
> (4권, p.115)

식민지 상황이지만 근대화가 진행되면서 근대 자본의 개념은 삶의 방식까지 바꾼다. 매안의 양반가에서도 창씨개명을 하는 인물이 나타난다. 종가의 장자 '기채'와는 달리 '기표'는 상투를 자르고 신식 양복을 입는다. 기층민은 비아냥거리며 신분제의 생명력이 다함을 감지한다. 남성의식에서 국가적 혼란에 위기의식을 보이기는 하지만 그것은 크게 작동하지 못하고 있기도 하다. 근대위기와 변화에 동요를 보이지만 가문의 중심을 이루는 큰 맥의 흐름을 끊어버리지는 못하고 있다. 위의 예문에서도 기표의 의식과 기채의 의식은 한 가문의 남성이지만 대립을 보이고 있다. 그러나 기채의 의식이 꺾이지 않는 모습이 드러난다.

2. 지리적 이동과 문화적 투쟁

2.1. 만주에 대한 환상과 디아스포라 고난의 삶

탈식민주의가 식민화를 전제로 한 용어로 공간적 함의를 토대로 성립한 개념 이다. 식민화(colonization)는 결국 필연적으로 지정학적인 문제와 결부되기 때문이다. 다시 말하면 탈식민주의가 지배자와 피지배자라는 구조적 현상을 그 핵심적 인식소로 설정하고 있다는 점에서 그것은 이미 공간적 성격을 강하게 드러내는 이론이다. 그 공간의 의미도 디아스포라 회색지대인 제3의 공간도 식민지배자의 힘이 미치는 공간이라면 포함될 것이다. 탈식민주의 공간적 함의에서 자아와 타자, 그로부터 발생하는 차이(difference)의 문제를 불러일으킨다. 이외에도 탈식민주의는 핵심적인 부분을 차지하고 있는 이산(diaspora), 흉내 내기(mimicry), 이원론(manicheanism), 문화이입(transculturation) 같은 개념도 결국 이러한 공간적 함의와 직접적 관련이 있다.13)

즉, 피식민자인 우리는 디아스포라 공간에서 흉내 내기와 문화이

13) 고부응 엮음, 『탈식민주의- 이론과 쟁점』, 문학과 지성사, 2004, pp.258-259.

입이 일어날 수 있다. 매안의 디아스포라들은 서구 열강들과 함께 동아시아 열강에 비교하여 '미개한 조선인'이다. 우리에게 주어진 공간은 한정되어 있고 요시찰의 대상이었다. 디아스포라들은 제국의 감시와 폭력적인 삶에서 동포애를 갖는 계기가 되었다.

만주 봉천으로 이주했던 매안 기층민들은 애환과 죽음, 폭력이 난무한 생활이 이어진다. 그들에게 가해졌던 폭력은 공간적 함의 속에 훨씬 명확하게 드러나고 있다. 일제는 조선을 수탈할 목적으로 춥고 배고픔과 죽음이 도사리고 있는 만주 봉천으로 이주할 것을 종용하였다. 그러므로 땅을 소유하지 못한 소작농이나 하층민들은 부푼 꿈을 안고 꿈을 안고 유토피아를 찾아 만주 봉천을 향했다. 그러나 그들은 질병과 고통이 난무하였지만, 그들이 살아남기 위해 돌밭을 옥토로 일구는 피나는 노력을 하였다.

『혼불』의 후반부에는 중국 봉천으로 이주해 간 사람들의 이야기가 나오고, 나라를 빼앗긴 사람들의 처참한 삶이 그려진다. 일제식민지라는 시대적 현실은 자국을 떠나 불모지인 만주로 강제 이주당하는 수난의 현실이었다. 그것은 매안에도 제국의 강력한 힘이 뻗혀 만주로 강제 이주당하는 일이 일어났다. 우리의 디아스포라들은 만주 봉천에서 제국의 폭력 앞에 차별적인 삶을 살아가는 모습이 뚜렷이 드러난다.

> "조선에 송곳하나 박을 땅이 없어 중국까지 왔다가, 더 지독한 꼴을 당하는 사람이 어디 한둘이야요? 오나 가나 없는 놈만 불쌍하지." 주인 김씨는 저 사람들 때문에 걱정이 태산 같다고 한숨을 쉬었다.
> "대체 땅이란 무엇이고, 그 땅의 주인이란 또 무엇인가."
> 내놓고 말하지는 않았지만, 강모는 스스로 묻고 있었다.
> (10권, pp.230-231)

하층민의 경우는 만주가 유토피아라는 거짓으로 유린당하였다. 젖과 꿀이 흐르는 곳인 줄 알고 갔던 곳은 추위와 기아가 만연한 곳이었다. "더 지독한 꼴"을 당하였던 것으로 디아스포라들이 겪는 고통이 여실히 드러난다. "서탑거리는 원래 조선 사람들의 둥지라, 구역 안에 서만큼은 중국이라는 생각이 들지 않았다. 서로가 기구하여 이곳까지 굽이굽이 흘러온 여울물들이라, 반상을 가릴 것도 없고 택호를 따질 것도 없어서 서로 부를 때는 편리한 대로 하였다."(10권, p.233) 디아스포라인들은 오나가나 농사지을 땅이 풍족하지 않아 살아가기가 쉽지 않다는 것이다. 디아스포라 공간에서 더 지독한 고생을 하였다. 그들이 살아가는 곳을 '둥지'라는 표현에서도 알 수 있듯이, 금수가 살아가는 공간으로 대비시켜 놓았다. 식민자는 둥지처럼 조선인만 모아놓고 한정된 공간에서 살아가게 하여 감시의 공간으로 규정지웠다.

근근이 겨우 입에 풀칠이나 하며 겨우 죽기나 면하고 사는 처지인데, 만주 개척단인가 무엇인가 하는 일본 사람들이 매일 찾아와서 "만주로 가라, 그곳은 낙토다. 일망무제 끝없는 옥토가 손 닿는 곳 발 닿는 곳까지 모두 너희 것이다. 가서 마음대로 지어 먹어라."고 떠들어대면서 반강제로 이민 살이를 권하는 통에

"행이나 중국에 가면, 여그보돔이야 좀 낫게 잘 살랑가." 싶어서 우리도 이민들 무리속에 끼었다.

그해 내가 갓 스물이었다. 시집와서 벌써 팔 년이 지난 것이다. 만주로 가는 이민들은 모두 한곳에 모여 같이 갔는데, 조선에서 떠나, 중국땅 국경을 넘어 안동군에서 기차를 갈아타고, 얼마나 가는지. 내다보기조차 지루하기 짝이 없더니. 한곳에 이르러

"내리라."는 말을 들었다.

요녕성에 있는 '영구'라는 곳이었다.

(10권, p.269)

대부분 만주로 이주하였던 사람들은 땅이 없었던 조선의 기층민
으로서 그곳이 '낙토'라는 거짓 종용을 믿고 이주하였다.

강제이민이었지만 꿈을 안고 갔던 곳은, 그들이 살았던 조선보다
이중 삼중으로 수난을 당하는 가난한 매안 사람들을 그려 보이고 있
다. 그들이 돌밭을 황무지로 개간하여 농사를 짓는 억척같은 삶을
살았지만, 그 노력은 물거품으로 돌아간다

> "그 고리빼미서 만주로 가 자리를 잡았다는 사램이 하나 있었그덩요.
> 양판식이라고. 그 판식이가 일본 만척(滿拓)을 따러 영구라는 디로 갔다
> 는 말을 듣고, 한번 찾어볼라고 했지요. 첨에는."
> '만척'이라면 1936년 일본 총독부에서 조선의 경성과 중국의 신경에
> 다 세운 '만선척식주식회사(滿鮮拓植株式會社)'를 줄여 부르는 간칭이다.
> "일본이 만주 동북지방을 소리 없이 독점하여, 중국을 침략하는 데 필
> 요한 식량 생산 기지로 만들며, 적극적인 환위이민(煥位移民) 정책을 실
> 시함으로써 써 장차 동북에서 저들이 세력의 범위를 넓히어, 드디어는
> 이곳을 조선과 같은 식민지로 만들고자 하는 것이 일본의 야심이지."
> '환위이민'이란 말 그대로 자리를 바꾸는 이민인즉.
> 조선 이민들을 중국의 동북지방인 남만주 요녕성과 북만주 흑룡강성,
> 그리고 동만주 길림성으로 동북 대량 이주시켜, 이미 식민지 백성이 된
> 이들을 이용한 영토 확장을 꾀하고, 조선 땅에는 일본의 이민들을 대대적
> 으로 이주시켜 점차 조선을 제이의 일본으로 만들겠다는 정책인 것이다.
> (10권, pp.123-124)

일제는 우리민족을 중국의 척박한 만주 땅에 반 강제적으로 이주
시키고 자신들은 조선에서 영화롭게 살겠다는 술책으로 감행되었다.
만주로 이주해간 조선인은 조선에서도 파산 농가가 아니면 빚에 쪼
들린 사람이었다. 만주로 이주해간 사람들은 그곳의 집단농장에 배
치되어 마치 노예처럼 비참한 삶을 살고 있다. 일제는 만주를 비옥

한 무산천리라고 선동하며 호의호식 할 수 있는 곳이라 거짓선전을 하였고, 어리석은 우리의 농촌 중·하층민들은 환위이민정책에 속았던 것이다.

식민 지배자는 헤게모니를 확장하기 위해 그들의 문화를 식민지에 이식시키려고 한다. 그러나 피식자들은 지배자의 원래 의도와 다르게 해석하거나 지배자가 예상하지 않았던 방향으로 사용할 수 있다. 문화의 이식과정은 언제나 '혼종화'[14] 라는 대가를 치르게 된다. 그 과정은 식민지로 유입되는 경로가 있는 반면에 식민지배지나 제3국에서 이루어지기도 한다.

만주 봉천에서 조선인이 받은 고통은 말할 수 없을 정도였다고 빌립목사가 전하는 글을 심진학 선생은 강태와 강모에게 보여준다.

　　만주에 오는 조선 이민의 고통은 너무나 극심하여, 그들의 불행을 실제로 목격하는 사람조차 완전하게 묘사할 수 없다.
　　엄동설한 겨울날 영하 사십 도의 매서운 혹한 중에 홑겹 삼베옷이나 다 떨어진 무명 백의를 입은 조선 난민들은 혹 열 명, 혹 스무 명, 혹은 쉰 명 씩 떼를 지어 말없이 산비탈을 기어서 넘어온다.
　　그들은 만주의 나무 많고 돌 많은 산변 척박한 땅에서 한 가닥의 살 길을 얻기 위해, 신세계를 찾아 저처럼 몰려오는 것이다.
　　거기서 그들은 악전고투를 마다하지 않고 꾸준히 노력하여, 중국인 밭 곁에 오래도록 버려진 산자락 불모지 척박한 땅을, 오직 호미와 괭이

---

14) R. Young에 따르면 혼종성(hybridity)이라는 단어는 19세기에 주로 많이 사용하기 시작했다. 그 단어가 인간에게 처음 본격적으로 사용되었던 19세기의 식민 담론에서 기독교의 창조론이나 계몽주의의 보편적 이성에 기반을 두고 인간을 동일한 종의 기원으로 설명하는 단일기원론을 누르고 서양의 인종적 우월성을 강조하며 등장한다. 특히 복수기원론의 일종인 복원론(reversion theory)은 인종을 서로 다의 종으로 복원된다고 주장함으로써 서양의 인종차별주의 기초를 제공한다. Robert Young, Colonial Disire: Hybridity in Theory, Culture and Race(London: Routledge, 1995), p.13-19, 고부응 편, 『탈식민주의 이론과 쟁점』, 문학과 지성사, 2003, p.238-239 재인용.

로 일구었다.

... 중략...

많은 사람들이 극심한 식량 부족으로 죽었다.

어린이나 노약 부녀자들뿐만 아니라 건장한 청년들도 얼어 죽었다.

그리고 이 비참한 생활 속으로 무서운 질병이 파고들었다.

(10권, pp.12-13)

예문에서 유토피아를 꿈꾸며 만주행을 감행했던 식민자들의 모습은 비참하기 이를 데가 없다. 그곳 역시 식민자의 폭력이 미치는 공간으로 생명부지의 땅에서 초근목피로 연명하는 조선인의 참혹한 실상이 역력히 드러나고 있다. 식민지 현실에서 탈피하는 꿈을 꾸며 제3의 공간인 신세계를 향하였지만 추위와 질병이 더해져 고통은 극심하였다.

제국의 근대적 공간을 동경하거나 제3의 공간을 향한 근대적 인물이나 하층민들의 욕망은 무산되어 견딜 수 없는 영하의 추위에 생명을 부지하기 어려울 정도였다. 신세계를 동경한 그들의 꿈은 오히려 더 참혹한 죽음과 공포의 공간이었다. 즉, 만주는 근대도시공간으로 그려지고 있지만 제국은 우리 디아스포라에 대해 폭력을 자행하고 파편화된 공간으로 그려진다.

그것은 그것을 누릴 만한 일본 사람들을 위해서, 계획된 국제도시 봉천답게 꾸며진 것일 뿐, 제 인생을 몽땅 꾸려서 이 한 보따리에 구겨 넣고, 거기 제 목숨을 부지해 넝마처럼 널부러져 있는 유랑민, 떠돌이, 쿠리와 식민지의 백성들한테는 한낱 절박한 생존 너머 빛나는 노리개 장난에 불과한 장식물로 보였으리라.

흐릿한 눈동자가 허공에 풀려 맺힌 곳 없는 노인네 곁에서, 깡마른 청년이 안내판을 뚫어지게 바라보았다.

전국 철로 주요 역의 열차 발착 시각표와 요금표가 대문짝만한 판대기에 깨알 겉은 한문자로 씌어 있었지만, 부서방은 읽을 줄도 모르고 읽을 필요도 없었다.

北京方向(북경방향)

牧丹吉林方向(목단길림방향)

大連方向(대련방향)

哈爾濱方向(합이빈방향)

새빨간 글씨가 현판 앞에도 사람들은 몰려 있었다.

검은 안경을 끼고 콧수염을 기른 남자 하나가 푸른빛 도는 보라색 짙은 중국옷을 입고, 입술을 굳게 다문 채 고개를 숙인 모습으로 뚜벅뚜벅 걸어간다. 아래층에는 누군가 올라온다. 층계 계단 옆구리 창문은 기다란 말발굽 모양인데 창살을 빗금과 곡선으로 장식해서 이국적이었다. 저 아래층에는 끝 간곳 모르게 길고 거창한 규모의 동굴 같은 지하도가 있다고, 여기가 봉천역이라고 일러준 사람은 말했었다.

(10권, pp.77-78)

국제도시로서의 면모를 갖춘 봉천은 교통의 중심지로서 많은 사람들이 오가는 유동적 공간이며, 다양한 문화가 혼재되어 있는 공간이다. 그곳은 개방성과 혼종성을 지니는 근대적 글로벌 공간으로 발전되었지만, 조선인은 근대적 공간의 주인이 되지 못하였다. 타자화된 조선인은 그 공간에서 현실을 적응하기 위해 부지런한 생활태도로 극복해나가지만, 고향 매안의 공간으로 복귀하려는 경향이 두드러지게 나타난다. 매안의 사람들은 식민현실로 인한 곤궁한 생활에서 벗어나고자 만주 봉천으로 향한다. 그들이 유토피아를 찾아서 간 곳은 제국의 힘의 논리가 여전히 작용되는 곳으로 식민지인에게는 그다지 환상적인 공간이 아니었다. 식민지 조선인은 한낱 떠돌이 유랑민으로 전락되어 있었고, 그들은 회색인, 경계인일 뿐이다. 봉천은 북경, 길림, 대련, 합이빈의 중심에서 그 어느 공간으로 이동할 수 있었지만,

그 어느 곳도 우리에게는 더 나아질 공간이 없다는 것이다.

봉천 서탑거리의 조선인들은 3등 국민으로 전락되어 있고, 일본 경찰의 감시 하에서 살아간다.

> 야마또 광장에서 기념관 광장까지 내려오는 신작로 양쪽에 즐비하게 서있는 것은 거의 모두 일본인의 관공서나 학교, 공공건물들이었다. 그래서 혹 일본 사람이라면 모르겠지만 조선 사람이나 중국 사람들은 그 근처에 가기도전부터 미리 오금이 붙어 앉은뱅이 걸음을 하였는데,
> ...중략...
> 전보, 편지, 소포, 송금 따위를 가릴 것 없이 조선이고 일본이고 로서아고 간에 일단 중국 내 주소가 아닌 곳으로 보내려 할 때는 무조건 봉천 중앙우정국, 즉 춘일정 네거리 우정국으로 가지고 와야 했다.
> 봉천 중앙우정국 규모는 어마어마하였다.
> 사실은 그래서 조선 사람들은 우편 용무가 있어도 냉큼 그 안에 들어 서지지 못하고 쭈밋쭈밋 바깥에서 머뭇거리기 일쑤였다. 물론 중국 사람들은 더 말할 나위도 없었다.
>
> (5권, pp.87-89)

장소는 근대의 제국주의적 계획에 의해 철저히 왜곡된 이념화된 표상물이다. 식민지 조선인은 디아스포라 제3의 공간에서도 구획 지어져 산다. 그들은 일제의 근대식 공공건물에 제압되어 있으며 자신감 있는 행동을 취하지 못한다.

매안 사람들이 제3의 공간으로 강제 이주당하거나 제국의 공간에서 유학하지만 동화되지 못한 삶을 살아가는 모습이 드러난다. 그러나 다채로운 문화가 공존하는 디아스포라 봉천의 공간은 고통스러운 공간이지만, 그들은 풍요로운 미래를 꿈꾸며 살아간다.

2.2. 디아스포라 문화투쟁

봉천이라는 도시는 다양한 사람들이 살아가는 도시로 그려놓았다. 특히 심진학 선생까지 만주 봉천의 디아스포라 대열에 합류하게 된다. 그는 교육의 현장에서 민족주의 의지가 뚜렷하였으며 문화저항의 방법으로 식민자에 저항하였다. 그는 혁명적인 급진민족주의자는 아니지만, 역사선생으로 재직하면서 학생들에게 역사의식을 강조하며 우리의 정체성을 심어주려 하였다. 심진학 선생은 봉천의 비밀독서회에 가담하여, 우리 문화의 정체성을 지키기 위한 노력에 앞장서 있다.

만주 봉천에서는 우리글을 잃어버리지 않기 위해 유학하는 젊은 이들이 주축이 되어 '비밀 독서회'를 조직하여 우리글을 가르친다.

> 우리 독서회라는 모임도 마찬가지였겠지.
> ……중략……
> 현황들을 뜨겁게 이야기했으나, 그것은 한낱 힘없는 달걀들의 무모한 몽상이요, 벙어리 시늉일지도 몰라.
> 눈멀고 귀먹어 민둥하니 낯바닥 봉창이 된 달걀, 껍데기 한 겹, 그까짓 것 어느 귀퉁이 모서리에 톡 때리면 그만 좌르르, 속이 쏟아져 버리는, 알 하나.
> 그것이 바위를 부수겠다. 온몸을 던져 치면, 세상이 웃을 것이다.
> 하지만 바위는 아무리 강해도 죽은 것이요, 달걀은 아무리 약해도 산 것이니, 바위는 부서져 모래가 되지만, 달걀은 깨어나 바위를 넘는다.
> 저 건강해 보이는 일본 제국주의 철옹성, 살인적인 압박과 폭력도 달걀 한개를 이길 수 없는 날이 반드시 올 것이라, 우리는 믿었지. 달걀에는 생명이 있기 때문이었다.
>
> (10권, p.30)

디아스포라 공간에서 그들은 독서회를 조직하여 글을 읽고 역사 공부를 하는 것으로 민족의 정체성을 지켜가려고 노력한다. 제국의 공간이나 제3의 공간은 근대적 물결이 일어나고 있는 곳으로, 그곳에서 뿌리를 잃지 않고 살아간다.

식민폭력은 현실화되어 구체적인 행동으로 나타난다. 즉, 일제 식민폭력이 물질화된 것이라면 조선에서의 저항은 사상화되고, 내면화되며, 정신화된 저항이라고 할 수 있다. 그들의 폭력정책에 우리는 완전히 굴복한 것처럼 보였지만, 그것은 표면적일 뿐 실제로는 이같은 저항의 내면화가 이루어지고 있었던 것이다.

위의 예문에서 보듯이 나약한 조선인은 "달걀들의 무모한 몽상"이며 계란으로 바위를 친다는 것은 오히려 생명력을 상실시키는 일이라 생각한다. 계란에는 생명력이 있다는 것으로 우리 조선인의 의지와 민족혼이 살아 있음을 나타낸다.

> "봉천이 이상한 도시예요. 그런 중국인 동네가 있는가 하면, 참 죄송스러운 말씀입니다만, 조선인 쪽 동네에는 '빠'들이 그렇게 휘황 찬란하고 화려 다양할 수가 없습니다. 서탑에서부터 시칸방까지 길 양쪽에 즐비하게 늘어선 것이 모두 다 크고 작은 빠예요."
> "빠? 빠가 뭐인고?"
> "여자가 있는 술집이지요. 양풍(洋風)의."
> "갈수록 태산이구만. 그래 그런 하류계 족속들 바글바글 들끓는 바구니 속에서 이놈들은 대체 무얼 하고 있느냐니까아."
> 이기채가 억누른 언성을 높인다.
>
> (7권, p.267)

매안사람들이 유학을 하거나 꿈을 안고 찾아간 곳은 만주 봉천이다. 봉천은 다양한 사람들이 살고 있는 만큼 타문화를 가장 쉽게 접할 수 있는 곳이다. 그곳에는 직업들이 다채롭게 펼쳐져 있다. 법률전문학교나 측량학교 같은 특수학교가 있는 곳이기도 하며, 하류계의 족속들이 있기도 하여 하층민들이 돈을 벌기에 적합한 곳으로 그려놓았다. 그러나 이기채는 봉천을 이상한 도시로 보고 있으며 조선사람들이 타락하지 않을까? 하고 근대 도시에 대한 부정적 인식을 드러낸다.[15]

제3의 공간으로 이주한 조선인은 대동아공영권을 가진 일본의 거대한 폭력 앞에 억눌려 조선의 공간과 별다른 차이가 없다. 제국의 무력에 대응하고 자본을 따라갈 수 있는 희망은 보이지 않지만, 우리의 민족혼이나 삶의 방식까지 제국의 폭력과 자본 앞에 굽히지 않는다.

일본이 각처에서 승전을 할 때마다 그 용맹스러운 황군의 전투 모습을 감격적으로 찍은 사진이나 아니면 전리품, 혹은 설명문 같은 것을 전시하고 교육하는 전쟁기념관이 바로 이 광장 로터리에 서 있기 때문에, 사람들은 여기를 '기념관 광장'이라고 불렀다.

야마또 호텔이 있는 곳이라 해서 그렇게 불리기 시작했는지, 아니면 대화혼(大和魂)을 상징하여 그렇게 부르고 있는지는 모르겠으나, 북쪽의 큰 광장은 '야마또 광장'이라고 하였다.

야마또 광장에서 기념관 광장까지 내려오는 신작로 양쪽에 즐비하게 서 있는 것은 거의 모두 일본인의 관공서나 학교, 공공건물들이었다.

그래서 혹 일본 사람이라면 모르겠지만 조선 사람이나 중국 사람들은 그 근처에 가기도 전부터 미리 오금이 붙어 앉은뱅이 걸음을 하였는데, 야마또 광장 로터리의 동쪽 갈래 골목만한 길 안쪽에 호젓하게 들어앉은

---

15) 파리를 배경으로 한 릴케의 『말테의 수기』에서 도시는 중요한 주제였는데, 이는 도시를 도덕적 관점으로 보았다. 즉 도시는 악덕, 탐욕, 권력, 육체 등이 얽히고설킨 매음굴이며 도살장으로 표현하였다. 장희권, 「근대의 도시공간과 사유방식」, 『로컬의 문화지형』, 부산대학교 한국민족문화연구소 편, 혜안, 2010, p.148.

것은 낭속(浪速) 여중이었으며, 큰 길가, 야마또 호텔이 대각선으로 마주
보이는 곳에 자리잡은 것은 남만주 의과대학과 대학병원이었다.

　...중략...

　전보, 편지, 소포, 송금 따위를 가릴 것 없이 조선이고 일본이고 로서
아고 간에 일단 중국 내 주소가 아닌 곳으로 보내려 할 때는 무조건 봉
천 중앙우정국, 즉 춘일정 네거리 우정국으로 가지고 와야 했다.

　봉천 중앙우정국 규모는 어마어마하였다.

　사실은 그래서 조선 사람들은 우편 용무가 있어도 냉큼 그 안에 들어
서지 못하고 쭈밋쭈밋 바깥에서 머뭇거리기 일쑤였다.

　물론 중국 사람들은 더 말할 나위도 없었다.

(5권, pp.87-89)

　"그러니까 우선 국수말고도 김치나 짠지서부터 온갖 짠지 반찬을 만
들어 팔구요. 고국에서 먹던 맛 그대로요, 우리 조선옷 바지 저고리에 치
마 저고리, 버선 같은 것, 댕기, 비녀를 판단 말입니다. 얼레빗 참빗 같은
것도."

　...중략...

　선선히 김씨 생각에 동조를 하고 나서는 강태와는 달리 강모는, 도대
체, 국수는 그렇다 치고 김치나 떡을 만들어서 '팔고' 또 '사 먹는' 행위
가 도무지 납득되지 않아 어이가 없었다. 더욱이나 잔지라니. 도대체 어
느 인간이 뒤안의 장꽝마다 놓인 독아지 속의 고추장과 된장에 박은 짠
지를 다 팔고 산단 말인가. 하. 강모는 도무지 상상이 안되었다. 거기다
가, 무어 버선?

(5권, p.93)

　제국의 힘은 만주 봉천 곳곳에 뻗혀있다. 병원이나 호텔이 세워져
있으며, 전쟁 기념관이나 우정국 같은 공공기관들이 즐비하여 근대
적 도시형태[16]를 갖추고 있다. 조선인, 중국인, 로서아인들은 제국주

---

16) 파리를 배경으로 한 릴케의 『말테의 수기』에서 도시는 중요한 주제였는데, 이는 도시를
　도덕적 관점으로 보았다. 즉 도시는 악덕, 탐욕, 권력, 육체 등이 얽히고설킨 매음굴이며
　도살장으로 표현하였다. 장희권, 「근대의 도시공간과 사유방식」, 『로컬의 문화지형』, 부

의에 압도된다. 그러나 조선인은 생활방식을 조선의 방식대로 이어가고 있다. 디아스포라 공간에서도 상상할 수도 없을 만큼 조선의 물건인 의·식에 관련된 것들을 살 수 있다는 것에 강모는 놀라고 있다. 디아스포라 공간에서 조선인의 끈기와 강한 의지가 드러나는 것을 볼 수 있다.

> "만주 벌판 동북의 들녘에 논마다 넘실넘실 푸른 물결 이랑질때, 나부끼는 그 초록빛이 아주 가지런하고 매끄럽고 고운 것은 조선 사람 손이 간 논이고, 피사리도 못해서 잡초 섞어 우줄우줄 수염 잡어뜯어 놓은 것처럼 자라는 논의 벼는 중국인들이 배워서 짓는 농사라네."
> 강태도, 강모도, 이 말에 따라서 미소를 머금었다.
> 부지런한 고향의 농부, 투박한 손길이 느껴져서였다.
> 이 멀고 낯선 곳까지 표랑하여 떠돌며 발길을 내렸지만, 황막 강토에 한줌 고향을 꽂은 사람들, 그래서 싯누런 황사 먼지 속에서도 나락이 너울져 익어가게 하는, 조선 사람들.
>
> (10권, p.57)

디아스포라 문제의 언급에서 다양한 삶의 양식에 초점을 맞추는 것는 혼종적 문화가 있다는 의미이기도 한다. 그러므로 디아스포라의 문화적 갈등이나 수용여부 또는 복합문화적인 관심사가 된다.[17] 우리 디아스포라인의 삶의 방식에서는 만주에서 문화적 갈등이나 수용도 있겠지만, 만주 벌판에서 우리의 강인한 삶의 방식을 보여주기도 하여 무에서 유를 창조하는 부지런함과 근면성을 자랑하기도 한다.

산대학교 한국민족문화연구소 편, 혜안, 2010, p.148.
17) 양종근, 「민족주의/탈식민주의, 보편성」, 『인문연구』 67, 인문과학연구소, 2013, p.306.

위의 예문에서 매안의 사람들이 만주 벌판에서 돌밭을 옥토로 만들어 벼농사를 짓는 노력의 결실을 느낄 수 있다. 그들이 황무지를 개간하고 황사를 마시면서 농사일을 하여 벼가 들판에 줄지어 넘실거리는 부지런함을 보여준다. 오히려 중국인들은 조선 사람들이 농사짓는 방식을 따라 해보기도 한다. 조선인은 제국의 공간이나 제3의 공간에서도 조선의 생활방식대로 삶을 영위하는 강인한 정신력으로 식민현실을 극복할 수 있는 힘을 느낄 수 있다. 유학을 하는 강호의 생존방식에서도 근면성이 드러난다.

> "사람들이 내버리는 빈 병도 주워다 팔고, 못쓰게 된 파지나 고물도 주워다 팔지요."
> 강호는 기탄없이 말하며 웃었다.
> "주워다 팔다니? 그럼 네가 쓰레기통을 뒤지는 넝마주이를 한단 말이냐?"
> 기표가 강호 말에 어기찬 턱을 들며 떨구듯이 묻는다.
> "그러믄요. 그게 사실은 제일 깨끗한 고학(苦學)이에요."
> "깨끗?"
> "폐물이 생산작용을 하는 것은, 그 이치만으로도 이미 사람 사는 세상의 기밀을 누설하는 것 같아서 재미도 있고요."
> "야 이놈아. 동경까지 건너가서 기껏 한다는 게."
> 기표가 그 다음 말을 이으려는데, 강호는 얼른 학생복 단추를 벗기더니 품을 열어 안주머니에서 무엇을 꺼낸다. 사진이었다.
> (7권, p.256)

우리민족의 근면성과 부지런함은 어디에서도 나타난다. 매안의 양반 가문의 자재인 강호는 유학을 하면서도 돈을 벌기위해 일을 한다. 근대 노동의 가치를 인식한 강호는 폐지와 폐병을 주워 돈을 버는 방식으로도 만족하고 있지만, 기표는 탐탁한 반응을 보이지 않는 다. 그 노동은 화이트칼라가 아닌 것으로 가치를 인정하지 않는다. 양반의 자제로서 그것에 걸맞는 일을 하기 바라는 마음이 역력히 드 러난다. 강호의 유학생활에서 드러나는 타자성을 인정하지 않는 기 표의 의식을 읽을 수 있다.

『혼불』의 후반부에는 중국 봉천으로 이주해 간 사람들의 이야기 가 나오고, 나라를 빼앗긴 사람들의 처참한 삶이 그려진다. 일제식 민지라는 시대적 현실은 자국을 떠나 불모지인 만주로 강제 이주당 하는 현실로 우리민족은 수난을 당하고 있었다. 그것은 로컬 매안에 도 제국의 강력한 힘이 뻗혀 만주로 강제 이주당하는 일이 일어났 다. 우리의 디아스포라인들은 만주 봉천에서 제국의 폭력 앞에 차별 적인 삶을 살아가는 모습이 뚜렷이 드러난다.

매안의 부서방은 가족 모두를 데리고 만주로 이주해 온 디아스포 라의 전형이라고 할 수 있다. 작품의 후반부에서 부서방은 청암부인 의 죽음을 강모에게 알리는 역할을 한다. 그는 청암부인이 자신의 도둑질을 눈감아 주고, 굶어 죽어가는 그의 식솔들을 위해 쌀가마니 를 준 어머니 같은 마음을 잊지 않는다. 그는 청암부인이 죽어서도 자신을 강모가 있는 곳으로 안내하여 살길을 열어 준다고 믿는다.

사이드는 "문화의 제국주의"에서 '이데올로기적 평정'의 역할을 문화가 수행하고 있다고 주장한다.[18] 식민화 시스템가동에서 식민 화 교육으로 문맹에서 구제될 수 있겠지만 식민자의 언어를 배우는 것은 문화를 함께 답습하는 것이라 할 수 있다. 그것은 민족문화말

---

18) 박홍규 역, 에드워드 사이드, 『문화와 제국주의』, 문예출판사, 2005, p.227.

살이며 식민주의자의 흔적이 어느 곳이든지 남게 된다는 것이다. 우리의 식민 현실에서도 민족문화말살정책이 잔혹하게 이루어졌다고 하겠다. 그러므로 물리적인 저항에 대처하기 위해 식민지 회색지대, 식민인 디아스포라 현상이 일어났다.

만주 봉천을 이주한 우리 디아스포라들은 대부분 중·하층민이다. 그들은 고향 매안에서 자신들의 신분탈피 욕망에 우선하기도 하였지만, 강제 이주당한 디아스포라 공간에서는 강한 민족의식이 드러난다. 만주 봉천에서 활동하였던 매안의 젊은이들은 우리의 정체성을 잃어버리지 않기 위해 노력한 모습이 보인다. 그들은 만주 봉천에서 비밀리에 독서회를 조직하여 한글을 가르치기도 하였으며, 심진학 선생은 역사교육을 통해 민족의식을 고취하는 계기를 마련하였다. 만주 봉천의 제3의 공간에서도 디아스포라 우리의 후손들은 조선이라는 정체성을 잃지 않으려고 우리의 글을 읽으며 우리 역사를 배우는 것이다.

> 그래도, 겨우 엉덩이를 붙일 만한 것이기는 했지만, 등받이도 없는 나무 둥글의자 몇 개가 가외로 놓여 있어, 동문사 인쇄창에 독서구락부 형설학 회가모일 때마다, 끝나고는 이 방으로 찾아오는 강태와 강모를 맞아 주었다.
> 아마 그 의자는 심진학 성생이 타향 만리 북당 삭지(朔地)에서 만난 그의 옛 제자들을 위하여 한 점 마련해 둔 자리이리라.
>
> (10권, p.15)

"내가 외려 만리 타향에서 자네들을 만나 큰 의지가 되겠네."

얼어붙은 삭북(朔北) 남만주 벌판의 회색 하늘을 여지없이 할퀴며 쥐어 뜯는 바람의 손톱이 밤 깊은 허공에서 운다.

"나는 여기 와서 할 일을 얻었네. 우리 조선족의 이민 실록을 쓰는 것이야. 아무래도 그것이 내 소명인 것 같아. 전공이나 처지나. 우선 봉천의 서탑 구역에서부터 시작해 보려고. 내가 몸담고 있는 이곳."

(10권, p.56)

심진학 선생은 온건민족주의자로 규정할 수 있다.[19] 그는 전주고보에 역사 선생으로 있을 때 우리 역사서를 몰래 필사하여 가르친 혐의로 학교에서 퇴직당한 상태이다. 그의 가족은 조선에 두고 야간 도주하여 만주 봉천으로 흘러 왔는데, 거기의 독서구락부에서 강모를 만나게 된다.

심진학 선생은 전주고보에 있을 때, 발간 금지되고 몰수당해 분서의 수난을 겪었던 역사서인 사서(史書), 동국사략 사권(四卷), 사책(四冊)을 천만 다행으로 몰래 감추고 있다가 만주 봉천의 '정명회'를 통해 역사를 익히도록 하였다. 역사서가 있다는 것은 민족의 뿌리와 전통이 있다는 것이다. 특히 심진학 선생을 통해 역사를 배울 수 있는 것은 디아스포라 제국의 공간에서 역사의식 고취의 기회를 열어준다. 여기에서 끝나지 않고 심진학 선생은 우리글로 민족 수난의 역사를 써서 후세에까지 전해지기를 소망한다.

---

19) 일제시대 때 온건민족주의로서 조선의 문화운동에는 세 갈래로 이루어졌는데 교육, 언론, 문학활동을 통한 민족운동이 있었다. 유병용·정여순·오영섭·남광규 공저, 『근현대 민족주의 민족운동』, 경인문화사, 2010, p.177.

VII

맺음말

최명희의 『혼불』에서는 국권이 부재하는 시기에 지방의 한 양반 가문을 모델로 하는 공동체의 위기는 마을 전체의 위기로 그려져 있다. 양반 가문 종부는 카리스마적 성품으로 가문을 일으켜 세우고, 마을 전체를 돌보는 리드로서 식민지 혼란기를 극복하는데 중추적 역할을 한다. 양반과 함께 다층위의 사람들이 살아가는 향촌에는 계층적 분리가 있어 갈등이 존재하지만, 매안의 마을 공동체 유지를 위해 향약의 규약에 의해서 질서가 유지되고 있다.

매안 이씨 여성종부들은 그들의 생활방식과 의식에서 봉건질서가 뿌리깊이 자리 잡고 있다. 특히 그들은 전통적 질서를 중시하여 개인의 욕망보다는 가문의 질서를 우선시한다. 이 가문의 여성들은 가문의 체면을 위해서는 홀로된 여성이라면 평생을 수절하면서 살아간다. 가문경제를 돌보는데도 종부들은 소홀하지 않는다. 또한 그들의 정체성을 위해서는 각종 의례를 통한 예법을 중시하여 문화적 힘을 유지시킨다.

특히 청암부인은 기층 민중들을 돌보는 모성성을 발휘하며, 마을 규율을 어기는 이들에게는 매안의 규약대로 가차 없는 질타를 하여 마을체제를 잘 유지시키는 지도자적 역할을 한다. 가문과 마을 공동체의 경제적 안정을 위하여 노력한 것에서 대모신과 같은 마을 수호신의 위치에 있다.

탈식민성을 말할 때 광범위하게 적용되므로 하층민의 의식에서 근대적 변화를 모색하는 것으로 탈신분과 탈근대성을 드러내기도 한다. 그러므로 그들은 피의 투쟁적 방법으로 대응하기도 한다. 기층민들이 욕망을 실현하기 위해 양반의 신분에 도전하거나 디아스포라 공간으로 살길을 찾아 이주하기도 하였다. 제국의 수탈과 폭력,

문화말살정책이 극심하게 자행되었으나, 매안사람들은 공동체의 결속과 강력한 저항으로 극복하기도 하였다.

이 소설의 남성들도 가문에 안주하지 않고 제국의 공간과 제3의 공간으로 유랑하는 삶을 그려내고 있다. 그러나 유랑하는 그들의 삶에서도 온건적 방법으로 탈식민 민족의식을 고취하고자 한다.

전통적 생활방식을 고수하는 종가의 종부들은 민족정체성을 확립시키고 탈식민 문화주의로 나아가는 힘과 가치를 규명할 수 있었다. 그들은 혼종적 문화질서와 제국의 문화에 흡수되지 않으려는 의식이 강하게 드러난다. 강제 이주당한 우리의 디아스포라인들은 생존하기 위한 몸부림으로 제3의 디아스포라 공간에서도 민족정신을 잃지 않으려 노력하고 있음이 드러난다.

즉, 바바의 혼종성은 인종과 문화의 혼종성이 명확히 구분되어 있지는 않지만 다문화주의로의 이행으로 볼 수 있다는 것이다. 만주 봉천이라는 디아스포라 공간은 서구열강의 문화와 동아시아 열강 문화의 혼종성 드러나지만, 매안 사람들은 '고향과 조국을' 잃지 않으려는 의식이 뚜렷하다. 하층민들 역시 척박한 땅을 일구는 삶에는 죽음과 고난의 연속이었다. 그들은 고향 매안과 양반 종부를 그리는 마음이 역력하였다.

식민지 근대성을 말하지만, 로컬 매안의 공간에서는 하층민의 신분해체가 완전히 이루어지지 않았다. 그들은 제3의 공간인 만주 봉천에서 양반으로서 행동을 함으로써 그들 스스로 신분욕망을 실현시켜보기도 하였다.

본 논의를 통해 살펴본 바를 요약하겠다. 첫째, 양반 여성종부의 카리스마적 권위를 통해서 우리의 문화를 지키려 노력하였다. 또한 가문과 마을의 지도적 역할을 수행하는 것으로 식민지 문화말살정책의 일환에 동화되지 않는 일관성을 보여주었다. 일제의 폭력과 문화말살 정책은 오랫동안 지속되었지만, 청암의 지도력은 어떤 폭력에도 굴하지 않는 강인함을 보여주었다. 신분간의 갈등은 있지만, 다층위의 결속을 통해 식민지와 근대를 극복하는 원동력이 되었다.

둘째, 식민시기에 로컬의 상황은 더 열악하였다. 기근이 들어 초근목피로 생활하는 마을을 향촌 공동체의 결속력으로 극복해가는 모습들을 살필 수 있었다. 향약은 마을 공동체를 대동단결하는 역할을 하였으며 공동체 질서를 유지시키는 작은 법으로 작동하였다.

셋째, 매안 이씨 종가의 종부는 식민지피폐현상과 가문의 몰락위기를 잘 극복하여 경제를 튼튼하게 하고 종손을 탄생시키는 임무를 다하는 것으로 미래를 건강하게 잇고 있었다. 기층민의 미래는 투쟁적 방법으로 탈신분 탈근대를 지향하고 있지만, 이 소설에서는 양반의 삶을 답습하는 것으로 동화되고자 함이 드러난다.

넷째, 가문의식과 미래의식에서 일제는 다양한 폭력을 감행하고 있었다. 가문을 유지·전승하기 위해서 노력하였으며, 창씨개명과 같은 문화 폭력에도 굴하지 않는 모습들을 살피면서 문화를 잃어버리는 것은 국가의 존폐위기로 생각하는 인물을 주축으로 그 중요성이 강조되고 있다. 양반안채 문화를 통해 엄격한 가문관리를 위해서 가정교육이나 각종의례에서 의식을 정성껏 치르는 것으로 가격(家格)을 보여준다. 또한 양반과 기층민들이 함께 다양한 세시풍속을 즐기는 것에서, 문화는 다층위를 지키고 아우르는 민족의 구심점이 되기도 함이 드러난다.

다섯째, 문화 실천과 저항에서 매안의 양반 남성들은 부재하거나 존재하지만 직접적인 저항을 하지 못하고 있다. 대모신적인 존재인 청암은 마을을 풍요롭게 하는 것으로 마을의 지도자로 수호신의 위치에 있다. 식민지 근대성과 함께 무산대중을 위하여 프롤레타리아를 지향하는 매안의 젊은이들과 하층민들은 계급적 투쟁 신분체제 붕괴를 위한 투쟁이 드러남을 살필 수 있다. 그들은 욕망에만 그치지 않고 제3의 디아스포라 공간에서 현실화되어 나타난다.

여섯째, 매안 양반들은 제국의 공간이나 제3의 공간으로 부유하고 있다. 그러나 튼튼한 안채가 존재하고 있어 종가가 잘 존속되고 있었다. 정체성을 잃지 않으려고 관향을 중요시하며, 전통적 삶의 방식을 고수하면서 살아가고 있다. 식민자의 다양한 방법의 폭력으로 존재의 기원을 해체시키기도 하였다. 나라의 중추적 역할을 하는 궁성이 무너진 상황에서 매안의 한 양반 가문은 종부를 주축으로 잘 유지시키고 있었다.

매안의 양반 가문의 위기는 물론이고, 특히 기층민들은 식민자에 의해 강제이주나 거짓종용으로 살길을 찾아 만주 봉천으로 이주하여 디아스포라로 살아가는 사람들이 많았다. 디아스포라 공간에서도 그들은 식민자의 감시와 폭력으로 고난의 연속이었다. 그러나 매안의 기층민들은 돌밭 땅을 일구어 옥토로 만들어 우리의 방식대로 농사를 지으며 살아가고 있다. 디아스포라 공간에서도 그들은 매안 양반 가문의 어머니를 그리며 고향과 조국에서의 삶의 방식대로 살아가고 있다. 그들에게서 민족의 역사의식과 문화의식을 살필 수 있었다.

『혼불』의 매안 양반 가문 종부들은 전통적 삶의 방식을 통한 강인한 의지를 통해 문화식민지를 극복해가는 탈식민의식의 단서를 찾을 수 있었다. 또한 매안의 젊은이들과 기층민에게서는 로컬 공동체의 결속력을 다지면서 무산대중을 지지하거나 근대적 계급서열을 투쟁적 방법으로 탈피하려는 탈근대성을 지향하고 있었다.

탈식민 민족주의 담론은 남성적 권위와 의무로 알려져 있었다. 그러나 『혼불』을 통해서 부권부재 하에 젠더화된 식민지공간의 매안 이씨 여성들은 남성적 권위와 의무를 대신 수행하면서 근대를 극복하고 있다. 식민지 근대성을 말하는데 그들이 가문과 마을 공동체를 돌보고 이끌어가는 데는 전통적 규율과 공동체의 결속력으로 식민지 현실을 극복해 간다.

『혼불』에서 양반의 문화적인 전통은 우리의 문화적 힘을 키울 수 있는 초석으로 작용 할 수 있었다고 본다. 지금까지 우리는 지역의 문화와 작은 단위의 공동체를 소홀히 하는 경향이 있었다. 그러나 소수자 삶이나 지역의 문화가 소중한 민족문화의 일부분으로 여기고 그 가치를 높이 평가해야 할 것이다.

즉, 『혼불』의 지도자적 인물과 함께 다층위 인물들이 식민시기의 억압과 종속의 시대를 잘 극복하는 것으로 드러난다. 그들은 로컬 공동체의 결속과 문화적 힘으로 수난의 시기에 대응하고 극복하여 탈식민 탈근대성을 잘 이룩하는 초석이 되었다고 본다.

참고문헌

1. 기본자료

최명희, 『혼불』1-10권, 한길사, 2001.

2. 저서

강무학, 『漢子와 陰曆은 우리의 文化』, 삼한출판, 1989.
강영심 외, 『일제 시기 근대적 일상과 식민지 문화』, 이화여대출판부, 2008.
고부응, 『탈식민주의- 이론과 쟁점』, 문학과 지성사, 2005.
_____, 『에드워드 사이드와 탈식민주의 이론』, 문학과 지성사, 2005.
고현철, 『탈식민주의와 생태주의 시학』, 새미, 2005.
김수환 옮김, 유리 로트만 지음, 『기호계(문화연구와 문화기호학)』, 문학
　　　과지성사, 2008.
김미현, 『한국여성소설과 페미니즘』, 신구문화사, 1996.
김열규외 공역, 『페미니즘과 문학』, 문예출판사, 1990.
김정매, 『페미니즘 소설 읽기』, 한국문화사, 2003.
박용옥, 『여성; 역사와 현재』, 국학자료원, 2001.
박종성 외 번역, 존맥클라우드 지음, 『탈식민주의 길잡이』, 한울아카데미,
　　　2009.
부산대학교 한국민족문화연구소 편, 『로컬리티와 인문학』, 세종문화사,
　　　2011.
부산대학교 한국민족문화연구소 편, 『로컬리티』, 혜안, 2009.
부산대학교 한국민족문화연구소 편, 『탈근대 탈중심의 로컬리티』, 혜안, 2010.
송명희·안숙원·이태숙 편저 『페미니즘 정전 읽기 1』, 푸른사상, 2002.
송명희, 『이광수의 민족주의와 페미니즘』, 국학자료원, 1997.

송준호, 『조선사회사연구』, 일조각, 1987.

신용하 편, 『공동체 이론』, 문학과지성사, 1985.

안숙원, 『한국여성문학비평론』, 개문사, 1995.

이덕화, 『박경리와 최명희, 두 여성적 글쓰기』, 태학사, 2000.

이부영, 『그림자 - 분석심리학 탐구』, 한길사, 2003.

이선영, 『문학비평의 방법과 실제』, 삼지원, 2001.

이성권, 『한국가정소설사 연구』, 국학자료원, 1998.

이순형, 『한국의 명문 종가』, 서울대 출판부, 2000.

이진경, 『문화정치학의 영토들』, 그린비, 2007.

이혜순 외 공저, 『한국고전여성작가연구』, 태학사, 1999.

임명진·최동현 편, 『페미니즘 문학론』, 한국문화사, 1998.

임금복, 『현대여성소설의 페미니즘 정신사』, 새미, 2000.

장일구, 『혼불읽기 문화읽기』, 한길사, 1999.

_____, 『혼불의 언어』, 한길사, 2003.

전라문화연구소 편, 『혼불의 문학세계』, 소명출판, 2001.

정미숙, 『한국여성소설연구입문』, 태학사, 2002.

오세은, 『여성 가족사 소설연구』, 새미, 2002.

태혜숙, 『탈식민주의 페미니즘』, 여이연, 1998.

_____, 『한국의 탈식민 페미니즘과 지식생산』, 문화과학사, 2004.

한국고전 여성문학회, 『조선시대의 열녀담론』, 월인, 2002.

혼불기념사업회, 『혼불과 전통문화』, 신아출판사, 2003.

혼불기념사업회·전라문화연구소 『혼불의 언어세계』, 전북대 출판부, 2004.

황국명, 『한국현대소설과 서사전략』, 세종출판사, 2004.

노이만, 『페미니즘과 문학』, 서승옥 역, 문예출판사, 1988.

릴라 간디/ 이영욱 역, 『포스트식민주의란 무엇인가』, 현실문화연구, 2000.

위르겐 오스트함멜/ 박은영·이유재 옮김, 『식민주의』, 역사비평사, 2006.

조나단 터너 / 김문조 외 옮김, 『사회학이론의 형성』, 일신사, 1995.

조지프 캠벨/ 이진구 옮김, 『원시신화- 신의 가면1』, 까치글방, 2003.

존 맥클라우드/ 박종성 외 편역, 『탈식민주의 길잡이』, 한울 아카데미, 2003.

피터 차일즈·패트릭 윌리엄스 지음/ 김문환 옮김, 『탈식민주의 이론』, 문예 출판사, 2004.

Bart Moore-Gilbert, 『Postcolonial Theory : Contexts, Practices, Politics』 (Verso, 1997), 이경원 역, 『탈식민주의 : 저항에서 유희로』, 한길사, 2001.

프란츠 파농, 이석호 옮김, 『검은피부, 하얀가면』, 인간사랑, 1998.

3. 논문

강혜경, 「양반여성 종부(宗婦)의 유교 도덕 실천의 의의」, 『한국사회사학회 논문집』 78, 2008.

고은미, 「『혼불』에 나타난 가부장제와 여성의 몸」, 『현대문학이론연구』 제22집, 현대문학이론학회, 2000.

고인환, 「이문구 소설에 나타난 근대성과 탈식민성 연구」, 경희대학교 대학원 박사논문, 2003.

구광모, 「창씨개명정책과 조선인의 대응」, 『국제정치논총』 제45집, 한국국제 정치학회, 2005.

김성곤, 「탈식민주의 시대의 문학」, 『외국문학』 여름, 1992.

김수환, 「내셔널리즘에서 글로컬리즘으로」, 『인문연구』 57권, 영남대학교 인문과학연구소, 2009.

김열규, 「『혼불』의 생태비평」, 전라문화연구소편, 신아출판사, 2001.

김의동, 「제국주의와 한국사회, 한국사회의 이해」, 『한울아카데미』, 1990.

김정화, 「최인훈 소설의 탈식민주의 연구」, 서울대학교 대학원 석사논문, 2002.

김택현, 「서발턴의 역사와 로컬의 역사」, 『로컬리티 인문학』 2, 부산대학교 한국민족문화연구소, 2009.

김흥수, 「소설 『혼불』의 서술자와 시점에 대한 어학적 접근」, 『어문학논총』 제24집, 국민대학교 어문학연구소, 2005.

김현숙, 「『혼불』의 서정성 연구」, 전남대학교 대학원 석사논문, 2001.

문성원, 「로컬리티와 타자」, 『시대와 철학』 21권 2호, 한국철학사상연구회, 2010.

문재원, 「1930년대 문학의 향토재현과 로컬리티」, 『우리어문연구』 35권, 우리어문학회, 2009.

박영순, 「『혼불』의 담론 특성과 한국적 정체성」, 『한국현대소설 연구』 11호, 한국현대소설학회, 1999.

박재섭, 「한국가면극과 인형극의 대비연구: 내용을 중심으로」, 『인문사회과 학논총』 제5집, 1998.

박현선, 「최명희 소설 연구」, 경원대학교 대학원 박사논문, 2001.

변화영, 「대하 역사소설『혼불』의 민중지향적 담론 연구」, 『현대문학 이론연구』, 현대문학이론학회, 2005.

배윤기, 「전지구화 시대 로컬의 탄생과 로컬 시선의 모색」, 『탈근대 탈중심의 로컬리티』, 부산대학교 한국민족문화연구소 편, 2010.

류춘희, 「파농과 영의 탈식민주의 담론과 우리 현실」, 『현대영어영문학』 제53권 2호, 한국현대영어영문학회, 2009.

서정섭, 「『혼불』의 서사구성과 언어책략 연구」, 『현대문학이론연구』, 제21집, 현대문학이론학회, 2004.

신현순, 「『혼불』의 서사공간과 작가의식 연구」, 목원대학교 대학원 석사논문, 2000.

양종근, 「민족주의/탈식민주의, 보편성」, 『인문연구』 제67집, 인문과학연구 소, 2013.

오세은, 「여성 가족사 소설 연구」, 서강대학교 대학원 박사논문, 2000.

우해영, 「최명희『혼불』의 담론 연구」, 중앙대학교 대학원 석사논문, 2000.
이경원, 「프란츠파농과 정신의 탈식민화」, 『실천문학』 여름, 2009.

이남희, 「조선 사회의 유교화(儒敎化)와 여성의 위상」, 『원불교사상과 종교 문화』 제48집, 2011.

이덕화, 「『혼불』의 작가의식을 통해서 본 '서술형식'과 '인물구도'」, 『한국 문예비평연구』 창간호, 한국현대문학비평학회, 1997.

_____, 「『혼불』의 세계인식과 미적태도」, 『한국문예비평연구』 제3집, 1998.

이명재,『혼불』의 소설미학적 특질」,『현대문학이론연구』제12집, 현대문
    학이론학회, 1999.
이상봉,「디아스포라와 로컬리티연구」,『한일민족문제연구』제18권, 한일
    민족문제연구학회, 2010.
이영수,「개화기에서 일제강점기까지 혼인유형과 혼례식의 변모양상」,『아
    시 아문화연구』제28집, 아시아문화연구소, 2012.
이윤영,「『혼불』론」,『한국언어문학』제44집, 2000.
이일량,「최명희『혼불』의 가문의식 연구」, 서남대학교 대학원 석사논문,
    2000.
이은성,「최명희『혼불』의 다성성 연구」, 한국교원대학교 대학원 석사논
    문, 2001.
이현하,「최명희의『혼불』연구」, 단국대학교 대학원 석사논문, 2001.
이혜경,「현대 한국 가족사소설연구-『토지』『미망』『혼불』」, 충남대학교
    대학원 박사논문, 1999.
_____,「『혼불』에 나타난 가족 - 모티프의 풍속화-」,『여성문학연구』, 한
    국여성문학학회, 1999.
임홍빈,「미적 실존의 조건들」,『철학연구』제36집, 고려대철학연구소,
    2008.
정창권,「조선후기 주자학적 가부장제의 정착과 장편 여성소설의 태동」,
    『여성문학연구』, 태학사, 1999.
장세룡,「젠더와 로컬리티」,『로컬리티 인문학』창간호, 2009.
장일구,「소설 텍스트의 연행 해석학 시론 '김유정 소설과 최명희 혼불의
    해석을 중심으로'」, 서강대학교 대학원 박사논문, 1992.
_____,「『혼불』의 시점, 그 역학」,『한국문학이론과 비평』제3집, 한국문
    학 이론과 비평학회, 1998.
_____,「교감의 서사, 우리 이야기『혼불』」,『문학동네』봄, 1999.
장재천,「세시풍속의 사회교육적 의의」,『한국사상과 문화』제47집, 2009.
장희권,「문화연구와 로컬리티」,『한국비교문학회 비교문학』제47권, 2009.
전경목,「'혼불'을 통해서 본 전통기의 종족제도와 신분제도」,『혼불과 전

통문화』, 신아출판사, 2003.

정주아, 「한국문학의 로컬리티와 지정학적 상상력」, 『민족문학사연구』 47
권, 2011.

조경원, 「유교 女訓書의 교육원리에 관한 철학적 분석」, 『여성학논집』 제
13집, 1996.

천이두, 「여인의 삶과 한에 서린 민족혼최명희 『혼불』」, 『현대문학 이론
연구』제15집, 현대문학이론학회, 1999.

최인학, 『민속학의 이해』, 밀알, 1995.

최종천, 「탈식민주의 문화이론의 해체론적 접근」, 『범한철학』 제61집, 2011.

한희숙, 「조선후기 兩班女性의 생활과 여성리더십」, 『여성과 역사』 제9집,
한국여성학회, 2008.

홍성암, 「『혼불』의 서사구조 연구」, 『현대소설연구』, 『한국현대소설학회』
제23집, 2004.

황국명, 「『혼불』의 서술방식 시론」, 『현대문학이론연구』, 『현대문학 이론
학회』 제12집, 1999.

_____, 「『혼불』의 서술방식」, 『혼불의 문학세계』, 전라문화연구소 편, 소
명출판, 2001.

김정혜 ————————————————————————

인제대학교 국어국문학과
인제대학교 대학원 현대문학전공 박사학위 취득
제 10회 혼불문학회 학술상 수상
부산 장신대학교 출강
부산 동아대학교 출강
인제대학교 한국문화와 문화전략연구소 전임연구원
(현)인제대학교 인문문화융합학부 출강

**최명희 「혼불」의
로컬 공동체의식과
탈식민의식**

초판인쇄 2019년 6월 10일
초판발행 2019년 6월 10일

지은이 김정혜
펴낸이 채종준
펴낸곳 한국학술정보㈜
주소 경기도 파주시 회동길 230(문발동)
전화 031) 908-3181(대표)
팩스 031) 908-3189
홈페이지 http://ebook.kstudy.com
전자우편 출판사업부 publish@kstudy.com
등록 제일산-115호(2000. 6. 19)

ISBN 978-89-268-8842-1 93810